Schwedische Volkssagen und Märchen

herausgegeben von
G. O. Hyltén-Cavallius und G. Stephens

www.elv-verlag.de

Hyltén-Cavallius, G. O.; Stephens, G. (Hg.)

Schwedische Volkssagen und Märchen

ISBN: 978-3-86267-436-7

Auflage: 1
Erscheinungsjahr: 2011
Erscheinungsort: Bremen, Deutschland

Europäischer Literaturverlag GmbH, Fahrenheitstr. 1, 28359 Bremen (www.elv-verlag.de).

Cover: Foto © Sluitertijd | Vanderlaan (flickr); Creative Commons Lizenz

Bei diesem Titel handelt es sich um den Nachdruck eines historischen, lange vergriffenen Buches aus dem Jahr 1848. Da elektronische Druckvorlagen für diesen Titel nicht existieren, musste auf alte Vorlagen zurückgegriffen werden. Hieraus zwangsläufig resultierende Qualitätsverluste bitten wir zu entschuldigen.

Schwedische
Volkssagen und Märchen

www.elv-verlag.de

Schwedische Volkssagen und Märchen.

Inhaltsverzeichnis

I. Der Hirtenknabe und der Riese
   A. Der Knabe, der mit dem Riesen wettete 5
   B. Der Knabe, der das Kind des Riesen in den runen fallen ließ 12

II. Das Weib, welches in den Ofen gesteckt wurde
   A. Die Riesenstube, deren ach aus bloßen Würsten bestand 18
   B. Die Stube, deren Dach aus bloßen Käsen bestand 23

III. Der Knabe, der die kostbaren Schätze des Riesen stahl
   A. Das Schwert, die Goldhühner, die Goldlampe und die Goldharfe 31
   B. Die Goldlampe, der Goldbock und der Goldpelz 41
   C. Das Goldpferd, die Mondlampe, und die Jungfrau im Zauberkäfich 52

IV. Der Halb-Troll, oder die drei Schwerter 65

V. Die beiden Pflegebrüder
   A. Silfwerhwit und Lillwacker 84
   B. Wattuman und Wattufin 103

VI. Der Hirte 132

VII. Die Prinzessin, die aus dem Meer herauf kam.
   A. Das schöne Hirtenmädchen 150
   B. Lilla Rosa und Långa Leda 162
   C. Jungfrau Swanhwita, und Jungfrau Räfrumpa 176

VIII. Das schöne Schloß, östlich von der Sonne, nördlich von der Erde 186

IX. Das Land der Jugend 202

X. Das Mädchen, das Gold aus Lehm und Schüttenstroh spinnen konnte 221

XI. Die drei Großmütterchen 225

XII. Das Schloß, welches auf Goldpfeilern stand 233

XIII. Die drei Hunde 246

XIV. Das Meerweib
   A. Der Königssohn und Mefferia 266
   B. Der Königssohn und die Prinzessin Siugorra 285

I.
Der Hirtenknabe und der Riese.

A.
Der Knabe, der mit dem Riesen wettete.
Aus Süd-Smaland.

Es war einmal ein Knabe, der Böcke hütete. Wie er im Walde herumirrte, kam er zur Stube des Riesen; als der Riese, der darin wohnte, Lärm und Geschrei in seiner Nachbarschaft hörte, kam er heraus, um zu sehen, was es gebe. Da nun der Riese, groß von Gestalt und grimmig von Aussehen war, ward dem Knaben bange, und er begab sich hinweg, so schnell er vermochte.

Abends, als der Hirtenknabe seine Böcke von der Weide trieb, war seine Mutter beschäftigt, Milch gerinnen zu lassen. Der Knabe nahm ein Stück vom frischen Käse, rollte ihn in die heiße Asche, und verbarg ihn sodann in seinem ledernen Quersack. Den folgenden Morgen ging er auf die Weide, wie es seine Gewohnheit war, und kam wieder zur Stube des Riesen. Als nun der Riese den Lärm des Hirtenknaben und seiner Böcke vernahm, ward er zornig, ging hinaus und ergriff einen großen grauen Felsstein, und zerdrückte ihn in der Hand, so daß weithin die Steinfliesen flogen. Der Riese sprach: „Wenn du nochmals hieher kommst, und dein Unwesen treibst, will ich dich so klein zermalmen, wie ich jetzt diesen Stein zerdrücke." Der Knabe ließ sich jedoch nicht erschrecken, sondern stellte sich, als ergreife er einen Stein, aber er nahm statt dessen den Käse, den er in die heiße Asche gerollt hatte, und zerdrückte ihn, so daß die Molke zwischen seinen Fingern floß, und auf den Boden niedertropfte. Der Knabe sprach: „Wenn du dich nicht entfernst und mich in Frieden läßt, will ich dich zerdrücken, wie ich das Wasser jetzt aus diesem Steine presse." Als nun der Riese erfuhr, daß der Hirtenknabe so stark war, fürchtete er sich und ging in die Hütte hinein. Damit schieden der Hirtenknabe und der Riese diesmal von einander.

Den dritten Tag begegneten sie sich wieder im Walde. Der Hirtenknabe fragte, ob sie von Neuem die Stärke miteinander prüfen möchten; der Riese willigte hierin ein. Der Knabe sagte: „Vater! ich denke, es ist ein guter Versuch für die Stärke, ob jeder von uns euer Beil so hoch werfen kann, daß es nicht wieder herabfällt." Der Riese bejahte, daß es so sein sollte. Sie sollten es nun erproben, und der Riese warf zuerst. Er schwang es mit aller Kraft, so daß das Beil hoch in die Wolken fuhr; aber wie er sich auch bemühen mochte, das Beil fiel immer wieder herab. Da sagte der Knabe: „Vater! ich glaubte nicht, daß eure Stärke so gering wäre. Wartet und ihr sollt einen beffern Wurf sehen." Der Knabe schwang es hierauf mit den Armen, gleichsam um es mit aller Kraft zu werfen; aber er ließ zu gleicher Zeit das Beil ganz schnell in den Quersack entwischen, der auf dem Rüden hing. Der Riese bemerkte nichts, sondern wartete lange, daß das Beil zu Boden fallen sollte; aber man hörte von keinem Beil. Nun dachte er bei sich, daß der Knabe sehr stark sein mochte, obschon er klein und zart gewachsen war. Hierauf schieden sie von einander, und begaben sich zu ihrem Wohnort.

Als einige Zeit verstrichen, begegneten sich der Riese und der Hirtenknabe von Neuem. Der Riese fragte, ob der Knabe, der so stark war, sich nicht in seinen Dienst begeben wolle. Der Hirtenknabe willigte hierin ein, verließ seine Böcke im Walde, und wanderte mit dem Riesen. Sie kamen solchergestalt zur Wohnung des Riesen.

Man erzählt, daß der Riese und der Hirtenknabe zum Walde gehen, und eine Eiche fällen sollten.

Als sie hingekommen, fragte der Riese, ob der Knabe halten, oder hauen wolle. „Ich will halten," sagte der Knabe; entschuldigte sich aber zugleich, daß er den Wipfel nicht erreichte. Da faßte der Riese den Baum an, und bog ihn zur Erde; als aber der Knabe fest halten sollte, sprang die Eiche zurück, und warf ihn hoch in die Luft hinauf, so daß ihm der Riese mit genauer Noth mit den Augen folgen konnte. Der Riese stand lange und wunderte sich, wohin sein Knecht gegangen, griff hierauf nach der Art und begann selbst zu hauen. Als nun eine Stunde verstrichen, kam der Knabe hinkend herbei, denn mit genauer Noth war er entkommen. Der Riese fragte, warum er nicht gehalten; der Knecht aber stellte sich, als wenn nichts geschehen wäre, sondern fragte zugleich, ob der Riese einen ähnlichen Sprung zu thun wagte, den er jüngst gemacht hatte. Der Riese verneinte es. Da sagte der Knabe: „Vater! wenn ihr das nicht zu thun wagt, so mögt ihr selbst sowol halten, als hauen." Der Riese begnügte sich hiermit, und fällte allein die große Eiche.

Als der Baum nun heimgebracht werden sollte, sagte der Riese zu seinem Knechte: „Willst du am Wipfel tragen, so will ich an der Wurzel tragen."

„Mein Vater!" antwortete der Knabe, „tragt selbst am Wipfel, ich habe Kraft genug, das große Ende zu tragen." Der Riese willigte ein, und hob das schmale Ende der Eiche auf seine Schultern. Der Knabe aber, der hintennach war, rief, er solle den Baum besser hinvorrücken. Der Riese that, wie man ihm befahl, und trug zuletzt den ganzen Stamm im Gleichgewicht auf seinen Achseln; der Knabe aber hüpfte selbst auf den Baum hinauf, und verbarg sich unter den Zweigen, so daß der Riese ihn nicht sehen konnte. Der Riese begann nun zu wandern, und meinte, daß der Knabe am andern Ende trage. Als sie so eine Stunde gegangen waren, schien es dem Riesen eine schwere Arbeit zu sein, und stöhnte schwer. „Bist du noch nicht müde?" fragte der Riese seinen Knecht. „Nein, das bin ich nicht," entgegnete der Knabe. „Vater ist wol auch nicht müde, von so kleiner Bürde?" Der Riese wollte nicht zu erkennen geben, daß es so war, sondern setzte seinen Weg fort. Als sie nun heimgekommen, war der Riese von der Fahrt beinahe halbtodt. Er warf den Baum auf die Erde; der Knabe aber war indessen herabgesprungen und stellte sich, als trage er am großen Ende der Eiche. „Bist du noch nicht müde?" fragte der Riese.

Der Knabe erwiederte: „O! Ihr dürft nicht glauben, Vater, daß ich von so kleiner Bürde ermüde. Der Stamm schien mir nicht so schwer, als daß ich ihn nicht auch allein hätte schneiden können."

Den andern Morgen sagte der Riese: „Wenn es tagt, werden wir uns hinausbegeben und dreschen." „Nein," antwortete der Knabe, „mir dünkt, es ist besser, in der Morgendämmerung zu dreschen, ehe wir das Mahl einnehmen." Der Riese kam mit ihm darin überein, ging fort, und holte zwei große Dreschflegel, von welchen er selbst den einen nahm. Als sie nun dreschen sollten, vermochte der Knabe seinen Dreschflegel nicht zu heben, so groß und schwer war dieser. Er ergriff daher einen Stock und schlug ebenso geschwind auf den Boden, als der Riese drosch. Der Riese merkte nichts, und fuhr solchergestalt fort, bis es Tag wurde. Da sagte der Knabe: „Nun wollen wir heimgehen, und das Mahl einnehmen." „Ja," sagte der Riese, „mir dünkt, wir haben eine saure Arbeit zur Lockspeise für die Mahlzeit gehabt."

Einige Zeit darnach schickte der Riese seinen Knecht, um zu pflügen. Er unterwies ihn zugleich: „Wenn der Hund kommt, sollst du die Ochsen losmachen, und sie einstellen, wohin er voraus geht." Der Knabe versprach zu thun, wie man ihm befohlen hatte. Als aber die Ochsen abgelöst waren, kroch der Hund des Riesen unter den Grundfesten in ein Gebäude hinein, zu welchem man keine Thür fand. Der Riese hatte damit die Absicht, zu erfahren, ob sein Knecht genug stark war, das Haus allein emporzuheben, und die Ochsen in ihren Stall einzustellen.

Der Knabe sann sehr lange nach, was wol jetzt zu thun sei; zuletzt fand er Rath, schlachtete die Lastthiere, und warf ihre Körper durch das Kellerloch hinein. Als er nun heimkam, fragte der Riese, ob er die Ochsen in den Stall eingeführt. „Ja," antwortete der Knecht, „wol führte ich sie ein, obgleich ich sie umgetauscht."

Nun begann der Riese Verdacht zu hegen, und überlegte mit dem Riesenweibe, wie sie den Knecht aus dem Wege räumen könnten. Das Weib sagte: „Es ist mein Rath, daß du deine Keule nimmst, und ihn bei Nacht todt schlägst, während er schläft." Dem Riesen schien dies ein guter Rath zu sein, und er versprach zu thun, wie sie gesagt hatte. Der Knabe aber stand auf der Lauer, und horchte auf ihr Gespräch. Als nun der Abend kam, legte er ein Milchfaß in das Bett, und verbarg sich selbst hinter der Thüre. Um Mitternacht stand der Riese auf, ergriff seine Riesen-Keule, und schlug auf das Milchfaß, so daß ihm das Flüssige in's Gesicht spritzte. Hierauf ging er zu seiner Frau, lachte und sprach: „Ha, ha, ha, ich schlug ihn so, daß das Gehirn hoch auf an die Wand spritzte." Da freute sich das Weib, pries die Kühnheit ihres Mannes, und meinte nun, daß sie ruhig schlafen könnten, nachdem sie sich nicht weiter vor dem verschmitzten Knecht fürchten dürften.

Aber kaum war es Tag, als der Knabe aus seinem Versteck hervorkroch, hineinging und die Riesenleute grüßte. Nun war der Riese sehr verwundert, und fragte: „Wie? Bist du noch nicht todt? Ich dachte, ich schlug dich mit meiner Keule todt." Der Knabe antwortete: „Mich dünkte Nachts, als fühlte ich, als hätte mich ein Floh gebissen."

Am Abend, als der Riese und sein Knecht essen sollten, hatte das Riesenweib Brei zum Abendmahl bereitet.

„Das war gut," sagte der Knabe, „nun werden wir wetteifern, wer am meisten essen kann, Vater oder ich." Der Riese war sogleich bereit, und sie begannen Alles zu essen, was verzehrt werden konnte. Aber der Knabe war verschmitzt; er hatte seinen Quersack vor den Bauch gebunden, und steckte einen Löffel Brei in den Mund, während er zwei Löffel in den Quersack stopfte. Als nun der Riese sieben Schüssel Brei gegessen hatte, war er satt, so daß er schwer stöhnte und nicht mehr vermochte; aber der Knabe fuhr noch gleich eifrig wie vorher fort. Da fragte der Riese, wie es komme, daß er, der dem Wachsthum nach zart war, dennoch so viel verzehren konnte. Der Knabe erwiederte: „Vater! das will ich euch gerne lehren. Wenn ich gegessen habe, so viel mich gelüstet, schneide ich den Magen auf, so kann ich nochmal so viel essen." Bei diesen Worten nahm er ein Messer, und schnitt den Quersack auf, so daß der Brei herausrann. Der Riese hielt dieses für eine gute Erfindung, und wollte es gleichfalls machen. Als aber der Riese sein Messer in den Magen stieß, begann das Blut zu strömen, und am Ende mußte er gar daran sterben.

Als der Riese todt war, nahm der Knabe alle Habe, die sich in der Stube fand, und zog in der Nacht seines Weges. Und so endigt die Sage von dem verschmitzten Hirtenknaben und dem dummen Riesen.

B.
Der Knabe, der das Kind des Riesen in den Brunnen fallen ließ.
Aus Upland.

Es waren einmal Riesenleute, die im Walde wohnten. Um ihre Stube herum waren üppige Wiesen, so daß das Vieh des Riesen immer gut gehalten war; aber die Leute in den nächsten angebauten Gegenden hatten schlechte und unfruchtbare Weiden. Dies verdroß sie, und sie ließen zuweilen ihr Vieh auf den Gründen des Riesen weiden. Dieses aber lief nicht immer gut ab; denn der Riese, welcher sehr grausam war, überfiel die Hirten und ermordete sie.

Nicht weit von dem Hofe des Riesen wohnte eine arme Frau, die hatte einen einzigen Sohn. Er war zart und klein gewachsen, aber sehr verschmitzt und dreisten Sinnes. Eines Tages sagte der Knabe zu seiner Mutter, daß sie drei Käse gerinnen machen sollte. Die Frau that nach seinem Begehren. Als nun die Käse fertig waren, rollte sie der Knabe in die Asche, so daß sie grau und widerlich aussahen. Hierüber wurde die Mutter verdrießlich, und schalt ihn aus, daß er die Gaben Gottes unnütz vergeudete. Der Knabe aber bat sie, sich zufrieden zu geben, sie könnte nicht wissen, was er im Sinne hätte.

Früh am Morgen zog der Knabe mit dem Vieh seiner Mutter zum Walde, und trieb das Vieh auf die Weideplätze des Riesen. Hier schweifte er ungehindert umher, so lange die Sonne am Himmel stand; gegen Abend rief er sein Vieh zusammen, und machte sich bereit, wieder nach Hause zu kehren. Aber während der Zeit hatte der Riese seinen Besuch wahrgenommen, und kam ihm jetzt mit großen Schritten entgegen. Der Riese war sehr erzürnt, und so grimmig anzuschauen, daß den Knaben trotz seiner Beherztheit die Angst befiel.

„Was thust du hier in meinem Gehege?" brüllte der Riese. Der Knabe antwortete, daß er gegangen war, um eine Weide für sein Vieh zu finden. Der Riese entgegnete: „Packe dich sogleich fort, sonst will ich dich zerdrücken, wie ich jetzt diesen Stein zermalme." Hierbei faßte er einen großen grauen Stein, der am Boden lag, und zerdrückte ihn, so daß der Stein in tausend Fliesen zerstob. Der Knabe sagte: „Du bist sehr stark; aber ich bin nicht geringer an Kräften, obschon ich klein gewachsen bin." Er nahm einen von seinen Käsen heraus, und drückte ihn, daß die Molke heraus rann. Als der Riese dieses sah, verwunderte er sich sehr, und meinte, daß darin irgend ein Betrug verborgen sein möchte. Der Riese nahm wieder einen Stein von der Erde, und zermalmte ihn in kleine Stücke, der Knabe aber nahm den andern Käse, und drückte das Wasser daraus, wie früher. Hierauf erneuerte sich das Spiel noch einmal, und der Knabe drückte das Wasser aus dem dritten Käse. Da sagte der Riese: „Ich dachte nicht, daß du so stark wärst. Folge mir zu meinem Hof, enund di mir treu, so werde ich dir drei Scheffel Gold geben. Aber wenn du nicht nach meinem Sinne bist, will ich drei breite Riemen aus deinem Rücken schneiden." Der

Knabe erwiederte: „Dies scheint mir eine gute Bedingung zu sein, aber jetzt muß ich mein Vieh nach Hause treiben." Sie kamen dahin überein, daß sie sich den Tag darauf begegnen würden und hiermit endigte für diesmal ihr Gespräch.

Den andern Tag ging der Knabe zum Walde, und traf den Riesen, wie verabredet war. Sie gingen jetzt zur Stube des Riesen. Das Weib des Riesen aber war so groß, und von so barschem Aussehen, daß der Knabe sie mehr fürchtete, als den Riesen selbst.

Als eine Stunde verstrichen, sollten der Riese und sein Knecht zum Walde gehen, und Holz hauen. Der Riese sagte: „Weil du so stark bist, kannst du meine Art tragen." Die Art aber war so groß und schwer, daß der Knabe sie kaum heben konnte. Er entgegnete: „Vater! es ist besser, ihr tragt eure Art selbst, so kann ich vorausgehen, und den Weg weisen." Hiermit war der Riese zufrieden, und sie zogen zur Stätte. Als sie nun zur Stelle kamen, blieb der Riese bei einem großen Baum stehen. Er sagte: „Weil du so stark bist, kannst du den ersten Hieb thun; ich will den andern thun." „Nein," erwiederte der Knecht, „ich bin nicht im Stande, mit einer so kleinen Art zu hauen. Ihr könnt selbst den ersten Hieb führen, ich will dann den andern thun." Der Riese ließ sich hiermit zufrieden stellen, erhob die Art, und hieb gewaltig in die Wurzel; der Hieb aber war so stark, daß der Baum mit einem starken Krachen zur Erde fiel. Der Knecht war solchergestalt befreit, diesmal eine Probe von seiner Stärke zu zeigen.

Da nun der Baum heimgebracht werden sollte, fragte der Riese: „Willst du am Wipfel oder an der Wurzel tragen?" Der Knecht antwortete: „Ich will am Wipfel tragen." Der Riese hob den Baum auf die Schultern, der Knabe aber rief, daß er sich besser beugen solle. Der Riese that, wie ihm gesagt wurde, und trug zuletzt das ganze Bauholz im Gleichgewicht auf den Achseln. Hierauf hüpfte der Knabe selbst hinauf, und verbarg sich unter den Zweigen des Baumes. Als sie nun zum Hofe gekommen, war der Riese sehr müde, der Knecht aber meinte, daß dieses kaum eine schwere Arbeit war.

Den Tag darauf sagte der Riese, daß er fortgehen wolle; der Knecht solle daheim bleiben, und der Mutter Butter machen helfen. Das Riesenweib nahm nun ein Butterfaß voll mit Milch; aber das Butterfaß war so groß, daß der Knabe den Stab des Fasses kaum zu heben vermochte. Er sagte: „Mutter! dies scheint mir eine leichte Arbeit zu sein, aber ich will gerne, daß ihr mir zeigt, wie ich mich dabei zu benehmen habe."

Das Riesenweib that nach seinem Begehren, und fing zu buttern an; der Knabe stand dabei, und sah zu. Gerade als dies geschah, begann das Riesenkind zu schreien. Da sagte das Weib: „Nimm die Kleine mit dir zum Brunnen, und wasche sie rein, ich will buttern, während du fort bist." Der Knabe ging und beeilte sich nicht. Als er nun zum Brunnen kam, und die Kleine waschen sollte, die kaum kleiner, als er selbst war, dünkte es ihm besser, daß er das Riesenkind in das Wasser hinabrolle und ertränke. Der Knecht meinte, es wäre ein geringer Schaden;

dachte aber, daß es von nun an nicht räthlich wäre, länger bei den Riesenleuten zurück zu bleiben.

Als der Knabe wieder zur Stube kam, hatte das Weib zu buttern geendiget. „Du hast lange gezaudert," sagte sie zum Knecht, „aber was hast du mit meinem Kinde gemacht?" Der Knabe antwortete: „Ja, als ich es gewaschen hatte, sprang es zum Walde, um seinem Vater zu begegnen." „Ja so," antwortete das Weib, „dann kommen sie wol bald zusammen nach Hause." Gegen Abend kam der Riese vom Walde heim, und war sehr ermüdet. Das Weib rief ihm entgegen: „Vater! was hast du mit unserm Mädchen gethan?" Der Riese antwortete: „Ich habe kein Mädchen gesehen!" Da erschrak das Riesenweib, und begann fürchterlich zu schreien und zu jammern. Der Knabe sagte, daß er und der Riese fortgehen wollen, um das Kind zu suchen. Sie zogen nun in den Wald, und suchten auf allen Plätzen, konnten aber Niemanden finden. Als der Riese und sein Knecht lange umhergeirrt waren, kamen sie zuletzt an die Gränze von den Besitzungen des Riesen. Da sagte der Hirtenknabe: „Vater! ich bin jetzt nicht weit von der Heimat. Erlaubt mir, zu meiner Mutter zu gehen, die mich erwartet. Am Morgen will ich wieder kommen, und euch suchen helfen." Der Riese entgegnete: „Du kannst gehen, weil du mir so treu gewesen, komm aber bald zurück." Bei diesen Worten nahm der Riese drei Scheffel Gold hervor, und gab sie dem Knaben als Lohn für seinen Dienst. Der Knecht aber dankte ihm, und sagte, das nächste Mal wolle er noch besser dienen. Der Riese und der Hirtenknabe zogen nun jeder nach seinem Wohnorte. Der Knabe ging zu seiner Mutter heim, und gab ihr all das Vermögen, das er gewonnen, so daß sie von diesem Tage an reich und glücklich waren. Der Riese aber streifte im Walde umher, um sein Kind zu suchen. Dort gehen er und sein Weib, und suchen noch heut zu Tage.

II.

Das Weib, welches in den Ofen gesteckt wurde.

A.
Die Riesenstube, deren Dach aus bloßen Würsten bestand.

Aus Süd-Smaland.

Es war einmal ein armer Hintersasse, wie es viele wol gibt; der wohnte tief im Walde. Er hatte zwei Kinder, einen Knaben und ein Mädchen. Eines Tages sagte der Hintersasse, daß sie ausgehen, und kleines Reis hauen sollten. Die Kinder gehorchten; der Knabe nahm eine Art, die Schwester folgte ihm, und so zogen sie in den Wald, um Reis zu hauen, wie ihnen ihr Vater befohlen. Aber wie sie vorwärts und zurückwanderten, konnten sie zuletzt nicht den Weg nach Hause finden. Der Mittag kam, der Abend kam, und je länger es dauerte, desto mehr vertiefen sich die armen Kinder in die Wildniß. Da ward das Mädchen ängstlich, und setzte sich auf einen umgefallenen Baum, und weinte bitterlich; der Knabe aber war guten Muthes und tröstete seine Schwester, so gut er es vermochte. „Weine nicht" sagte er, „ich will für uns eine Hütte bauen; am Morgen, wenn es tagt, finden wir schon wieder heim." Gesagt und gethan; er nahm seine Art, und baute eine kleine Hütte aus kleinen Reisern; das Mädchen trocknete nun ihre Thränen ab, und so blieben sie über Nacht im Walde.

Am folgenden Morgen begannen die Kinder des Hintersassen wieder ihre Wanderung, aber eben so wenig wie den Tag vorher, konnten sie den Weg finden. Als sie nun Beide lange schon gewandert waren, ward das Mädchen müde und setzte sich nieder, und weinte bitterlich. „Weine nicht," tröstete der Bruder, „der Tag ist lang, und wir kommen wol heim, ehe die Sonne in den Wald geht." Das Mädchen sagte: „ich vermag nicht länger zu gehen, ich bin so hungrig, so hungrig." Der Knabe aber behielt seinen guten Muth, und meinte, er würde schon Hilfe für den Kummer finden. Er bat nun seine Schwester, zurückzubleiben, während er fortging, um ihr Nahrung zu verschaffen.

Als der Knabe eine Weile gewandert war, kam er zu einer kleinen Hölzung; mitten in der Hölzung war eine kleine Stube, deren Dach aus bloßen Würsten bestand. Da ward er frohen Sinnes und schlich ganz nahe hin, um zu sehen, ob er zu der schönen Speise kommen könnte. Man vernahm nichts, und der Knabe erdreistete sich zuletzt, auf das Dach der Stube hinaufzukriechen. Er guckte in diese durch ein Rauchloch hinab, und sah einen alten Riesen, der darin zugleich mit seinem Weibe wohnte. Da wollte der Knabe sich hinweg begeben, aber der Riese bemerkte das Gepolter, und rief mit rauher Stimme: „Wer ist es, der auf meinem Dache zappelt?" Der Knabe antwortete mit schwacher Stimme: „Blos ein kleiner, kleiner Vogel." „Ja so," brummte der Riese, „dann kannst du keinen Schaden thun." Der Knabe nahm einen Bund Würste, und sprang schnell zu seiner Schwester fort, die während der Zeit mit großer Angst und Furcht seine Ankunft abwartete.

Es waren so einige Tage vergangen, ohne daß die beiden Geschwister irgend einen Mangel erlitten, obschon sie den Weg aus der Wildniß nicht finden konnten. Als nun der Speisevorrath zu Ende war, mußte der Knabe sich wieder nach dem Orte begeben, um mehreres herbeizuschaffen. Er schlich sich daher zu der Stube des Riesen, deren Dach aus bloßen Würsten bestand, und kroch letse auf das Dach hinauf. Aber der Riese hörte das Geräusch und rief mit barscher Stimme: „Wer ist es, der auf meinem Dache zappelt?" Der Knabe antwortete mit schwacher Stimme: „Blos ein kleiner, kleiner Vogel." „Ja so," antwortete der Riese, „da kannst du keinen Schaden thun." Der Knabe nahm hierauf einen Bund Würste, wie das vorige Mal, und sprang eilig zu seiner Schwester fort, die mit Unruhe abwartete, wie seine Fahrt ablaufen mochte.

Nach einiger Zeit sollte sich der Knabe wieder hinwegbegeben, um Nahrung für sich und seine Schwester herbeizuschaffen. Diesmal wollte das Mädchen mitgehen, um zu sehen, wie es sich zutrage. Der Knabe willigte lange nicht in ihr Begehren ein, und meinte, es wäre besser, er ginge allein. Aber die Schwester war beharrlich, und wie es in solchen Fällen zu gehen pflegt, behielt sie zuletzt recht. Als sie nun zur Stube des Riesen kamen, ward dem

Mädchen bange, und begann zu weinen. „O! schweig," tröstete der Bruder, „du sollst sehen, es ist nicht so gefährlich." Er kroch hierauf auf das Dach, und warf die Würste seiner Schwester zu, die unten stand. Als der Riese das Geräusch hörte, brummte er wie früher: „wer ist's, der auf meinem Dache zappelt?" Der Knabe antwortete mit heller Stimme: „Blos ein kleiner, kleiner Vogel." Das Mädchen konnte aber jetzt ihr Lachen nicht mehr zurückhalten, sondern schrie laut: „Hi, hi, hi." Da wurde dem Knaben bange, und er wollte forteilen; in demselben Augenblicke aber glitt er aus, brach auf dem Dache das Loch ein, und er fiel über Hals und Kopf durch die Oeffnung hinab. Als das Mädchen dieses Unglück sah, erschrak es sehr, und floh eilig in den Wald zurück.

„Ja, nun sehe ich, was für ein kleiner Vogel du bist," sagte der Riese, als der Knabe durch das Stubendach herabfiel. Er sprach hierauf mit seiner Frau, und sagte: „Mutter! nimm den Knaben, und mäste ihn gut, daß wir in einigen Tagen einen guten Braten erhalten können." Das Riesenweib that, wie der Mann zu ihr gesprochen, ergriff den Knaben, und sperrte ihn in eine Stube ein. Hier fand er Nußkerne und süße Milch, so viel ihm zu essen gelüstete, und er wurde bald stärker und fetter, als er es vorher gewesen.

Es ging so einige Zeit vorbei, und der Riese wollte wissen, ob der Knabe schon hinlänglich gemästet war. Er ging daher zur Steige, und rief, daß der Knabe seinen Finger hervorstrecken sollte. Aber dieser ahnte Schlimmes, und streckte statt dessen eine Baumzwecke hervor. Der Riese ich es vielleicht lernen." Das Weib that, wie er gebeten, und setzte sich mit gekrümmtem Rücken auf die Schaufel. Sogleich war der Knabe bereit, faßte die Schaufel, und schoß das Weib in den glühendheißen Ofen hinein. Dies war der Tod des Riesenweibes. Als das Riesenweib todt war, raffte der Knabe in Eile zusammen, was er im Hause finden konnte, und ging hierauf, seine Schwester aufzusuchen. Er fand sie in der kleinen Reiserhütte, und jeder kann wol denken, was das für eine Freude war, als sie sich trafen; da sie nie mehr glaubten, sich einander wiederzusehen. Das Mädchen aber hatte während der Zeit sich von den Würsten ernährt, welche der Knabe vom Dache herabgeworfen hatte, als er von dem Riesen festgehalten wurde. Sie dachte nun, daß ihr Bruder längst aufgezehrt wäre, und hatte selbst die ganze übrige Zeit um ihn geweint.

Während sich alles das ereignete, kam der Riese wieder von seinem Ritt zurück, und wunderte sich, daß seine Frau ihm nicht entgegen ging, wie es ihre Sitte war. „Aber," dachte er im Stillen, „sie hat wol so viel mit dem Gastmahl zu schaffen, daß sie nicht abkommen kann."

Der Riese stieg nun vom Pferde, und ging hinein; aber das Weib kam nirgends zum Vorschein. „Vielleicht," meinte der Riese, „ist sie zum Walde gegangen; ich will unterdessen nach dem Braten sehen." Als er nun das Ofenloch öffnete, siehe, da saß sein eigenes Weib gebraten, und verbrannt im Ofen; der verschmitzte Knabe aber war entflohen. Als der Riese dies sah, und begriff, wie alles zugegangen sei, ward er so erzürnt, daß sein Herz barst, und er todt an der Feuerstätte niederstürzte.

Einige Tage darnach war der Speisevorrath der Hintersassenkinder zu Ende. Da überlegte bei sich der Knabe, daß er wol gehen und sehen müßte, wie es bei dem Riesen stand. Diesmal ging das Mädchen nicht mit. Als der Knabe nun zur Stube des Riesen kam, kroch er ganz leise auf das Dach hinauf, und spähte durch den Rauchfang. Aber jeder kann denken, wie er sich freute, als er den Riesen an der Feuerstätte todt liegen sah. Der Knabe sprang jetzt zu seiner Schwester, und erzählte ihr diese Neuigkeiten. Hierauf gingen die Kinder des Hintersassen zurück, und trugen alles Silber und andere Habe fort, welche die Riesenleute besessen hatten. Auf der andern Seite der Stube des Riesen fanden sie aber einen Pfad, der durch den Wald führte. Diesen verfolgten sie, und kamen solchergestalt glücklich wieder zu ihrem Vater. Seitdem erfuhr ich nichts weiteres.

B.
Die Stube, deren Dach aus bloßen Käsen bestand.
Aus Upland.

Fern auf einem Berge im Walde wohnte eine böse Hexe, die, wie man behauptete, Kinderfleisch esse. Sie pflegte daher ihre Stube mit Käse zu bedecken, um damit kleine Knaben und Mädchen zu locken, die in der Nachbarschaft umherwanderten. Wenn sie aber irgend ein Kind gefangen, bratete sie es im Ofen und aß dasselbe auf.

Nahe daran wohnte ein armer Hintersasse, der hatte einen Sohn, und eine Tochter. Als einst das Essen im Hause kaum hinreichte, sagte der Hintersasse eines Tags zu seinen Kindern, daß sie in den Wald hinausgehen und Beeren pflücken sollten. Die Geschwister gingen, und kamen zuletzt zu einem hohen Berg. Hier sahen sie eine Stube, deren Dach aus bloßen Käsen bestand. Da hielten die Kinder Rath mit einander, und überlegten, wie sie wol einen von den schönen Käsen bekommen könnten.

Der Knabe sollte nun sein Glück versuchen, und kroch leise auf das Dach. Als aber die Hexe das Geräusch vernahm, rief sie: „Wer ist's, der so knarpelt auf meinem Dache?" Der Knabe antwortete mit leiser Stimme: „Es ist blos Gottes kleiner Engel, Gottes kleiner Engel." „Knarple dann im Frieden," erwiederte die Hexe; der Knabe nahm so ein Stück Käse, und kam hierauf wohlbehalten wieder zu seiner Schwester.

Den andern Tag gingen die Kinder des Hintersassen wieder zum Berge, aber nun wollte das Mädchen durchaus ihrem Bruder zum Hause der Hexe folgen. Der Knabe stemmte sich dagegen; aber es half nichts. Als sie nun hinauf zum Stubendache gekommen waren und von den schönen Käsen zu nehmen begannen, rief die Hexe: „Wer ist's, der so knarpelt auf meinem Dache?" Der Knabe antwortete mit schwacher Stimme: „Es ist blos Gottes kleiner Engel, Gottes kleiner Engel." „Und ich, ich" fügte das Mädchen hinzu. Da übte die Hexe ihre Macht über die beiden Kinder, so daß das Dach entzwei brach, und sie über Hals und Kopf in die Stube herabfielen.

griff darauf, und dachte, daß der Knabe noch sehr mager sein müßte, weil sein Fleisch so hart anzufühlen wäre. Der Riese ging nun zu seiner Frau, und sagte, daß der Knabe doppelt so viel Nußkerne und süße Milch erhalten sollte, als früher, was auch geschah.

Einige Tage darauf ging der Riese wieder zur Steige, um zu erfahren, ob der Knabe schon hinlänglich fett wäre. Dieser streckte eine Baumzwecke hervor, wie das vorige Mal. Der Riese wunderte sich sehr, daß der Knabe so wenig Fleisch habe, und ward auf seine Frau sehr verdrießlich. Aber das Riesenweib entschuldigte sich, und meinte, daß es wenig der Mühe lohne, ferner den Knaben zu mästen, weil er noch nicht fett geworden. Der Riese sagte: „Wenn es so ist, wie du sagst, will ich sogleich heute forteilen, und unsere Verwandten zum Schmause laden, du kannst unterdessen den Ofen heizen, und den Braten zubereiten." Dies schien dem Weibe ein guter Rath zu sein, und sie versprach zu thun, wie ihr Mann gesagt hatte. Hierauf sattelte der Riese seinen Zelter, und ritt seinen Weg.

Als der Riese fortgeritten war, zündete das Weib ein großes Feuer an, und machte den Ofen sehr warm. Sie holte den Knaben aus der Steige, und ließ ihn auf den Brotschieber setzen, um ihn in den Ofen einzuschießen. Aber der Knabe merkte, daß es sein Leben gelte, und fiel daher herab, so oft das Weib den Schaft der Backschaufel ergriff. Das Riesenweib wurde unwillig über eine solche Ungeschicklichkeit; der Knabe aber entschuldigte sich, daß er nicht recht wüßte, wie er sitzen solle. „Mutter!" sagte er, „setzt euch selbst auf den Brotschieber, so könnte

Einige Tage darnach war der Speisevorrath der Hintersassenkinder zu Ende. Da überlegte bei sich der Knabe, daß er wol gehen und sehen müßte, wie es bei dem Riesen stand. Diesmal ging das Mädchen nicht mit. Als der Knabe nun zur Stube des Riesen kam, kroch er ganz leise auf das Dach hinauf, und spähte durch den Rauchfang. Aber jeder kann denken, wie er sich freute, als er den Riesen an der Feuerstätte todt liegen sah. Der Knabe sprang jetzt zu seiner Schwester, und erzählte ihr diese Neuigkeiten. Hierauf gingen die Kinder des Hintersassen zurück, und trugen alles Silber und andere Habe fort, welche die Riesenleute besessen hatten. Auf der andern Seite der Stube des Riesen fanden sie aber einen Pfad, der durch den Wald führte. Diesen verfolgten sie, und kamen solchergestalt glücklich wieder zu ihrem Vater. Seitdem erfuhr ich nichts weiteres.

B.
Die Stube, deren Dach aus bloßen Käsen bestand.
Aus Upland.

Fern auf einem Berge im Walde wohnte eine böse Hexe, die, wie man behauptete, Kinderfleisch esse. Sie pflegte daher ihre Stube mit Käse zu bedecken, um damit kleine Knaben und Mädchen zu locken, die in der Nachbarschaft umherwanderten. Wenn sie aber irgend ein Kind gefangen, bratete sie es im Ofen und aß dasselbe auf.

Nahe daran wohnte ein armer Hintersasse, der hatte einen Sohn, und eine Tochter. Als einst das Essen im Hause kaum hinreichte, sagte der Hintersasse eines Tags zu seinen Kindern, daß sie in den Wald hinausgehen und Beeren pflücken sollten. Die Geschwister gingen, und kamen zuletzt zu einem hohen Berg. Hier sahen sie eine Stube, deren Dach aus bloßen Käsen bestand. Da hielten die Kinder Rath mit einander, und überlegten, wie sie wol einen von den schönen Käsen bekommen könnten.

Der Knabe sollte nun sein Glück versuchen, und kroch leise auf das Dach. Als aber die Hexe das Geräusch vernahm, rief sie: „Wer ist's, der so knarpelt auf meinem Dache?" Der Knabe antwortete mit leiser Stimme: „Es ist blos Gottes kleiner Engel, Gottes kleiner Engel." „Knarple dann im Frieden," erwiederte die Hexe; der Knabe nahm so ein Stück Käse, und kam hierauf wohlbehalten wieder zu seiner Schwester.

Den andern Tag gingen die Kinder des Hintersassen wieder zum Berge, aber nun wollte das Mädchen durchaus ihrem Bruder zum Hause der Hexe folgen. Der Knabe stemmte sich dagegen; aber es half nichts. Als sie nun hinauf zum Stubendache gekommen waren und von den schönen Käsen zu nehmen begannen, rief die Hexe: „Wer ist's, der so knarpelt auf meinem Dache?" Der Knabe antwortete mit schwacher Stimme: „Es ist blos Gottes kleiner Engel, Gottes kleiner Engel." „Und ich, ich" fügte das Mädchen hinzu. Da übte die Hexe ihre Macht über die beiden Kinder, so daß das Dach entzwei brach, und sie über Hals und Kopf in die Stube herabfielen.

„Ja, das ist gewiß, und wahr, daß ihr Gottes schöne kleine Engel seid," sagte das Weib, als die Kinder durch das Dach herabrollten. Sie fügte hinzu: „Das ist gut, nun mache ich mir einen guten Braten." Eine Stunde darauf fragte sie: „Wie schlachtet eure Mutter ihr Schwein?" „Sie sticht es mit einem Messer," sagte das Mädchen. „Nein," verbesserte der Bruder, „sie schlingt ein blaues Band um seinen Hals, bis es erstickt." — „So will ich es auch machen," entgegnete die Hexe. Sie wickelte nun ein blaues Band zusammen, und schlang es um den Hals des Knaben, wobei dieser zu Boden fiel, als wenn er todt wäre. „Bist du nun todt?" fragte die Hexe. „Ja," antwortete der Knabe. „Nein," erwiederte das Weib, „du bist noch nicht wirklich todt; denn da könntest du nicht reden." Der Knabe entgegnete: „Ich will nur sagen, daß meine Mutter nie ihr Schwein zu schlachten pflegt, bevor dasselbe gemästet worden." — „So will ich es auch machen," sagte die Hexe.

Das Weib nahm nun beide Kinder, und sperrte sie in eine Steige ein. Einige Stunden darauf fragte sie: „Wie mästet eure Mutter ihr Schwein?" „Mit Trebern und Trank," sagte das Mädchen. „Nein," verbesserte der Knabe, „sie mästet es mit Nußkernen und süßer Milch." — „So will ich es auch machen," entgegnete die Hexe.

Eines Tages ging das Weib zur Steige, um zu sehen, ob die Kinder gutes Fleisch hätten. „Streckt den Finger heraus," rief sie, „damit ich fühlen kann, ob ihr genug gemästet seid." Das Mädchen that, wie das Weib befohlen. Der Knabe aber stieß sie schnell zurück, und streckte statt dessen eine Baumzwecke hervor. Die Hexe fühlte daran, und sagte: „Ihr seid sehr mager, ich will euch noch einige Zeit mästen." Sie gab ihnen hierauf doppelt so viel Nußkerne und süße Milch als vorher, so, daß sie weit mehr hatten, als sie davon verzehren mochten.

Nach einigen Tagen ging das Weib wieder zur Steige, um zu prüfen, ob die Geschwister schon hinlänglich fett seien. „Streckt einen Finger hervor", rief sie, „daß ich euer Fleisch befühlen kann." Der Knabe streckte nun einen Kohlstengel hervor, den er in der Steige gefunden. Die Hexe schnitt mit ihrem Messer hinein, und dachte, daß die Kinder fett genug wären. Sie nahm dieselben hierauf mit sich in die Stube, wo der Ofen geheizt und alles bereit war, um sie hineinzustecken.

Nun, sagte die Hexe, daß eines von den Geschwistern sich auf den Brotschieber setzen solle. Da ging das Mädchen hervor, und wollte thun, wie das Weib befohlen. Der Knabe aber stieß sie zurück, und setzte sich selbst statt ihr hin. Als ihn nun die Hexe in den Ofen schießen wollte, benahm er sich sehr ungeschickt, und fiel jedesmal herab, wenn das Weib den Schaft der Schaufel ergriff. Die Hexe ward sehr ungehalten darüber; der Knabe aber war verschmitzt, und bat sehr dringend, daß sie sich selbst auf den Brotschieber setzen, und es ihm zeigen wolle, damit es ihm das nächste Mal besser gelänge. Das Weib that nach seinem Willen, und setzte sich auf die Schaufel; aber der Knabe war schnell bereit, faßte den Schaft, schoß die Hexe in den Ofen, und versperrte das Ofenloch.

Die Kinder des Hintersassen nahmen nun alle Habe, die sie in der Stube fanden, und kehrten freudig zu ihrem Vater zurück. Ich weiß es aber nicht gewiß, ob die Hexe auch wirklich gebraten wurde, denn schwerlich hat Jemand das Ofenloch geöffnet, um darnach zu sehen.

III.

Der Knabe, der die kostbaren Schätze des Riesen stahl.

A.

Das Schwert, die Goldhühner, die Goldlampe und die Goldharfe.

Aus Süd-Smaland.

Es war einmal ein armer Hintersasse, der hatte drei Söhne. Die beiden ältesten folgten ihrem Vater in den Wald und auf das Feld, und standen ihm bei der Arbeit bei; der jüngste Knabe aber hielt sich daheim bei der Mutter auf, und half ihr in ihren Geschäften. Deßwegen wurde er von seinen Brüdern gering geachtet, und sie verübten an ihm Schlimmes, so viel sie konnten.

Es geschah nach einiger Zeit, daß die Hintersassenleute starben, und die drei Söhne ihr Erbe theilen sollten. Da ging es, wie Jedermann wol denken kann, daß die älteren Brüder dasjenige nahmen, was von Werth war, und ihrem jüngeren Bruder nichts ließen. Als nun alles Andere vertheilt war, blieb nur ein alter zersprungener Backtrog übrig, den keiner in Besitz nehmen wollte.

Da sagte einer von den Brüdern: „Dieser alte Trog kann für unsern jüngsten Bruder passend sein, er backt und kocht so gerne." Der Knabe dachte wol, daß dies ein geringes Erbtheil sei, aber er mußte sich begnügen. Nach diesem Tage schien es ihm gleichwol nicht gut, daheim zu bleiben; er nahm daher Abschied von seinen Brüdern, und zog in die Welt hinaus, um sein Glück zu versuchen. Als er nun zum Seestrande kam, machte er mit Hanswerg seinen Trog wasserdicht, und machte daraus ein kleines Boot, an welches er zwei Stöcke als Ruder befestigte. Hierauf ruderte er seines Weges.

Als der Knabe über den See gefahren war, kam er zu einem großen Königshof. Er ging hinein, begehrte mit dem Könige zu sprechen. Dieser fragte: „Woher stammst du, und was ist dein Gewerbe?" Der Knabe antwortete: „Ich bin der Sohn eines armen Hintersaßen, der in der ganzen Welt nichts besitzt, außer einem alten Backtrog. Nun bin ich hierher gekommen, um Dienst zu suchen." Als der König dies hörte, lachte er, und sagte: „Da hast du ein geringes Erbe, aber das Glück wechselt oft wunderbar." Der Knabe wurde unter die Pagen des Königs aufgenommen, und von allen wegen seiner Kühnheit und Behendigkeit wohl gelitten.

Nun muß erzählt werden, daß der König, der über den Königshof herrschte, eine einzige Tochter hatte. Sie war sowol schön, als auch klug, so daß ihre Schönheit und ihr Verstand weithin gerühmt wurden, und Freier sowol von Osten als auch von Westen kamen, um sie zu begehren. Die Prinzessin aber wies sie alle ab, es sei denn, daß sie ihr zum Brautgeschenk vier kostbare Schätze bringen konnten, welche von einem Riesen an der andern Seite des Sees besessen wurden. Die kostbaren Schätze waren: Ein goldenes Schwert, zwei Goldhühner, eine Goldlampe und eine Harfe von Gold. Manche Kämpfer und Königssöhne waren fortgezogen, um diese Schätze zu gewinnen; aber keiner kam zurück, denn der Riese erhaschte sie alle, und aß sie auf. Dies hielt der König für schlimm; er fürchtete, es werde seine Tochter ohne Mann bleiben müssen, und er selbst nie einen Eidam bekommen, der sein Reich erben könne.

Als der Knabe hievon das Gerücht vernahm, dachte er im Stillen, daß es wol eines Versuches werth wäre, um die schöne Königstochter zu gewinnen. In solchen Gedanken ging er eines Tages zum König, und theilte ihm sein Unternehmen mit. Der König aber ward erzürnt, und sagte: „Wie willst du, der du ein geringer Junge bist, denken, dies auszuführen, was kein Kempe bisher vermochte?" Der Knabe blieb jedoch fest bei seiner Meinung, und bat um die Erlaubniß, sein Glück zu versuchen. Als nun der König seine Kühnheit sah, überwand er seinen Zorn und gab ihm Erlaubniß. Er sprach zu ihm: „Es gilt dein Leben, und ich will dich ungern verlieren." Nach diesem Gespräche schieden sie von einander.

Der Knabe ging nun zum Seestrande, suchte sein Boot auf, und sah sich genau auf allen Seiten um. Hierauf ruderte er über den See, und legte sich bei der Stube des Riesen auf die Lauer. Am Morgen aber, ehe es tagte, ging der Riese auf seine Dreschtenne, und drosch, daß es weit umher in den Bergen donnerte. Als der Knabe dies vernahm, sammelte er einen Haufen kleiner Steine in seinen Quersack, kroch auf das Dach hinauf und machte ein kleines Loch, so daß er hinabschauen konnte. Der Riese pflegte sein goldenes Schwert immer an der Seite zu tragen, und das Schwert hatte eine so wunderbare Eigenschaft, daß es jedesmal laut tönte, wenn er zornig wurde. Als nun der Riese im besten Dreschen war, warf der Knabe einen kleinen Stein, so daß er auf das Schwert fiel, wobei dieses einen starken Ton von sich gab. „Warum tönst du?" sagte der Riese unwillig, „ich bin ja nicht erzürnt." Er drosch wieder; doch das Schwert tönte von Neuem. Der Riese drosch weiter, und das Schwert tönte zum dritten Male. Da ward der Riese verdrießlich, schnallte es vom Gürtel ab, und warf das Schwert durch die Thür der Dreschtenne hinaus. „Lieg' dort," sagte er, „bis ich mit dem Dreschen zu Ende bin." Der Knabe aber wartete nicht, sondern kroch schnell vom Dache herab, ergriff das goldene Schwert des Riesen, sprang in sein Boot, und ruderte über den See. Hier verbarg er seine Beute, und freute sich, daß sein Abenteuer so gut abgelaufen.

Den andern Tag füllte der Knabe seinen Quersack mit Korn, legte ein Bündel Lindenbast in das Boot, und begab sich wieder zu der Stube des Riesen. Als er nun eine Weile auf der Lauer gelegen, sah er, wo die drei Goldhühner des Riesen an dem Seestrande gingen, und ihre Flügel ausbreiteten, so daß sie an der Sonne herrlich glänzten. Sogleich näherte er sich ihnen, lockte die Goldhühner so stille, so stille, und fütterte sie mit dem Korne aus seinem Quersack. Während die Vögel alles aßen, zog der Knabe sich in die Nähe des Wassers, und zuletzt waren alle drei Goldhühner in seinem kleinen Boote versammelt. Da sprang er schnell hinzu, stieß das Boot in das Wasser, und band die Goldhühner mit Lindenbast. Hierauf ruderte er eiligst hinweg, und verbarg seinen Raub am andern Ufer.

Den dritten Tag legte der Knabe eine Menge Salzstücke in seinen Quersack, und fuhr wieder über den See. Als die Nacht hereinbrach, bemerkte er, wie der Rauch über der Stube des Riesen emporwirbelte, und er schloß daraus, daß das Riesenweib beschäftigt war, das Essen zuzubereiten. Der Knabe kroch jetzt auf das Dach, spähte durch den Rauchfang und sah, daß ein sehr großer Topf über dem Feuer stand, und kochte. Da nahm er ein Salzstück aus seinem Quersack, und ließ es nach und nach in den Topf fallen. Hierauf schlich er sich vom Dache, und wartete ab, was geschehen würde.

Als eine Weile verstrichen, hob das Riesenweib ihren Topf vom Feuer, goß den Brei aus, und stellte die Schüssel auf den Tisch. Der Riese war hungrig, und fing sogleich zu essen an. Als er nun den Brei kostete, und merkte, daß er salzig und bitter war, stand er auf und ward sehr erzürnt. Das Weib entschuldigte sich, und meinte, daß der Brei gut wäre; der Riese aber bat sie, selbst davon zu nehmen; ihm gelüstete nicht weiter von ihrem Gerüchte zu essen. Das Weib sollte nun den Brei kosten, aber sie grinste dabei recht böse; denn so schlechte Speise hatte sie früher nie zubereitet.

Das Riesenweib wußte sich jetzt keinen andern Rath, als einen neuen Brei für ihren Herrn zu kochen. Sie er=

greift daher den Eimer, nimmt die Goldlampe von der Wand und eilt zum Brunnen, um Wasser zu holen. Als sie nun die Lampe auf die Kufe des Brunnens setzte, und sich niederbog, um Wasser herauf zu winden, war der Knabe gleich bei der Hand, faßte das Weib an den Füßen, warf es über Hals und Kopf in den Brunnen, und nahm die schöne Lampe mit sich. Hierauf entfloh er, und kam glücklich über den See. Während dem saß der Riese und wunderte sich, daß sein Weib so lange außen bleibe. Er ging zuletzt hinaus, um nachzusehen; aber Niemand war da, nur ein dumpfes Plätschern vernahm man aus dem Brunnen. Nun merkte der Riese, daß sein Weib in das Wasser gefallen, und half ihr mit großer Mühe wieder auf das Trockene. „Wo ist meine Goldlampe?" war des Riesen erste Frage, als das Weib wieder zu sich gekommen. „Ich weiß es nicht," antwortete das Riesenweib, „aber es schien mir, daß Jemand mich bei den Füßen faßte, und in den Brunnen warf." Da ward dem Riesen schlimm zu Muthe, und er sagte: „Drei von meinen Schätzen sind schon fort. Nun habe ich nichts übrig, außer meiner Goldharfe; aber die soll mir vor Dieben bewahrt bleiben, wer sie auch seien. Ich will die Harfe einschließen, unter zwölf Schlössern."

Während sich dieses bei dem Riesen ereignete, saß der Knabe am andern Ufer, und freute sich, daß Alles so gut abgelaufen war. Nun aber war das Schwerste zu bestehen, die goldene Harfe des Riesen zu gewinnen. Der Knabe sann lange nach, was hier gerathen wäre; er konnte aber keinen Ausweg finden. Er beschloß deßhalb über den

See zur Stube des Riesen zu fahren, und dort die Gelegenheit abzuwarten, die sich eröffnen würde.

Gesagt, gethan. Der Knabe ruderte über den See, und legte sich auf die Lauer. Aber es kam anders; der Riese war wol auf seiner Hut, wurde des Knaben gewahr, sprang schnell hervor und ergriff ihn. „So habe ich dich nun endlich, du Dieb," sagte der Riese ergrimmt, „es ist Niemand anderer als du, der mein Schwert, meine drei Goldhühner und meine goldene Lampe gestohlen." Da ward dem Knaben bange, denn er glaubte, daß seine letzte Stunde gekommen wäre. Er antwortete demüthig: „Laß mir das Leben, lieber Vater! ich will nie mehr hieher kommen." „Nein," entgegnete der Riese „es soll dir so gehen, wie es den Uebrigen ergangen. Keiner entschlüpfte lebend meinen Händen." Der Riese ließ den Knaben in eine Steige sperren, und gab ihm Nußkerne und süße Milch, damit er gut gemästet werden möchte; bevor er geschlachtet und aufgezehrt werden sollte.

Der Knabe saß nun gefangen, aß und trank, und machte sich gute Tage. Nach einiger Zeit wollte der Riese wissen, ob er schon hinlänglich fett wäre. Der Riese ging daher zur Steige, bohrte ein Loch in die Wand und befahl dem Knaben einen Finger hervorzustrecken. Dieser aber merkte seine Absicht und streckte statt dessen, eine neu abgeschälte Erlenzwecke hervor. Der Riese schnitt hinein, so daß der rothe Saft aus derselben heraustropfte, da dachte er, daß der Knabe wol noch sehr mager sein müsse, nachdem sein Fleisch so hart anzufühlen wäre. Der Riese ließ nun dem Gefangenen noch mehr süße Milch und Nußkerne als früher geben.

Nach einiger Zeit ging der Riese wieder zur Steige, und gebot dem Knaben, seinen Finger durch die gebohrte Wand herauszustrecken. Der Knabe streckte nun einen Kohlstengel hervor, und der Riese schnitt mit seinem Messer hinein. Da meinte der Riese, daß der Gefangene hinlänglich gemästet sein mochte, da er so mürbes Fleisch habe.

Als der Morgen kam, sagte der Riese zu seinem Weibe: „Mutter, der Knabe ist sehr fett, nimm ihn heraus, und stecke ihn in den Ofen! Während dem will ich fortgehen, und unsere Verwandten zum Schmause laden." Das Weib versprach zu thun, wie ihr Mann gesagt hatte. Sie heizte den Ofen sehr warm, und ergriff den Knaben, um ihn hineinzustecken. „Setze dich auf die Backschaufel!" sagte die Riesenalte; der Knabe that es. Als aber das Weib den Schaft der Schaufel aufhob, taumelte er immer nieder, und so geschah es wol zehnmal. Zuletzt wurde das Riesenweib erzürnt, und schalt seine Ungeschicklichkeit. Der Knabe aber entschuldigte sich, daß er nicht wisse, wie er recht sitzen solle. „Warte, ich will es dich lehren," sagte das Weib, und setzte sich selbst auf die Backschaufel mit gekrümmtem Rücken und zusammengezogenen Knien. Kaum war sie hinaufgekommen, als der Knabe schon zur Hand war, den Schaft faßte, das Weib in den Ofen einschoß, und das Ofenloch zusperrte. Hierauf nahm er den Pelz des Riesenweibes, stopfte ihn mit Stroh aus, und legte ihn auf das Bett, nahm den Schlüsselbund des Riesen, öffnete die zwölf Schlösser, steckte die Goldharfe zu sich und eilte hinab zu seinem Boote, das am Seestrande im Wasser verborgen stand.

Nach einiger Zeit kam der Riese wieder heim. „Wo kann wol die Mutter sein," dachte er bei sich, als sein Weib nicht erschien; „ja so, sie hat sich niedergelegt, um eine Weile zu ruhen, ich konnte es wol denken. Aber so lange das Weib auch schon schlief, wollte sie jetzt gleichwol nicht erwachen, obschon die Gäste bald erwartet wurden. Der Riese ging nun, sie zu wecken, und rief: „Wach auf, Mutter!" Aber Niemand antwortete. Er rief zum zweiten Male, aber noch keine Antwort. Da wurde der Riese mißlaunig und rüttelte sehr stark den Pelz, der im Bette lag. Nun merkte er erst, daß es nicht sein Weib war, sondern ein Strohbund, worüber man ihre Kleider gezogen. Bei dieser Entdeckung begann der Riese Schlimmes zu ahnen, und sprang hin, nach seiner goldenen Harfe zu sehen. Aber der Schlüsselbund war fort. Und als er zuletzt zum Ofenloch ging, um die Festmahlsspeise zu schauen, sieh! da saß im Ofen sein eigenes Weib gebraten, und grinste ihm entgegen.

Nun war der Riese außer sich vor Schmerz und Zorn, und stürzte hinaus, um sich an dem zu rächen, der an allem diesen Unglück Schuld war. Als er zum Strande kam, sah er, wie der Knabe in seinem Boote saß, und auf der Harfe spielte; die Harfenklänge aber tönten über das Wasser, und die goldenen Saiten glänzten ihm schön, wie die Sonne entgegen. Der Riese sprang nun in den See, um den Knaben zu ergreifen; aber dort war es zu tief. Er legte sich dann an's Land und begann zu trinken, um das Wasser auszuleeren. Als er dieses mit aller Macht trank, entstand dort ein solches Strömen, daß das kleine Boot immer näher und näher gegen das Land geführt wurde. Aber gerade, als der Riese es festnehmen wollte, hatte er zu viel getrunken, so daß er zerplatzte. Dies war der Tod des Riesen.

Der Riese lag nun todt am Lande; der Knabe aber ruderte mit großer Lust und Freude über den See zurück. Als er zum Strande kam, kämmte er sein schönes blondes Haar, zog kostbare Kleider an, band das goldene Schwert des Riesen an seine Seite, nahm die Goldharfe in die eine Hand und die Goldlampe in die andere, lockte die Goldhühner nach sich her, und trat so ausgerüstet in den Saal, wo der König mit seinen Mannen zu Tische saß. Als der König den muthigen Jüngling sah, freute er sich sehr, und blickte ihn gnädig an. Der Knabe aber ging zu der schönen Königstochter, grüßte sie höflich und legte die kostbaren Schätze des Riesen vor ihr nieder. Nun herrschte große Freude im ganzen Reiche des Königs, daß die Prinzessin die Schätze des Riesen gewonnen, und dazu einen Bräutigam, so schön und hold, bekommen hatte. Der König ließ hierauf die Hochzeit seiner Tochter mit großen Pomp und Lustbarkeiten feiern; als aber der alte König starb, wurde der Knabe zum König im Lande ausgerufen, und lebte dort wol lange und glücklich.

Seitdem erfuhr ich nichts weiteres.

B.
Die Goldlampe, der Goldbock und der Goldpelz.
Aus Süd-Småland.

Es war einmal eine arme Witwe, die hatte drei Söhne. Die beiden ältesten gingen auf Arbeit aus, um sich den Unterhalt zu verschaffen. Daheim nützten sie gleichwol wenig, weil sie selten der Mutter Willen erfüllten, was sie auch sagen mochte. Der jüngste Knabe aber hielt sich immer im Hause auf, und stand der alten Witwe in ihren Geschäften bei; deßwegen wurde er von seiner Mutter sehr geliebt, von seinen Brüdern aber verfolgt, die ihm spottweise den Schimpfnamen Pinkel gaben. Eines Tags sagte die alte Witwe zu ihren Söhnen: „Nun müßt ihr euch in die Welt begeben und euer Glück versuchen, so gut ihr könnt. Ich vermag euch nicht länger daheim zu ernähren, seitdem ihr älter geworden." Die Knaben antworteten, daß sie nichts besseres wünschten, da es der Mutter unangenehm wäre, daß sie zu Hause blieben. Sie machten sich hierauf bereit; begaben sich auf den Weg, und wanderten eine geraume Zeit umher, ohne daß sie irgend einen Dienst erhalten konnten.

Als sie lange gereiset waren, kamen sie spät an einem Abend zu einem großen See. Weit außen in dem See war eine Insel, von wo ein starker Schein, wie von einem Feuer zu sehen war. Die Knaben blieben am Strande, und betrachteten den wunderbaren Schein, und schloßen daraus, daß daselbst Menschen sein mußten. Als es nun schon dunkel war, und die Brüder nicht wußten, wo sie über Nacht Herberge finden würden, beschlossen sie, ein Boot zu nehmen das im Wasser stand, und zur Insel hinüber zu fahren, und Herberge zu verlangen. In dieser Absicht setzten sie sich in das Boot, und ruderten über die Bucht. Als sie jetzt gegen die Insel kamen, wurden sie einer kleinen Hütte ansichtig, die am Seestrande lag. Die Knaben gingen dahin und bemerkten, daß dieser schöne Schein, der über die Gegend leuchtete, von einer goldenen Lampe kam, die an der Thür des Hauses stand. Vor dem Hause spazierte ein großer Bock mit goldenen Hörnern, an welchen kleine Glocken befestiget waren, die einen schönen Klang gaben, wenn das Thier sich bewegte. Die Brüder wunderten sich sehr über dieses alles, am allermeisten aber über die Alte, die mit ihrer Tochter im Hause wohnte. Das Weib war alt und häßlich, aber sie war prächtig in einen Pelz oder Mantel gekleidet, so künstlich mit goldenen Fäden gewirkt, daß er gleich klarem Golde in jeder Falte glänzte. Die Knaben begriffen nun wol, daß sie nicht zu einem gewöhnlichen Menschenkinde, sondern zu einer Troll oder zu einer Wassernymphe gekommen.

Nach einiger Ueberlegung gingen die Brüder hinein, und sahen, wie das Weib beim Herde stand, und mit einer Kelle in einem großen Topfe rührte, der über dem Feuer kochte. Sie brachten nun ihr Anliegen vor, und baten, ob sie dort über Nacht bleiben könnten. Das Weib aber antwortete hierauf: „Nein," und wies sie zu einem Königshofe hin, der auf der andern Seite des Sees lag. Als sie nun sprach, sah sie den jüngsten Knaben scharf an, der da stand und seine Augen überall in der Stube umherschweifen ließ. Das Weib fragte: „Wie heißt du mein Knabe?" Der Knabe antwortete schnell: „Ich heiße Pinkel." Die Hexe sagte: „Deine Brüder können fortziehen, du aber sollst hier bleiben, denn du stehst mir sehr verschmitzt aus, und dein Aussehen sagt mir, daß ich von dir nichts Gutes erwarten kann, wenn du anders im Königshofe lange verweilst." Der Knabe bat nun demüthig, mit seinen Geschwistern fortziehen zu dürfen, und versprach, dem Weibe nie irgend etwas Böses oder Unrechtes zuzufügen. Zuletzt erhielt auch er Erlaubniß, seinen Weg zu gehen, worauf die Brüder sich eilig zum Boote begaben, und über den See fuhren, sehr froh, daß alle Drei diesem Abenteuer gut entkommen waren.

Gegen Morgen kamen die Knaben zu einem Königshofe, der größer und herrlicher war, als sie je einen früher gesehen. Die Brüder gingen hinein und bewarben sich um einen Dienst. Die beiden ältesten wurden Stalldiener bei dem Könige, und der jüngere erhielt den Dienst eines Pagen bei dem jungen Königssohne. Als aber Pinkel eben so behende als geschickt war, gewann er schnell die Gunst von Allen, und stieg mit jedem Tag in der Gnade des Königs. Hierüber härmten sich seine Brüder, und konnten es nicht leiden, daß er ihnen vorgezogen wurde. Zuletzt gingen sie miteinander zu Rathe, wie sie ihren jüngsten Bruder stürzen könnten, und meinten, daß dann ihr eigenes Glück besser befördert werden würde.

Die beiden ältesten Brüder gingen eines Tages zum Könige, und erzählten weitläufig von der schönen Lampe, die über Wasser und Land schien. Sie sagten, daß es sich für einen König nicht zieme, ein so kostbares Kleinod zu entbehren. Als der König ihre Erzählung hörte, ward er aufmerksam und fragte: „Wo findet man die Lampe, und wer kann sie mir schaffen?" Die Brüder antworteten: „Es kann es Niemand anderer, als unser Bruder Pinkel, er weiß auch am besten, wo die Lampe zu finden ist:" Nun bekam der König große Lust, die goldene Lampe zu besitzen, von der er erzählen hörte, und ließ den Jüngling rufen. Als Pinkel kam, sagte der König: „Wenn du mir die schöne Goldlampe schaffen kannst, die über Wasser und Land scheint, will ich dich zum vornehmsten Mann meines ganzen Hofes machen." Der Knabe versprach, auf das Beste den Befehl seines Herrn zu vollziehen. Da pries der König seine Bereitwilligkeit, die Brüder aber freuten sich im Stillen, denn sie wußten wol, daß es ein großes Wagstück wäre, das kaum gut ablaufen werde. Pinkel verschaffte sich nun ein kleines Boot, und ruderte heimlich über die Bucht zur Insel, wo die Here wohnte. Als er dahin kam, war es Abend, und die Alte beschäftigt, den Abendbrei zu kochen, wie sie es gewohnt war. Der Knabe kroch leise auf das Dach und warf nach und nach eine Handvoll Salz durch den Rauchfang, so daß es in den Topf hinabfiel, der am Herde stand und kochte. Als nun der Brei fertig war, und das Weib essen wollte, konnte sie nicht begreifen, woher dieser so salzig und bitter war. Das Weib ward nun sehr verdrießlich und schalt ihre Tochter, in Gedanken, daß sie die Speise so stark gesalzen habe. Aber wie sie auch den Brei verdünnen mochte, konnte sie ihn doch nicht essen, so bitter war er. Da befahl das Weib ihrer Tochter, zum Brunnen zu gehen, der unten am Hügel lag, und Wasser zu holen, um neuen Brei zuzubereiten. Die Maid antwortete: „Wie kann ich zum Brunnen gehen? Es ist so dunkel draußen, daß ich den Weg über den Bach nicht finde." „Nimm da meine Goldlampe," entgegnete störrisch das Weib. Das Mädchen nahm die schöne Goldlampe, die in der Vorstube stand, und lief haftig fort, um Wasser zu holen. Als sie sich aber über den Brunnen neigte, um den Eimer zu heben, war Pinkel nicht müßig, erhaschte das Mädchen bei den Füßen, und warf sie über Hals und Kopf in das Wasser hinab. Hierauf nahm er die goldene Lampe, und begab sich in Eile zu seinem Boot.

Darob begann das Weib sich zu wundern, daß ihre Tochter so lange zaudere. In demselben Augenblicke sah sie durch das Windauge hinaus, und bemerkte, wie die Lampe weithin auf dem See leuchte. Da ward dem Trollweib schlimm zu Muthe, es lief hin zum Rande des Ufers und rief: „Bist du es, Pinkel?" Der Junge erwiederte: „Ja, ich bin es, Mütterchen." Das Weib sagte: „Hast du meine Lampe genommen?" Pinkel antwortete: „Ja, ich habe sie, Mütterchen!" Das Weib entgegnete: „Bist du nicht ein großer Schelm?" Der Knabe gab zur Antwort: „Ja, ich bin es, Mütterchen!" Nun fing das Weib zu klagen und zu jammern an; sie sagte: „Ach, wie war ich dumm, als ich dich von mir ließ, ich konnte wol denken, daß du mir irgend einen Streich spielen werdest. Aber komm' du nur wieder her, du sollst nimmer von hinnen kommen." Dabei verblieb es.

Pinkel kehrte nun zum Hofe des Königs zurück, und ward der vornehmste Mann des ganzen Hofes, wie der König versprochen hatte. Als aber die Brüder vernahmen, welchen glücklichen Erfolg sein Unternehmen gehabt hatte, wurden sie noch neidischer und erbitterter als vorher, und pflegten sich fleißig mit einander zu berathen, wie sie ihren jüngsten Bruder stürzen, und sie selbst des Königs Gunst gewinnen sollten. Die beiden Brüder gingen daher wieder zum König, und begannen weitläufig von dem schönen Bock zu erzählen, der Hörner vom reinsten Gold habe, und dazu an den Hörnern kleine Goldglocken befestiget, so daß es jedesmal angenehm ertönte, wenn das Thier sich bewegte. Die Brüder sagten, es zieme sich nicht für einen reichen König, einen so kostbaren Schatz zu vermissen. Als der König diese Erzählung vernahm, ward er aufmerksam und fragte: „Wo findet man diesen Bock, und wer kann ihn mir schaffen." Die Brüder antworteten: „Es kann es Keiner, außer unser Bruder Pinkel, er weiß auch am besten, wo der Bock zu finden ist." Da fühlte der König ein großes Verlangen, den Bock mit den goldenen Hörnern zu besitzen, und ließ daher den Jungen zu sich rufen. Als Pinkel kam, sagte der König: „Deine Brüder haben mir von einem schönen Bock erzählt, der Hörner von dem reinsten Gold hat, und an den Hörnern kleine Glocken befestiget, so daß es jedesmal ertönt, wenn sich das Thier bewegt. Nun ist mein Wille, daß du fortgehst, und mir den Bock verschafft; wenn dein Vorhaben gelingt, will ich dich zum Herrn von dem dritten Theile meines Reiches machen." Der Jüngling gehorchte diesen Worten, und versprach, die Befehle seines Herrn zu vollziehen, wenn ihm anders das Glück günstig sein wolle. Da pries der König seine Bereitwilligkeit; die Brüder aber freuten sich in ihrem Herzen, und meinten, daß Pinkel diesmal nicht entkommen werde, wie früher.

Pinkel machte sich nun bereit, und fuhr in seinem Boote über die Bucht zur Insel, wo die Hexe wohnte. Als er hinkam, war es Abend, und schon dunkel, so daß ihn Niemand bemerken konnte; denn die goldene Lampe fand sich nicht mehr vor, sondern leuchtete im Hofe des des Königs. Der Knabe überlegte nun lange bei sich, wie er zu den goldenen Bock gelangen möge; aber dies war nicht leicht, denn der Bock lag jede Nacht in der eigenen Stube des Weibes. Zuletzt kam es ihm in den Sinn, daß er wol ein Mittel versuchen könne, das vielleicht zum Gelingen des Abenteuers führe, obschon es ihm unsicher erschien.

Am Abend, als das Weib und ihre Tochter zu Bette gehen wollten, ging das Mädchen, die Thür zu schließen, wie es ihre Gewohnheit war. Pinkel aber lag außen auf der Lauer, und schob unvermerkt eine Schindel hinter die Thür, so daß sie nicht schließen wollte. Das Mädchen stand nun lange, und versuchte, sie in's Schloß zu werfen, aber es wollte nicht gelingen. Als das Weib dies merkte, dachte sie, daß etwas in Unordnung gerathen, und sagte, daß die Thür über Nacht wol unverschlossen stehen bleiben könne, bis es tage, dann könne man sehen, wo es fehle. Das Mädchen lehnte die Thür an, und legte sich schlafen. Als es aber Nacht ward, und alle im tiefen Schlummer lagen, schlich der Knabe leise in die Stube, und kroch zum Bock hin, wo dieser sich an der Feuerstätte hinstreckte. Pinkel nahm jetzt Wolle, und stopfte sie in alle Goldglocken, auf daß ihr Klang ihn nicht verrathe, ergriff hierauf den Goldbock, und trug ihn zu seinem Boot. Als er dann wieder zum See gekommen war, nahm er die Wolle hinweg, wobei der Bock sich bewegte, so daß es hell ertönte. Da erwachte die Here aus ihrem Schlummer, und vernahm die angenehmen Töne der Glocken. Sie lief zum Uferrand hin, und rief im Zorn: „Bist du es, Pinkel?" Der Knabe antwortete: „Ja, ich bin es, Mütterchen." Das Weib sagte: „Hast du meinen Goldbock gestohlen?" Der Junge entgegnete: „Ja, ich habe es gethan, Mütterchen!" Die Here erwiederte: „Bist du nicht ein großer Schelm?" Pinkel gab zur Antwort: „Ja, ich bin es, Mütterchen!" Nun begann das Weib zu jammern und zu wehklagen. Sie sagte: „Ach! wie war ich einfältig, als ich dich von mir ließ, ich konnte wol denken, daß du mir irgend einen Streich spielen werdest. Kommst du aber noch einmal wieder her, sollst du nimmer von hinnen gehen."

Pinkel kehrte nun wieder zum Königshof zurück und erhielt die Herrschaft über ein Drittheil des Reiches, wie der König versprochen hatte. Als aber die Brüder erfuhren, wie Alles abgelaufen, und dazu die schöne Lampe und den Bock mit den goldenen Hörnern sahen, die von Allen als große Seltenheiten gepriesen wurden, wurden sie noch mehr mit Haß erfüllt und erbittert gegen ihren jüngeren Bruder. Sie dachten nun an nichts so sehr, als auf welche Art sie sein Unglück, und seinen Untergang bewirken könnten.

Die beiden Brüder gingen eines Tages wieder zum König, und erzählten Langes und Breites von dem Pelz der Hexe, der gleich dem schönsten Golde funkelte, und der mit goldenen Fäden in jeder Falte genäht war. Die Brüder sagten, es zieme sich besser für eine Königin, als für eine Hexe, eine solche Kostbarkeit zu besitzen, und meinten, daß dieser allein noch zum Glück des Königs fehle. Als der König dies Alles hörte, ward er sehr nachdenkend, und sagte: „Wo findet man den Pelz, und wer kann ihn mir schaffen?" Die Brüder antworteten: „Es kann es Keiner; außer unser Bruder Pinkel; er weiß auch am Besten, wo der Goldpelz zu finden ist."

Da bekam der König eine große Lust, den schönen Pelz zu besitzen, und ließ den Jungen zu sich rufen. Als Pinkel kam, sagte der König: „Ich habe lange vernommen, daß du meine Tochter liebst. Nun haben mir deine Brüder von einem schönen Goldpelz erzählt, der von reinstem Golde, in jeder einzelnen Falte glänzt. Daher ist mein Wille, daß du fortgehst und mir den Pelz schaffst, wenn aber dein Vorhaben gelingt, will ich dich zu meinem Eidam machen, und du sollst nach mir das Reich erben. Als der Junge dies hörte, war er sehr erfreut, und versprach die junge Maid zu gewinnen, oder das Leben zu verlieren. Da pries der König seine Bereitwilligkeit; die Brüder aber freuten sich im falschen Gemüthe, und meinten, daß diese Fahrt wol der Tod ihres Bruders sein dürfte.

Pinkel setzte sich hierauf in sein Boot, und fuhr über die Bucht zur Insel, wo die Hexe wohnte. Unterwegs überlegte er fleißig bei sich, wie er den Goldpelz des Weibes erhalten könne; aber es schien ihm nicht leicht, daß sein Unternehmen gut ablaufen werde, weil das Weib den Pelz immer auf sich trug. Als er nun manchen Vorschlag ausgedacht hatte, der eine abenteuerlicher als der andere, kam ihm zuletzt in den Sinn, daß er wol ein Mittel versuchen könnte, das gelingen dürfte, wie es auch gewagt und dreist wäre.

Der Knabe band einen Sack unter seine Kleider, und wanderte mit furchtsamen Schritt und demüthigen Geberden in die Stube des Weibes. Als nun das Weib seiner ansichtig wurde, warf sie ihm einen strengen Blick zu, und fragte: „Bist du es, Pinkel?" Der Junge antwortete: „Ja, ich bin es, Mütterchen!" Da freute sich das Weib, und sagte: „Nachdem du dich selbst in meine Macht gegeben, kannst du wol nicht denken, daß du von hier noch entkommst, nachdem du mir so manchen Streich gespielt." Sie nahm nun ein großes Messer hervor, und machte sich bereit, Pinkel zu ermorden. Als dies der Junge sah, stellte er sich sehr erschrocken, und sagte: „Wenn ich schon sterben soll, so däucht mir doch, daß ich selbst wol die Todesart wählen könnte. Mich gelüstet's mehr, an dem weißen Brei mich zu Tod zu essen, als mit dem Messer geschlachtet zu werden." Das Weib dachte bei sich, daß der Knabe eine schlechte Bedingung gewählt habe, und versprach daher seinem Begehren nachzukommen. Sie stellte nun einen großen Topf über das Feuer und bereitete eine ansehnliche Menge Brei. Als das Gericht fertig war, setzte sie es Pinkel vor, damit er esse; aber jedesmal, als er einen Löffel Brei in den Mund steckte, goß er zwei Löffel Brei in den Sack, der unter den Kleidern befestiget war. Zuletzt fing das Weib sich zu wundern an, daß Pinkel so viel essen könne. Da stellte sich der Knabe krank, fiel vom Stuhle herab, als ob er gestorben wäre, und stach hierbei unbemerkt ein Loch in seinen Sack, so daß der Brei über den Fußboden rann.

Die Here glaubte nun, daß Pinkel von dem vielen Brei zerplatzt sey. Sie freute sich hierüber sehr, schlug die Hände zusammen, und sprang hinweg, um ihre Tochter zu suchen, die zum Brunnen hinausgegangen war. Da es aber regnete und wetterte, so zog die Here unterdessen ihren schönen Goldpelz aus, und legte ihn in der Stube ab. Das Weib war noch nicht weit gegangen, als der Knabe wieder zum Leben kam, wie der Blitz auffsprang, den Goldpelz umnahm, und seines Weges eilte.

Nach einer Stunde ward das Weib Pinkel's ansichtig, wie er in seinem kleinen Boote fuhr. Als sie ihn nun wieder am Leben sah, und nebstbei den Goldpelz bemerkte, der über dem See glänzte, war sie sehr erzürnt, und sprang hinaus zum Uferrand. Das Weib rief: „Bist du es, Pinkel?" Der Junge entgegnete: „Ja, ich bin es, Mütterchen?" Das Weib sagte: „Hast du meinen Goldpelz genommen?" Pinkel antwortete: „Ja, ich habe es gethan, Mütterchen!" Das Weib erwiederte: „Bist du nicht ein großer Schalk?"

Der Junge entgegnete: „Ja, ich bin es, Mütterchen!" Nun ward der Hexe schlimm zu Muthe, und sie begann zu wehklagen, und zu jammern. Sie nahm wieder das Wort: „Ach! wie war ich albern, daß ich dich entkommen ließ, ich konnte wol denken, du werdest mir manchen schlechten Streich spielen." Hiermit schieden sie von einander.

Das Weib kehrte nun wieder zu ihrer Stube; Pinkel aber fuhr über die Bucht, und kam glücklich zum Königshof heim. Er überlieferte den goldenen Pelz, und es schien Allen, daß keiner desgleichen gesehen, oder von einem kostbareren Kleinod erzählen gehört. Der König aber hielt dem Jungen redlich sein Wort, und gab ihm seine einzige Tochter zur Ehe. Von nun an war Pinkel sein ganzes Leben glücklich und vergnügt. Seine Brüder aber waren und blieben Stallknechte, so lange sie lebten.

C.
Das Goldpferd, die Mondlampe, und die Jungfrau im Zauberkäsich.
Aus Upland.

Es waren einmal zwei arme Knaben, die weder Vater, noch Mutter hatten, sondern in angebaute Gegenden gehen, und ihren Unterhalt erbetteln mußten. Während sie so umherwanderten, kamen sie eines Tages zu einem Ackerfeld, wo das Getreide mehr als mannshoch stand. Da sagte der Aelteste: „Laß uns einige Aehren lesen, wir haben noch kein Mittagmahl bekommen." Der jüngere Bruder stimmte bei, und die Knaben gingen. Während dem kam ihnen ein Mann entgegen, er war nicht klein, und hatte dazu ein sehr unfreundliches Aussehen: Der Riese fragte: „Wer hat euch Erlaubniß gegeben, Aehren auf meinem Acker zu lesen?" Die Knaben antworteten: „Wir dachten, du werdest darob nicht zürnen; wir waren so hungrig, und du hast gleichwol noch viele übrig." Nun stellte sich der Riese ganz freundlich und sagte: „Ich bin auch nicht zornig; wenn ihr mir aber heim folgen wollt, sollt ihr euch satt essen, und nicht mehr umher gehen dürfen, um Aehren zu suchen." Dieser Vorschlag gefiel dem ältesten Knaben über die Maßen; sein Bruder aber dachte, daß der Riese wohl irgend eine List im Sinne haben könne, und wollte sich daher nicht in seine Macht geben. Die Knaben berathschlagten miteinander. Der Aelteste sagte: „Ich glaube wir gehen mit ihm." „Nein," entgegnete der Jüngere, „ich halte es für das Beste, wir lassen es bleiben." Der Aelteste wendete ein: „Wir könnten ja mitfolgen; wenn es dort nicht gut ist, gehen wir wol von hinnen." — Der Riese fragte nun, ob die Knaben mit ihm kommen wollten, oder nicht. „Ja, gewiß wir kommen," antwortete der Aeltere, und so folgten die Brüder dem Riesen zu seiner Hütte.

Als sie dorthin gekommen, führte sie der Riese in eine kleine Kammer hinein, und gab ihnen so gute Verpflegung, daß sie es nie besser hatten. Er ging hierauf hinaus und versperrte wieder die Thür. Da sagte der ältere Knabe: „War ich nicht klug, daß ich dem Riesen folgen wollte? Nun haben wir es gut, und brauchen nicht mehr in den bebauten Gegenden umherzugehen, um Nahrung zu suchen. Der Jüngere antwortete: „Wir haben noch nicht gesehen, wie alles enden wird; das gefällt mir nicht, daß wir eingesperrt sind, und nicht gehen und kommen können, wie wir es gewohnt sind." Der ältere Knabe wollte nicht auf diese Worte hören, sondern legte sich nieder, um zu schlafen; der jüngere aber stellte sich bei der Thür auf die Lauer, um zu spähen, was sich außen in der Stube zutrug. Dies währte so einige Tage, die Brüder hatten keinen Mangel an Speise, aber noch immer wurden sie eingesperrt gehalten.

Eines Abends, als der Knabe nach seiner Gewohnheit auf der Lauer stand, und durch einen Riß der Wand guckte, bemerkte er, wie der Riese in die Stube kam, und zu essen begehrte. Während dem fragte der Riese sein Weib, ob nicht die beiden Knaben hinlänglich gemästet wären. Das Riesenweib antwortete: „Der eine ist fett genug, aber der andere ist so, wie er kam." Der Riese sagte: „Ich sollte glauben, daß beide fett geworden sein müssen, wenn du ihnen stets das hinlängliche Essen gegeben hast. Ich gehe nun fort und lade unsere Verwandten zum Schmause ein, du kannst während der Zeit die Knaben schlachten, so daß wir sie Morgens aufessen können." Als der Knabe dies Gespräch vernahm, ging er zu seinem Bruder hin, weckte ihn, und erzählte ihm, was er gehört und gesehen hatte. „Es kann nicht wahr sein, wie du sagst," sagte der älteste, und schlich sich erschreckt zur Wand. Als er nun durch die Oeffnung guckte, hatte der Riese gerade seine Mahlzeit beendiget und rief der Dienstmagd, daß sie ihm Wasser geben solle. „Hast du vergessen," sagte der Riese, „daß ich jedesmal trinken will, wenn ich gegessen habe?" Die Dienerin entschuldigte sich, daß es so dunkel wäre, sie könnte den Weg nicht zum Brunnen finden. „Nimm dann meine Goldlampe," entgegnete der Riese mit rauher Stimme. Die Dienerin nahm nun von der Wand eine Lampe, die gleich dem Vollmonde schien, und ging, um Wasser zu holen. Als der Riese getrunken hatte, sprach er wieder zu seinem Weibe: „Ich sattle nun mein Goldpferd, und reite fort, die Gäste zu laden. Führe unterdessen die Knaben heraus, damit du sie nicht vergessest." Hierauf ging er fort. Als aber der älteste Knabe dieses Gespräch vernommen, fürchtete er sich sehr, und bat seinen jüngeren Bruder, auf Rath zu sinnen, um ihr Leben zu retten. Der Knabe antwortete: „Sei getrost, ich dürfte wol irgend einen Ausweg finden." Als die Abendstunde herangekommen, kam das Riesenweib zu den beiden Knaben herein. Sie stellte sich sehr freundlich, und sprach manches schöne Wort. „Kommt her, meine Kleinen," sagte sie, „seht euch in der Stube um, dort werdet ihr die Nacht zubringen." Die Brüder thaten, wie sie bat, obgleich der älteste sich sehr fürchtete. Das Weib ließ sie nun zu Bette gehen, legte sich selbst daneben, und schlief ein. Als die Mitternacht herangenaht, stand der jüngste Knabe auf, und legte einen Feuerstahl über das Haupt des Riesenweibes; denn er wußte wol, daß der Stahl über Riesen und andere Gespenster Macht habe, so daß sie fortschlafen, wenn er über ihnen liegt, und nicht erwachen können, bis es tagt. Das Weib fiel nun in einen tiefen

Schlaf, und schlief bis zum andern Tage; der Knabe aber weckte seinen Bruder, und schlich sich mit ihm aus der Stube, worauf die Brüder eilig davon liefen.

In der Morgendämmerung kamen die Knaben zu einem großen Gehöfte, wo sie anklopften, und um Herberge baten. Der Bauer, der den Hof besaß, fragte, woher sie wären, weil sie so spät zur Herberge kamen. Die Brüder erzählten nun ihr Abenteuer, wie sie mit großer Noth dem Riesen entflohen waren. Da nahm sie der Mann gut auf, und gab ihnen Speise, Trank, und was sie noch bedurften. Er sagte: „Es gibt nicht Viele, die mit dem Leben der Gewalt des Riesen entkommen. Hütet euch nur, daß er euch nicht wieder verlockt. Er hat aber keine Macht, so lange ihr nicht über den breiten Graben geht, der zwischen unsere Aecker lauft." Die Knaben dankten dem Bauer für seinen guten Rath, und versprachen, in Allem zu handeln, wie er gesagt hatte.

Gegen die Mittagszeit kam der Riese reitend auf seinem Goldpferd, und blieb an dem breiten Graben stehen. Sein Zelter aber hatte goldenes Haar, das war so schön, daß es glänzte und schimmerte, wo er immer hin ging. Als jetzt der Riese die beiden Knaben sah, rief und fragte er, warum sie ihm davongelaufen. Er begann zugleich, sehr freundlich zu sprechen, und sagte: „Folgt mir zurück, meine Kleinen, ich will dem einen von euch mein Goldpferd geben, der andere soll eine schöne Königstochter erhalten, die ich in meiner Gewalt habe" Die Knaben aber hörten nicht auf seine Verlockungen, sondern entliefen, und fingen wieder an, in den bewohnten Gegenden umherzugehen und zu betteln.

Als sie lange umhergewandert waren, kamen sie endlich zu einem großen Königshof, wo sie hineingingen, und einen Dienst begehrten. Der König, der über den Königshof herrschte, fand an dem Jüngsten, ob seiner Behendigkeit, Gefallen, und nahm ihn unter seine Diener auf; der ältere Bruder aber ging umher, und bettelte wie früher. Es währte so eine geraume Zeit, und der Junge war von Allen wol gelitten. Als aber der ältere Bruder erfuhr, welches Glück sein Bruder bei Hofe machte, ward er sehr schelsüchtig, und wollte sich nicht zufrieden geben, bis auch er in den Dienst des Königs gekommen wäre. Der Höfling bat nun für seinen Bruder, und dieser wurde als Stalljunge aufgenommen. Wenn aber auch Alle dem jüngeren Knaben wohlwollten, so konnten sie doch den Stalljungen wegen seiner Falschheit und Bosheit nicht leiden. Hierüber trug er großen Schmerz in seinem Herzen, und er dachte an nichts so sehr, als wie er seinen Bruder verderben, und selbst die Gunst des Königs gewinnen könne.

Der König ging eines Tages zum Stall, um seine Füllen zu beschauen. Als er sie alle rund umher beschaut, blieb er bei dem Zelter stehen, auf dem er selbst zu reiten pflegte, streichelte ihm die Lenden, und sagte zu seinen Hofleuten: „Sagt mir, wo sah man in der Welt ein Pferd, so gut wie dieses?" Der Stalljunge nahm sogleich das Wort: „Herr und König! fürwahr euer Zelter ist schön, ich weiß aber einen andern, der ihn weit übertrifft." Der König ward nun aufmerksam, und fragte: „Wo findet man dieses Pferd, und wer kann es mir verschaffen?" Der Stalljunge sagte: "Ich glaube, daß Keiner das Füllen schaffen kann, außer mein Bruder. Er weiß auch am Besten, wo es zu finden ist." Der König bekam eine große Lust, das Pferd zu besitzen, wovon er so viel reden gehört, und befahl dem Höfling, fortzugehen, und es zu bringen. Der Höfling war wol nicht sehr furchtsam; gleichwol wäre er lieber daheim geblieben. Der Stalljunge aber freute sich in seinem Herzen, und meinte, daß sein Bruder wol kaum von der Reise wiederkommen werde. Der Höfling rüstete sich nun, und begann seine Fahrt. Als er zum Hof des Bauern kam, ging er hinein, grüßte ihn höflich, und bat um einen guten Rath, wie er des Königs Auftrag vollziehen könne. Als aber der Bauer den Knaben wieder erkannte, der dem Riesen entlaufen war, empfing er ihn freundlich, und versprach seinen Beistand in Allem, was er vermochte. Sie überlegten so mit einander, und es wurde beschlossen, was ich nun erzählen will.

Am Abend, als die Sonne in den Wald ging, schlich sich der Höfling zur Wohnung des Riesen hin. Er hatte einen Stock an das Ende eines Seiles gebunden, und warf den Stock durch das Stallloch. So kletterte er die Wand hinauf; als er zum Loche hinauf gekommen war, zog er das Seil nach sich, und ließ sich hinab in den Stall des Riesen. Hierauf sattelte er das Goldpferd des Riesen, öffnete die Thür, und ritt eiligst hinweg. Als er zum Hofe des Bauern kam, herrschte eine große Freude, daß sein Unternehmen so gut abgelaufen. Der Höfling aber wollte nicht lange dort verweilen, sondern machte sich sogleich wieder auf, und ritt zum Königshof heim. Da wunderten sich Alle sehr über das schöne Goldpferd, und am allermeisten verwunderte sich der König selbst. Von dem Tage an stieg der Höfling immer mehr in der Gunst seines Herrn; der Stalljunge härmte sich über sein Glück, und gönnte seinem Bruder nichts Gutes.

Eines Tages ging der König zum Stalle, um seine Füllen zu beschauen, wie es seine Gewohnheit war. Als er sie alle rund umher beschaut, blieb er bei dem Goldpferd des Riesen stehen, streichelte es an den Lenden, und sagte zu seinen Leuten: „Sagt mir, wo sah man wol in der Welt eine solche Kostbarkeit, wie diese?" Die Männer stimmten bei, daß dergleichen kaum zu finden wäre. Der betrügerische Stalljunge aber war sogleich bereit, und sagte: „Herr und König! fürwahr euer Goldpferd ist ein seltenes Kleinod, ich weiß aber einen andern theuern Schatz, der es weit an Kostbarkeit übertrifft." Als der König auf diese Worte aufmerksam wurde, fragte er, wovon die Rede war. Da begann der Stalljunge weit und breit von der schönen Lampe zu erzählen, die schöner als der Vollmond scheine. Der König nahm hierauf das Wort: „Wo findet man die Lampe, und wer kann sie mir schaffen?" Der Stalljunge sagte: „Ich glaube, daß Keiner die Lampe euch schaffen kann, außer mein Bruder, er weiß auch am Besten, wo man sie findet." Der König bekam nun eine große Lust, die Mondlampe zu besitzen, wovon er so viel sprechen gehört, und befahl dem Höfling, fortzuziehen, und sie zu holen. Der Höfling war nicht sehr furchtsam, gleichwol wäre er gerne geblieben, wo er war. Der Stalljunge aber freute sich in seinem falschen Herzen, und meinte, daß sein Bruder von der Reise kaum wieder kommen werde, wie früher.

Der Höfling rüstete sich nun, und begab sich auf den Weg. Als er zum Hofe des Bauers kam, ging er hinein, dankte für den letzten Dienst, und bat ihn um guten Rath, wie er des Riesen Mondlampe erhalten könne. Der Bauer empfing ihn sehr freundlich, und versprach seinen Beistand in Allem, was er konnte. Als sie sich besprochen hatten, nahm der Höfling Abschied, und begab sich allein auf den Weg zu dem fürchterlichen Riesen.

Gegen Abend, als es dämmerig wurde, kam der Riese aus dem Walde heim. Er war den ganzen Tag außer Hause, und sehr hungrig. Als er nun sein Abendmahl beendigt, hatte die Dienerin vergessen, Wasser zu holen. Da ward der Riese übellaunig, und sagte: „Hast du vergessen, daß ich trinken will, jedesmal wenn ich gegessen habe?" Die Dienerin entschuldigte sich, daß es so dunkel wäre, sie könnte den Weg nicht zum Brunnen finden. „Nimm dann meine Mondlampe," rief der Riese mit zorniger Stimme. Das Weib ließ sich dies nicht zweimal sagen, sondern nahm die schöne Lampe von der Wand, und eilte zum Brunnen fort. Doch ihr Gang sollte anders enden, als sie dachte, denn als sie sich herniederneigte, war der Höfling bereit, faßte sie bei den Füßen, und warf sie über Hals und Kopf in den Brunnen. Hierauf nahm er die schöne Lampe, die gleich dem Vollmond schien, und lief eilig davon. Als er nun zum Hofe des Bauers kam, hatten sie eine große Freude über das Gelingen seines Unternehmens. Der Höfling aber wollte dort nicht länger verweilen, sondern machte sich sogleich bereit, und fuhr zum Hofe des Königs. Hier wunderte man sich sehr über die kostbare Mondlampe, und am meisten verwunderte sich der König selbst. Seit dem Tage wurde der Höfling von seinem Herrn noch mehr geliebt, und als der Vornehmste unter seinen Dienern geachtet. Der Stalljunge aber trug Haß gegen ihn in seinem Herzen, und sann immer auf Rath, wie er seinen Bruder verderben könne.

Einige Tage darauf ging der König wieder zum Stalle, um seine Füllen zu besehen. Als er alle beschaut hatte, wendete er sich an seine Leute, und sagte: „Findet sich irgendwo ein König, der sich rühmen kann, daß er größere Kostbarkeiten besitze, als ich; ich kenne nichts, was mir fehlt." Alle bejahten es; der böswillige Stalljunge aber war sogleich bereit, und erwiederte: „Herr und König! fürwahr du besitzest manche kostbare Schätze, ich weiß aber ein Kleinod, das alle weit übertrifft." Als der König dies hörte, war er sehr verwundert, und fragte: „Wovon sprichst du, und wer kann mir das Kleinod schaffen?" Da begann der Stalljunge Langes und Breites von der schönen Königstochter zu erzählen, die im Hof des Riesen war, und schloß so seine Rede: „Ich kann dir die junge Maid nicht verschaffen, ich kenne auch Niemand andern, der es thun kann, außer meinem Bruder. Er weiß auch am Besten, wo sie zu finden ist." Der König bekam nun eine große Lust, die Prinzessin zu besitzen, deren Schönheit so hoch gepriesen wurde, und befahl dem Höfling, fortzuziehen, und sie zu holen. Der Höfling war nicht sehr furchtsam, gleichwol wäre er lieber geblieben, wo er war. Der Stalljunge aber freute sich, und meinte, daß dies wol die letzte Reise seines Bruders sein dürfte.

Der Höfling rüstete sich, und ritt zum Hof des Bauers, wie früher. Er ging hinein, dankte für den letzten Dienst, und bat um guten Rath, wie er die Königstochter aus dem Hof des Riesen entführen könne. Als sie miteinander berahschlagten, sagte der Bauer: „Dein Vorhaben ist schwer, und ich weiß wol nicht, wie es ablaufen wird, denn die Königstochter sitzt auf dem hohen Boden in einem Zauberkäfich. Gleichwol ist mein Rath, daß du in die Wand Eisenkeile befestigest, und so zu ihr hinaufsteigst. Dann steht zu erwarten, ob das Glück dir günstig sein will." Der Höfling dankte dem Greise für seinen Rath, und versprach, diesen zu befolgen. Er nahm hierauf Abschied, und wanderte zur Stube des Riesen; der Bauer aber wollte ihm wol, und wartete mit Unruhe seine Rückkunft ab.

Am Abend, als es dunkel wurde, befestigte der Höfling Keile in die Wand, und kam so auf den hohen Boden. Der Käfich der Prinzessin, in dem sie gefangen saß, war aber verzaubert, so daß nur der das Schloß öffnen konnte, der vom Schicksal dazu bestimmt war, der Bräutigam der Jungfrau zu werden. Als nun die Königstochter den beherzten Jüngling sah, freute sie sich herzlich, das Schloß aber sprang von sich selbst auf, so daß der Höfling in den Käfich kam. Er erzählte hierauf sein Unternehmen, und fragte, ob die Prinzessin ihm folgen wolle. Sie willigte ein, und machte sich sogleich bereit. Als sie nun die Wand hinabgingen, hielt der Jüngling sie fest, damit sie nicht falle, was das Mädchen sich wol gefallen ließ. Hierauf zogen sie schnell weiter, und kamen zum Hofe des Bauers. Der Höfling aber wollte nicht verweilen, sondern nahm von dem klugen Greise Abschied, und machte sich bereit, heimzureiten. Sie reisten zum Königshof; unter Wegs aber faßte der Junge eine heftige Liebe zu der schönen Maid, so daß er glaubte, es würde sein Tod sein, wenn sie irgend ein Anderer besäße.

Als sie nun hingekommen waren, herrschte große Freude über den ganzen Hof des Königs, daß der Höfling zurückgekommen; denn Alle liebten ihn, nur nicht sein Bruder, der boshafte Stalljunge. Der König ging hierauf, seine junge Braut zu schauen, und es schien ihm, daß er nie ein schöneres Weib gesehen. Als er aber zu ihr sprechen wollte, sieh'! — da kam der Zauberkäfich zurück, und Keiner konnte das Schloß öffnen, außer dem, der die Prinzessin aus der Gewalt des Riesen befreit hatte. Nun begriff der König, daß die Maid nicht bestimmt war, ihm zuzugehören. Er ließ daher eine prächtige Hochzeit veranstalten, und gab dem tapfern Höfling die Königstochter zur Braut, der für sie so viel Gefahren bestanden. Als die Hochzeit lange Zeit mit Lustbarkeit und Spiel gewährt hatte, nahm der König von den Beiden Abschied, und sandte sie mit großem Gefolge zum Vater der Prinzessin heim. Hier herrschte keine geringe Freude über das ganze Reich, daß der König seine einzige Tochter wieder erhalten. Der Höfling aber und seine Gemahlin lebten glücklich zusammen noch viele, viele Jahre. Und als der König, der Vater der Prinzessin, starb, ward der Höfling zum König über das ganze Reich erwählt. Dort lebt, und wie ich sagen gehört, beherrscht er glücklich das Land noch heut zu Tage.

IV.
Der Halb-Troll, oder die drei Schwerter

Aus Süd-Smâland.

Es war einmal ein Schmied, wie es deren so manche gibt (so pflegen alle Sagen zu beginnen). Er hatte seine Früharbeit beendet, und wollte sich in den Wald hinausbegeben, um Holz für einen Kohlenmeiler zu hauen. Nachdem er das Frühmahl gegessen, sagte er, bevor er aufbrach, zu seiner Frau: „Du kommst wol mit dem Mittagsmahl zu mir hinaus in den Fichtenwald? Das Weib versprach, zu thun, wie ihr der Mann geheißen. Der Schmied ging hierauf in den Wald, und begann zu hauen. Als nun der Mittag herannahte, schien es ihm, als käme sein Weib mit dem Mahle zu ihm. Nachdem er gegessen, schickte er sich an, seine Mittagsruhe zu halten, wie es in der Sommerszeit gebräuchlich ist, und schlief eine Stunde im Arme des Weibes.

Nachdem sie geschlummert hatten, stand das Weib auf, und machte sich auf den Weg, nahm aber die Art des Schmiedes mit sich. „Was willst du mit meiner Art?" fragte der Schmied. „Es hängen ja vier Aerte daheim auf dem Art-Gehänge." Das Weib antwortete nicht, sondern setzte ihren Weg fort. Dies kam dem Manne wunderlich vor, er dachte aber: sie stellt wol die Art in irgend einen

Busch, wo ich sie wieder finden kann. Der Schmied begann wieder für seinen Kohlenmeiler Holz aufzuhäufen.

Nach Verlauf einer Stunde kam des Schmiedes Weib, und brachte ihm das Mittagsmahl. Sie fragte: „Willst du nicht dein Mittagsmahl essen? Der Tag ist schon weit vorgerückt." Der Schmied war verwundert, und erwiederte: „Jetzt essen? ist's jetzt Zeit zum Essen?" „Je nun," entschuldigte sich das Weib, „ich bin über die Zeit ausgeblieben; aber ich war nicht müßig. Ich habe gebacken, damit du Brot bekommst, ich habe gebuttert, damit du Butter findest." Das kam dem Schmiede noch wunderlicher vor, und er dachte bei sich, daß es mit ihr wohl übel stehen möge. Er setzte sich hierauf, um zu essen, was er vermochte, sprach aber nichts, sondern hielt es am rathsamsten, es dabei bewenden zu lassen.

Sieben Jahre nach diesem Ereignisse fügte es sich, daß der Schmied eines Abends auf seinem Holzschlage stand, und Holz für den Abend fällte. Da kam ein Knabe daher gegangen, mit einer Art auf der Achsel. Der Schmied fragte: „Was fehlt deiner Art? Soll sie ausgebessert oder geschärft werden?" Der Knabe antwortete nicht. Der Schmied nahm nun die Art, und besah sie sehr genau. Er sagte: „Der Art fehlt nichts; aber ich sollte mich fast schämen, denn dies ist ja meine Art?" Darauf entgegnete der Knabe: „Wenn dies eure Art ist, so seid ihr auch mein Vater." Der Schmied mußte ihn nun als seinen Sohn anerkennen, so wie er die Art als sein erkannt hatte, ging daher sehr bekümmert zu seiner Frau, und erzählte, daß ein kleiner Knabe zu ihm gekommen sei, der ihm in der Schmiede

Dienste leisten wolle. Das Weib aber wollte von keinerlei Vermehrung im Haushalte sprechen hören, der, wie sie meinte, ohnehin groß genug wäre. Erst nach manchen Bitten gelang es dem Manne, sie zu überreden. Der Knabe ward so in die Stube geführt, erhielt Speise und Kleider, und half von nun an seinem Vater in der Schmiede.

So verstrich einige Zeit, der Knabe ward hurtig und willig, und dazu sehr stark, weil er halb ein Christ, halb ein Troll war. Er war aber zugleich sehr schwer zu ernähren, und hatte eine so starke Eßlust, daß sich sein Vater zuletzt nicht mehr im Stande sah, ihn länger zu ernähren. Der Schmied ging daher eines Tages an den Hof des Königs, und fragte, ob der Küchenmeister des Königs nicht einen Knaben zu seiner Hilfeleistung in der Küche haben wolle. „Ja," entgegnete der Koch, „doch kann ich ihn nur brauchen, wenn er sehr tüchtig ist. Laß den Knaben hieher kommen, je früher desto besser." Da war der Schmied froh, und dachte bei sich: „Kommt mein Sohn an den Königshof, so kann er wol einmal sich satt essen." Der Mann ging heim, und erzählte, wie sein Unternehmen abgelaufen.

Als der Knabe diese Neuigkeiten vernahm, sagte er: „Vater, nun ist mein Wunsch, daß ihr mir drei Schwerter schmiedet; eines, das drei Liespfund wiegt, eines, das sechs Liespfund wiegt, und eines, das zwölf Liespfund wiegt. Außerdem sollt ihr mir drei Linnenröcke schaffen, für ein jedes Schwert. Thut ihr so, wie ich bitte, dann will ich so viel erwerben, daß ihr nie mehr für den Unterhalt zu schmieden braucht. Der arme Schmied war nun sehr bekümmert, so viel Eisen und Stahl zu bekommen, als für drei Schwerter nöthig war; er wagte es aber nicht, seinem Sohne entgegen zu handeln. Als nun Alles nach dem Wunsche des Knaben bereit war, wog das dritte Schwert nicht mehr als eilf Pfund, denn ein Liespfund Eisen war im Feuer hinweggebrannt. Da wurde der Knabe zornig, und sagte: „Wäret ihr nicht mein Vater, wie ihr es doch seid, so solltet ihr selbst euer Werk erproben. Nun aber ist es schwer, mir damit irgend einen Vortheil zu verschaffen." Als der Schmied den Zorn seines Sohnes sah, fürchtete er sich, und schwieg; er dachte aber bei sich: „Das Schwert dürfte dir schwer genug zu handhaben sein, obschon du stark bist. Ich weiß wol, welche Mühe es mir gekostet, es vom Herde auf den Amboß zu heben."

Der Knabe nahm nun die drei Schwerter und die drei Linnenröcke, und verbarg sie unter einem gewichtigen Stein. Hierauf ging er mit seinem Vater an den Königshof, und kam in den Dienst des Koches, wie ausgemacht wurde.

Es ereignete sich einmal, daß der König, der über das Land herrschte, auf der See war. Da entstand ein heftiger Sturm, und ein Wallen des Meeres, so daß Alle glaubten, das Schiff mit allem, was darauf war, würde im Meere untergehen. Aber das schreckliche Unwetter verursachten drei Meer=Trolle, und sie wollten den König nicht an das Land entkommen lassen; es sei denn, daß er ihnen zuvor seine drei schönen Töchter verlobe. Als nun der König heim zu den Seinen kam, ließ er ein Aufge=

bot ergehen, daß, wenn sich irgend ein Mann oder Kämpe fände, der sein Leben wagen, und die drei Prinzessinnen befreien wollte, er eine von diesen zur Gemahlin erhalten, und dazu noch König über das halbe Reich werden sollte. Kein Kämpfer aber war so muthig, um einen Kampf gegen die furchtbaren Meer-Trolle zu wagen, außer ein Schneider, der sich sehr tapfer stellte, und Alles zu thun versprach, was er vermöge.

Als die Zeit herangekommen, daß die Töchter des Königs den Meer-Trollen ausgeliefert werden sollten, herrschte eine allgemeine Trauer und Betrübniß im ganzen Königreiche; am allermeisten aber trauerte der König und seine Gemahlin die Königin. Die älteste Prinzessin wurde mit vielem Pomp zum Meere hinabgeführt, und alles Volk folgte ihr auf dem Wege. Als sie nun zum Ufer des Meeres gekommen, letzte sich das Mädchen auf den weißen Sand, stützte die Wangen auf die Hand, und weinte bitterlich. Der beherzte Schneider aber vergaß da seine prahlerischen Worte, und kroch auf einen hohen Baum hinauf, der dort wuchs. Während dem ging der Knabe zu seinem Meister, und bat um Erlaubniß, in die Stadt zu gehen, und sich eine Stunde zu erlustigen. Der Koch gewährte seine Bitte, bat ihn aber, nicht länger auszubleiben. Der Knabe eilte hierauf nach Hause, nahm das Schwert, das drei Liespfund wog, zog einen Linnenrock über seine Kleider, rief seinen Hund zu sich, und wanderte den Weg zum Meeresstrande hinab. Als er nun dort angelangt, wo die Königstochter saß, trat er vor sie, grüßte sie höflich, und fragte: „Warum sitzt hier die schöne Jungfrau so einsam und traurig?" Die

Prinzeſſin erwiederte: „Ich muß wol traurig ſein, mein Vater war in Seenoth, und verlobte mich einem wilden Meer-Troll; ich fürchte er kommt bald, und holt mich arme Jungfrau." Der Knabe fragte: „Findet ſich denn im ganzen Reiche eures Vaters kein Mann oder Kämpe, der euch befreien möge?" „Ja," antwortete die Prinzeſſin, „es ſitzt ein Schneider hier auf dieſem Baume; er hat verſprochen, zu thun, was er kann." Als ſich nun der Knabe umwendete, und ſah, wie der Schneider hoch im Wipfel des Baumes ſaß, lachte er, und ſagte: „Jungfrau! verlaßt euch nicht auf einen ſolchen Helden, wenn ihr mich aber eine Stunde lauſen wollt, ſo will ich euch befreien." Dies ſchien der Königstochter ein dreiſtes Begehren zu ſein; in ihrer großen Noth aber durfte ſie es nicht verweigern. Da ſprach der Knabe zu ſeinem Hunde: „Kleiner Trogen, halte treue Wache!" Hierauf legte er ſein Haupt auf das Knie der Jungfrau, und ſie lauſte ihn. Der Schneider ſaß ſtill im Wipfel, und ſah zu. Die Königstochter aber zog einen rothen Seidenfaden aus ihrem Wamms, und flocht ihn unbemerkt in die langen Haarlocken des Knaben.

In demſelben Augenblicke vernahm man ein ſtarkes Getöſe und Lärmen von der See her; die Wogen thürmten ſich gegen das Land auf, und aus der Tiefe hervor kam ein entſetzliches Meerungethüm, das drei Köpfe hatte. Der Hund des Troll war ſo groß, wie ein einjähriges Thierkalb. Das Ungeheuer fragte: „Wo iſt die Königstochter, die mir verlobt worden?" Der Knabe antwortete: „Sie ſitzt hier. Willſt du aber nicht ſo nahe kommen, daß wir mit einander ſprechen können?" Der Troll ſagte:

„Gedenkst du kleiner Wechselbalg, mit mir Scherz zu treiben?" „Nein," erwiederte der Knabe, „ich bin gekommen, um für die junge Prinzessin zu kämpfen." „Mir recht," entgegnete der Troll, „dann wollen wir aber zuerst unsere Hunde mit einander kämpfen lassen." „Damit bin ich zufrieden," sagte der Knabe.

Der Knabe und der Meer=Troll hetzten nun ihre Hunde zum Streit, und es entstand zwischen ihnen ein großer Kampf. Das Spiel endete damit, daß der Hund des Knaben, der kleine Trogen, den Hund des Trolls in den Hals biß, bis daß dessen Blut hervorströmte, und der Seehund am Sande liegend verendete. Da sagte der Knabe: „Nun siehst du, welch' ein Ende dein Hund genommen; dir soll es gleichfalls so ergehen." Er ging hierauf dem Troll entgegen, zog sein Schwert, das drei Liespfund wog, und hieb darauf los, bis alle drei Köpfe des Trolls in die See fielen. Dies war das Ende des Meer=Trolls.

Als die Jungfrau diesen Vorgang sah, rief sie mit großer Herzensfreude aus: „Nun bin ich gerettet!" Sie bat jetzt, daß der fremde Kämpe ihr heim zum Königshofe folgen solle, um dort den Ruhm und die Belohnung für seinen großen Dienst zu empfangen. Der Knabe aber willigte nicht ein, indem er sagte, daß seine Hilfeleistung nur gering und schlecht sei, daher der vielen Worte nicht werth wäre. Der Knabe aber ergriff hierauf die Perlen und den Schmuck, den der Meer=Troll getragen, nahm von der Königstochter einen höflichen Abschied, und wanderte eilig seines Weges.

Während sich dies ereignete, saß der herzhafte Schneider im Wipfel des Baumes, und wartete den Ausgang des Kampfes mit großer Furcht ab. Als nun die Gefahr vorbei war, kroch er schnell herab, zog seinen Degen, und zwang die Königstochter, den Eid abzulegen, daß er es, und kein Anderer gewesen, der sie befreit habe. Hierauf gingen sie beide zum Königshof, und Jeder kann sich vorstellen, welche Freude es gab, als die Prinzessin unbeschadet zurück kam. Der König ließ sogleich ein großes Gastmahl zubereiten, der Schneiderjunge aber saß an seiner Seite, und wurde für den ersten Kämpen am ganzen Hofe gehalten.

Den andern Tag sollte die mittlere Prinzessin zum Meer-Troll hinausgeführt werden, und es herrschte nun dieselbe Trauer, wie früher. Da der tapfere Schneider aber die älteste Königstochter befreit hatte, dachten Viele, daß er wol auch ihre Schwester befreien werde. Man setzte daher viel Vertrauen auf den Schneiderjungen; auch er selbst ließ es nicht an prahlerischen und stolzen Worten fehlen. Die junge Prinzessin wurde hierauf zum Meere hinabgeführt, und alles Volk begleitete sie auf dem Wege. Als sie nun hingekommen, setzte sich die Königstochter am Meeresstrande nieder, und weinte bitterlich, so daß ihre Thränen auf den weißen Sand rollten. Dem Schneider aber schien es nicht rathsam, dort zu verweilen, sondern er kletterte auf den Baum, und verbarg sich wie früher in dessen Zweigen.

Während sich dies zutrug, ging der Knabe zu seinem Herrn, und sagte: „Meister! gebt mir Erlaubniß, in die

Stadt zu gehen, um mich zu erlustigen. Gestern konnte ich mich wenig umschauen." Der Koch antwortete: „Wenn der Schneider den Troll besiegt, wird es heute wieder ein großes Gastmahl geben, wie gestern, und ich bin allein, das Essen zu bereiten. Dort steht ein Bottich, der achtzehn Zuber Wasser in sich faßt, ich habe Niemand, der mir hilft, nur einen Eimer hinein zu schöpfen." Da fragte der Knabe, ob er fortgehen dürfe, nachdem er den Wasser-Bottich angefüllt. Der Koch gab hierzu seine Einwilligung, und dachte bei sich, daß es wol Abend werden würde, bis der Bottich angefüllt werden könne. Der Knabe aber faßte den großen Bottich mit den Händen, eilte zum Brunnen, und schöpfte ihn so voll, daß das Wasser über alle Ränder hinabfloß. Hierauf nahm er einige von den schönen Perlen, und steckte sie seinem Meister in die Hand, was dieser sich wol gefallen ließ. Als nun der Koch die ungeheure Stärke des Knaben wahrnahm, wagte er es nicht, ihm weiter die Bitte zu verweigern, sondern sagte: „Geh' in Frieden, verweile aber nicht lange außen." Der Knabe aber sprang nun heim nach dem Schwerte, das sechs Liespfund wog, zog den Linnenrock über die Kleider, rief seinen Hund, und wanderte den Weg zum Meere.

Als er zur Stelle kam, wo die Königstochter am Meeresstrande saß, und weinte, ward der Schneider überaus froh, der auf den Baumwipfel hinaufgekrochen. Der Knabe aber ließ sich nichts merken, sondern ging zur Prinzessin, grüßte sie höflich, und fragte: „Schöne Jungfrau! warum sitzt ihr hier so traurig und allein?" Die Königstochter antwortete: „Ich muß wol traurig sein, mein

Vater war in Seenoth, und verlobte mich einem scheußlichen Meer-Troll. Ich fürchte, er kommt bald, und nimmt mich, die arme Jungfrau." Der Knabe sagte: „Findet sich im ganzen Reiche eures Vaters kein Mann und Kämpe, der euch befreien kann?" „Ja," antwortete die Prinzessin, „es sitzt ein tapferer Schneider hier auf dem Baum. Er hat versprochen, mich zu befreien, wie er meine Schwester befreit habe." Bei diesen Worten wendete sich der Knabe um, und sah, wie der Schneider hoch im Baume saß.

Da lachte der Knabe, und sagte: „Jungfrau! verlaßt euch nicht auf einen solchen Helden. Wenn ihr mich aber eine Stunde lausen wollt, will ich euch befreien." Dies schien der Königstochter ein dreistes Begehren zu sein, in ihrer großen Noth aber willigte sie ein, zu thun, wie er gebeten. Da sprach der Knabe zu seinem Hund: „Kleiner Trogen, halte treue Wacht." Hierauf legte er sein Haupt auf das Knie der Jungfrau, und sie lauste ihn. Der Schneiderjunge saß still in den Zweigen und sah zu. Die Königstochter aber zog einen schwarzen Seidenfaden aus ihrem Mantel, und flocht ihn unbemerkt in die langen Haare des Knaben.

In demselben Augenblicke begann Trogen zu bellen, und es entstand ein starkes, donnerähnliches Getöse in der See, so daß die Wogen hoch auf den Sand sich wälzten. Nun kam aus der Tiefe ein ungeheurer Meer-Troll hervor, der vom scheußlichen Ansehen war, und sechs Köpfe hatte. Der Hund des Trolls war so groß, wie ein zweijähriger Ochs. Das Ungeheuer fragte: „Wo ist die Prinzessin, die mir verlobt worden?" Der Knabe antwortete: „Du findest sie hier, komm aber doch mal so nahe, daß wir mit einander sprechen können." Der Troll sagte: „Willst du kleiner Wechselbalg etwa gar mit mir kämpfen." Der Knabe antwortete: „Ja wol, darum bin ich hieher gekommen." Der Troll nahm nun das Wort: „Gestern schlugst du meinen Bruder todt, heute werde ich dein Ueberwinder. Doch wollen wir zuerst unsere Hunde miteinander kämpfen lassen." „Damit bin ich zufrieden," sagte der Knabe.

Sie hetzten nun ihre Hunde zum Streit, und es entstand ein arger Kampf zwischen ihnen. Das Spiel endete damit, daß der Hund des Knaben, der kleine Trogen, den Hund des Trolls in den Hals biß, bis das Blut hervorströmte, und er liegend am Meere verendete. Da sagte der Knabe: „Du siehst, welches Ende dein Hund genommen, nun soll es dir gleichfalls so ergehen." Er trat hierauf dem Troll entgegen, schwang sein Schwert, das sechs Liespfund wog, und hieb so tüchtig zu, daß alle sechs Köpfe des Trolls in das Wasser fielen. Dies war das Ende des Meer=Trolls. Als die Königstochter diesen Vorgang sah, ward sie über die Maßen froh, und rief mit Herzensfreude aus: „Nun bin ich befreit." Sie bat hierauf, daß der fremde Kämpfer zum Hofe ihres Vaters mitfolgen solle, um dort den Ruhm und die Belohnung für seinen großen Dienst zu empfangen. Der Knabe aber verweigerte es, und meinte, daß seine Hilfeleistung eine geringe Sache, und nicht vieler Worte werth wäre. Der Knabe nahm hierauf die Perlen und den Schmuck, welchen der Meer=Troll getragen hatte, nahm einen höflichen Abschied von der Königstochter, und ging eilig seinen Weg.

Während des Kampfes saß der Schneider oben im Baumwipfel fast halbtodt vor Angst und Furcht. Als nun alle Gefahr vorüber war, kroch er schnell vom Baume herab, zog seinen Degen, und zwang die Königstochter den Eid zu leisten, er, und kein Anderer wäre es gewesen, der sie befreit hätte. Die Prinzessin wollte hierin nicht einwilligen, sie fürchtete aber für ihr Leben, und durfte es nicht verweigern. Der Schneider führte sie zum Hof des Königs, wo man sie mit großer Freude und Auszeichnung empfing. Hierauf wurde ein noch glänzenderes Gastmahl angeordnet, als es den Vortag gewesen. Der Schneiderjunge saß der Königin zunächst, und wurde von Allen in Ehren gehalten. Er selbst sprach manches stolze Wort, und rühmte sehr seine Heldenthaten.

Den dritten Tag wurde die jüngste Königstochter zum Meer-Troll hinausgeführt. Da herrschte eine noch größere Trauer als vorher, nicht blos am Königshof, sondern im ganzen Reich, denn Alle hatten die Prinzessin lieb, wegen ihrer Schönheit und Sanftmuth. Viele setzten nun ihr Vertrauen auf den herzhaften Schneider, daß er die Königstochter befreien werde, wie er ihre Schwestern befreit; die Prinzessin selbst aber wollte sich nicht trösten lassen, sondern weinte bitterlich.

Sie wurde hierauf zum Meere geführt, und setzte sich an den Strand des Meeres. Der Schneiderjunge aber vergaß alle seine großen Versprechungen, und kroch auf den hohen Baum, wie er zu thun gewohnt war.

Während sich dieses Alles ereignete, ging der Küchenjunge zu seinem Herrn, und sagte: „Meister gebt mir Erlaubniß, mich noch einmal in der Stadt zu erlustigen. Ich werde euch nicht so bald mehr um Erlaubniß bitten, auszugehen." Da nun der Koch die ungeheure Stärke des Knaben kannte, und dazu seine Freigebigkeit erfahren hatte, wollte er eine so kleine Bitte nicht abschlagen, sondern sagte: „Geh' in Frieden! aber bleib nicht lange aus. Wenn der Schneider den Sieg erringt, wird es heute ein größeres Gastmahl geben, wie je." Der Knabe nahm nun einige goldene Schmuckstücke, und steckte sie seinem Meister in die Hand, welches der Koch sich wol gefallen ließ, wenn anders die Sage nicht lügt. Hierauf sprang der Knabe fort, und holte das dritte Schwert, das zwölf Liespfund wiegen sollte, aber blos eilf wog. Als er es in der Hand schwang, und merkte, wie leicht es war, ward er wieder zornig und rief dem Schmiede zu: „Euer Glück, daß ihr mein Vater seid, sonst solltet ihr es erproben! Nun gilt es, ob ich wieder komme oder unterliege." Der Knabe band das Schwert an seine Seite, zog den Linnenrock über seine Kleider, rief seinen Hund, und wanderte den Weg zum Meere.

Als er zur Stelle kam, wo die Königstochter saß, und am Meeresstrande weinte, freute sich der Schneider im Baumwipfel. Der Knabe aber ging zur Prinzessin, ließ sich nichts merken, sondern grüßte sie höflich und fragte: „Schöne Jungfrau! warum sitzt ihr hier so betrübt, und netzt eure Wangen mit Thränen?" Die Königstochter antwortete: „Meine Thränen müssen wol fließen, mein Vater war in Seenoth, und verlobte mich einem Meer-Troll. Ich fürchte, er kommt bald und nimmt mich arme Jungfrau." Als der Knabe ihren Schmerz sah, rührte sich das Herz in seiner Brust, denn so ein holdseliges Mädchen hatte er nie früher gesehen. Er fragte: "Findet sich denn im ganzen Reich eures Vaters kein Mann und Kämpe, der euch befreien kann." "Ja," sagte die Maid, "dort sitzt ein herzhafter Schneider auf dem Baume. Er versprach, mich zu befreien, wie er meine beiden Schwestern befreit habe." Bei diesen Worten wendete der Knabe sich um, und sah, wie der Schneider sehr hoch auf dem Gipfel des Baumes saß. Da lachte er, und sagte: "Edle Jungfrau! setzt euer Vertrauen nicht auf einen solchen Helden. Wenn ihr mich aber eine Stunde laufen wollt, so will ich für euch mein Leben wagen." "Dies will ich gerne thun," entgegnete die Königstochter, denn sie hatte den Jungen lieb, wegen seiner Bereitwilligkeit. Da sagte der Knabe zu seinem Hunde: "Kleiner Trogen, halte treue Wacht!" Hierauf legte er sein Haupt auf das Knie der Jungfrau und schlief ein, während sie ihn lauste. Als aber die Königstochter die Fäden wahrnahm, die ihre Schwestern in die Haare des Knaben hineingeschlungen, kam es ihr wunderbar vor, sie zog einen Seidenfaden aus ihrem Scharlachwams, und flocht ihn unbemerkt in die Locken des Knaben.

In demselben Augenblicke begann Trogen zu bellen, und man vernahm ein starkes Getöse vom Meere. Da sagte der Knabe: "Es ist Zeit, aufzustehen. Schöne Jungfrau! gebt mir eure Schürze, mir könnte sie nützen." Die Königstochter that, wie er gebeten, und der Knabe schnitt sie mit seinem Schwerte in zwölf Stücke.

Nun entstand ein entsetzliches Donnern im Wasser, so daß die Wogen hoch an das trockne Land getrieben wurden, und hervorkam ein furchtbarer Meer-Troll, der zwölf Köpfe hatte, der eine scheußlicher dem Aussehen nach, als der andere. Der Hund des Trolls war groß, wie der größte Stier. Das Ungeheuer fragte: „Wo ist die Prinzessin, die man mir verlobt hat?" Der Knabe entgegnete: „Du findest sie hier; komm aber immer etwas näher, daß wir mit einander sprechen können." Der Troll nahm das Wort: „Vielleicht denkst du kleiner Wechselbalg, mich heute zu ermorden, wie du früher meine Brüder ermordet?" Der Knabe gab zur Antwort: „So ist es, deßhalb bin ich hieher gekommen." Der Troll sagte: „Warte, nun findest du deinen Ueberwinder. Doch wollen wir zuerst unsere Hunde miteinander kämpfen lassen." „Damit bin ich zufrieden," erwiederte der Knabe.

Sie hetzten nun ihre Hunde zum Streite, und es entstand ein arger Kampf. Das Spiel aber nahm ein schnelles Ende. Denn der Hund des Trolls faßte den Hund des Knaben mit den Zähnen, und verschlang ihn auf einen einzigen Biß. Dies war das Ende des Trogen, und es schien ein schlimmes Vorzeichen zu sein. Der Knabe ließ sich jedoch nicht erschrecken, sondern trat vor, und hieb herzhaft mit dem Schwerte zu, so daß alle zwölf Köpfe des Trolls in die See fielen. Der Troll aber hatte eine wunderbare Eigenschaft; denn wenn ein abgehauener Kopf in's Wasser fiel, so lebte er wieder auf, hüpfte hinauf und saß so fest wie früher. Als der Knabe dies wahrnahm, rief er der Königstochter zu, und sagte: „Edle Jungfrau!

Nun ist guter Rath theuer; legt einen Lappen von eurer Schürze auf das Ende des Halses, während ich die Köpfe herabhaue, sonst lebt er wieder auf." Der Junge that darauf einen neuen Hieb, so daß ein Kopf auf den Boden fiel; die Königstochter aber war sogleich bereit, und machte es, wie er ihr gesagt hatte. Der Knabe that nun den dritten Hieb, und von neuem fiel ein Haupt. Die Königstochter aber war wieder bereit, und legte einen Lappen von ihrer Schürze über das Ende des Halses. Eben so auch bei den vierten Hieb. Als aber auf diese Art der Knabe sieben Köpfe abgehauen, begann der Troll für sich zu bitten, und sagte: „Laß dein Schwert ruhen, denn ich will gerne die Jungfrau in Frieden lassen, nur laß mich von hinnen ziehen." Der Knabe aber war zornig und entgegnete: „Du darfst nicht denken, lebend von hinnen zu kommen, da ich dich einmal besiegt." In demselben Augenblicke schwang er sein Schwert, und hieb mächtig zu, so daß ein Kopf nach dem andern auf den Boden fiel; die Königstochter aber war immer bereit, und legte einen Lappen des Kleides auf die Wunde. Der Junge ruhte nicht eher, als bis er alle zwölf Köpfe des Trolls abgehauen; und das war das Ende des Meer=Trolls. Während der Zeit aber saß der Schneider im Baumwipfel, und konnte sich vor Angst und Furcht nicht rühren.

Als der Kampf zu Ende war, rief die Königstochter mit Herzensfreude aus: „Nun bin ich befreit." Hierauf dankte sie ihrem Kämpen für seinen tapfern Beistand, und lud ihn ein, ihr zum Hofe ihres Vaters zu folgen, um dort den Ruhm und die Belohnung zu empfangen. Der

Knabe aber willigte nicht in ihr Begehren und meinte, daß dies geringe Verdienst kaum der Rede werth wäre. Er nahm einigen Schmuck des Trolls und einen herzlichen Abschied von der schönen Königstochter, und zog seines Weges.

Als der Knabe fort war, kletterte der Schneider schnell vom Baume herab, zog seinen Degen, und drohte der Prinzessin mit dem Tode, wenn sie ihm nicht den Eid leisten wolle, daß er, und kein Anderer es gewesen, der sie vom Meer-Troll befreite. Dies schien der Königstochter ein schlechter Antrag zu sein, denn ihre Neigung besaß der junge Kämpfer, der beherzt für sie sein Leben gewagt. In ihrer Noth wagte sie es gleichwol nicht, es zu verweigern, sondern versprach, des Schneiders Willen zu erfüllen. Sie wanderten nun zusammen zum Hofe des Königs. Die Prinzessin war muthlos und sprach wenig; der Schneider aber ging an ihrer Seite mit stolzem Schritt, und großen Geberden, als wäre er der tapferste Held gewesen. Der König, der lange auf ihre Ankunft geharrt hatte, war sehr erfreut, denn er glaubte nicht mehr, seine Tochter wieder am Leben zu sehen. Er zog ihr mit seinem ganzen Hofstaat entgegen, unter den größten Ehrenbezeugungen. Und es herrschte große Freude am Hofe des Königs, daß die drei Prinzessinnen gerettet worden waren; und ein großes Gerücht von dem tapferen Schneider verbreitete sich im ganzen Reiche.

Es war nun die Stunde gekommen, wo das Gastmahl beginnen sollte; keine Speise aber wurde auf den Tisch gesetzt. Da wurde der König unwillig, und sandte seine jüngste Tochter, um zu sehen, warum die Mahlzeit noch nicht zubereitet wäre. Der Koch entschuldigte sich, es sei sein Diener fort gewesen, so daß er allein die Speisen zubereiten mußte. Die Prinzessin begab sich mit diesem Bescheid zurück. Als sie nun an dem Küchenjungen vorbeiging, kam es ihr wunderlich vor, daß er sich abwandte, und als sie ihn näher beschaute, da erkannte sie den tapferen Kämpen wieder, der für sie jüngst gestritten. Nun freute sich die Königstochter, und lief schnell zu ihren Schwestern, um zu erzählen, was sie gehört und gesehen.

Während die Prinzessinnen hierüber mit einander sprachen, kam der König, ihr Vater, und hörte, was sie sagten. Da verwunderte er sich, und befahl strenge seinen Töchtern, ohne Umschweif zu bekennen, wie sich Alles zugetragen. Die jüngste Tochter erzählte nun Alles, wie es war, vom Anfang bis zu Ende, und die älteren Prinzessinnen bestätigten ihre Erzählung. Der König aber wurde über die Falschheit des Schneiders sehr erzürnt, und freute sich zugleich, daß er es dem rechten Kämpen vergelten könne. Er sandte einen Boten ab, daß der Küchenjunge sogleich zu ihm kommen solle. Als die Nachricht sich verbreitete, herrschte eine große Verwunderung unter allen Dienern und Pagen des Königs. Der Küchenjunge aber wollte nicht gehen, sondern sagte: „Wie sollte ich vor den König treten, ich bin ein geringer Knabe, und in schlechte Gewänder gekleidet." Der Bote antwortete, daß er am besten thäte, dem Willen des Königs Folge zu leisten. Da ging der Knabe dreist in den Saal hinauf, wo der König mit seinen Gästen zu

Tische saß, und der Schneider seinen Platz an der Seite des Königs hatte. Als jetzt der Schneiderjunge den tapferen Helden sah, der die Prinzessinnen befreit hatte, erbleichte er; der König aber wandte sich zum Küchenjungen, und fragte mit heller Stimme: „Bist du es, der meine drei Töchter befreit hat?" Der Knabe antwortete freimüthig: „Alle wissen es zu erzählen, daß ich es nicht bin, sondern der Schneider hat es gethan." „Nein," riefen die Königstöchter auf einmal, „du warst es, der uns befreite; und hier sind die drei Seidenfäden, die wir in dein Haar geflochten, an dem Tage, als du auf unseren Knien lagst." Die Prinzessinnen sprangen auf, umarmten den Küchenjungen, und es suchte jede ihren Seidenfaden unter seinen langen Locken. Nun erkannten Alle, daß es so war, wie die Königstöchter erzählt hatten. Der König aber sagte: „Wenn du es warst; der die Prinzessinnen befreite, so sollst du auch den Lohn dafür haben. Ich gebe dir meine jüngste Tochter, und dazu die Hälfte meines Landes und Reiches." Nun herrschte große Lust und Freude am ganzen Königshof, und die Hochzeit wurde mit Pomp gefeiert. Der herzhafte Schneider aber schlich sich beschämt vom Gastmahl hinweg, und die Sage erzählt nichts von seinen weiteren Heldenthaten

V.
Die beiden Pflegebrüder.

A.
Silfwerhwit und Lillwacker.
Aus Wermland.

Es war einmal ein König, der hatte eine Königin, die er sehr liebte. Nach einiger Zeit aber starb die Königin und hinterließ eine einzige Tochter. Als nun der König Witwer wurde, wendete er seine ganze Liebe der kleinen Prinzessin zu, und liebte sie wie seinen Augapfel. Die junge Königstochter wuchs heran, und ward die schönste Jungfrau, von der man je sprechen gehört.

Als die Prinzessin fünfzehn Winter alt war, ereignete es sich, daß dort ein großer Krieg ausbrach, und ihr Vater gegen die Feinde des Landes fortziehen mußte. Da der König Niemand hatte, dem er seine Tochter während seiner Abwesenheit anvertrauen konnte, so ließ er einen hohen Thurm im Walde bauen, versah ihn reichlich mit Lebensmitteln, und schloß seine Tochter mit ihrer Dienerin da ein. Zugleich ließ er ein Gebot ergehen, daß kein Mann, wer er auch sei, bei Lebensstrafe dem Thurm sich nähern solle, in dem die Jungfrauen sich befanden. Der König meinte nun alles wohl gethan zu haben, um die Ehre seiner Tochter zu schützen, und zog so fort in den fernen Krieg. Unterdeß saß die Prinzessin im Thurme mit ihrer Dienerin, und machte seidene Gewirke. In der Stadt aber waren manche tapfere Königssöhne und andere Jünglinge, deren Sinn nach der schönen Jungfrau stand, und sie wünschten sehr, mit ihr zusammen zu kommen. Als sie bemerkten, daß solches nicht geschehen konnte, waren sie auf den König sehr erbittert, und sannen auf Rache. Zu dem Ende beriethen sie sich mit einem alten Weibe, die mehr als andere wußte, und baten sie, zu veranstalten, daß die Königstochter und ihre Dienerin ihre Ehre verlören, wenn sie auch nicht in der Gewalt eines Mannes gewesen. Das Weib versprach ihren Beistand hierzu. Sie bezauberte ein Paar Aepfel, legte sie in einen Korb, und ging zu dem einsamen Thurme, wo die Jungfrauen saßen.

Als die Königstochter und ihr Mädchen das alte Weib gewahrten, wie sie vor dem Windauge saß, bekamen sie eine große Lust, die schönen Aepfel zu kosten. Sie riefen dem Weibe zu, daß sie von den köstlichen Früchten kaufen wollten. Das Trollweib aber antwortete, daß sie diese nicht feil biete. Als nun die Jungfrauen nicht zu bitten aufhörten, sagte die Alte, daß sie einer jeden einen Apfel schenken wolle, sie sollten nur einen Korb über die Mauer des Thurmes herablassen. Die Prinzessin und ihr Mädchen dachten an keine Falschheit, sondern thaten, wie die Hexe gesagt hatte, und so erhielt jede einen Apfel. Die verzauberten Früchte aber hatten eine wunderbare Kraft; denn beide Jungfrauen wurden auf einmal schwanger, und ehe ein Jahr um war, gebär jede einen

kleinen Sprößling. Der Sohn der Königstochter wurde
Silfwerhwit genannt; der Sohn der Dienerin Lill-
wacker*). Die beiden Knaben wuchsen heran, und wurden
größer und stärker als die anderen Kinder. Sie hatten
dabei ein schönes Aussehen, und glichen einander, wie zwei
Beeren, so daß Jedermann wol sehen und wahrnehmen
konnte, daß sie Geschwister waren.

Es währte nun sieben volle Jahre, und der König
sollte vom Kriege heimkehren. Da wurde den beiden Jungfrauen sehr bange, und sie fürchteten, daß er ihre Unehre
erfahren würde. Sie überlegten nun miteinander, wie sie
ihre Kinder verbergen konnten, aber keine wußte hiezu
Rath. Als man nun keine andere Hülfe fand, nahmen die
Jungfrauen mit großen Schmerzen von ihren Söhnen Abschied, und ließen sie über Nacht vom Thurme herab,
damit sie selbst ihr Glück in der Welt versuchen sollten. Beim Abschied schenkte die Königstochter dem Silfwerhwit ein kostbares Messer als Andenken an seine Mutter. Die Dienerin aber hatte nichts, ihrem Sohne zur Erinnerung mitzugeben.

Die beiden Brüder begannen nun ihre Wanderung in
die Welt hinaus. Als sie einige Zeit gereis't waren, kamen sie zu einem dunklen Walde; im Walde begegneten
sie einem Manne, der groß gewachsen war, und vom wunderlichen Aussehen. Der Mann trug zwei Schwerter an der
Seite und führte sechs große Hunde mit sich. Er grüßte
freundlich: „Guten Tag! kleine Knaben, woher seid ihr

---

*) D. i. Silberweiß und kleiner Wächter.

gekommen, und wo hinaus geht euer Weg?" Die Jungen erzählten, daß sie von einem hohen Thurme gekommen und Willens seien, ihr Glück in der Welt zu versuchen. Der Mann entgegnete: „Ist es so, wie ihr sagt, weiß ich eure Herkunft besser als irgend ein anderer. Und damit ihr irgend ein Angedenken von eurem Vater besitzet, will ich einem Jeden von euch ein Schwert und drei Hunde geben. Eines aber müßt ihr mir versprechen, daß ihr nie euch von euren Hunden trennt, sondern sie mit euch führt, wohin ihr auch immer geht." Die Knaben dankten für die gute Gabe des Mannes, und versprachen zu thun, wie er gesagt hatte. Hierauf schieden sie von ihm, und zogen weiter.

Als sie lange umhergereis't waren, kamen sie zuletzt zu einem Kreuzweg. Da sagte Silfwerhwit: „Mir scheint, es geht uns besser, wenn jeder für sich sein Glück versucht. Laß uns darum scheiden." Lillwacker antwortete: „Dein Rath ist gut; wie kann ich aber da künftig wissen, ob es dir in der Welt gut geht?" „Ja so," sagte Silfwerhwit, „es soll dir ein Zeichen sein, daß ich lebe, so lange das Wasser dieser Quelle klar ist; wenn aber das Wasser roth und trübe wird, dann bin ich todt, und ich glaube sicherlich, daß du meinen Tod rächen wirst." Silfwerhwit tauchte nun sein Messer in die Quelle; hierauf nahm er Abschied von seinem Bruder, und sie zogen jeder ihren Weg. Lillwacker kam bald darauf an einem Königshof, wo er einen Dienst erhielt. Jeden Morgen aber wanderte er zur Quelle, um zu schauen, wie es seinem Bruder gehe.

Silfwerhwit setzte nun allein seinen Weg über hohe Berge, und tiefe Thäler fort, bis er eine große Stadt erblickte. In der Stadt aber schien etwas Schlimmes geschehen zu sein, denn die Häuser waren schwarz überhangen, und die Einwohner gingen still und traurig einher, als wenn sich dort ein großes Unglück ereignet hätte. Silfwerhwit ging hinein und fragte, was die Ursache von all dieser Betrübniß sei. Die Leute antworteten: „Fürwahr, du mußt ein weit hergereis'ter Frembling sein, da du nicht vernommen, wie der König und die Königin in Seenoth gewesen und gezwungen worden sind, ihre drei Töchter zu verloben. Schon morgen soll der Meer-Troll kommen und die älteste Prinzessin holen." Bei diesen Neuigkeiten aber ward der Junge froh, und er dachte, daß er nun eine gute Gelegenheit hätte, Vermögen und Ruhm zu gewinnen, wenn anders ihm das Glück günstig sein wolle.

Als es Tag war, band Silfwerhwit sein Schwert an die Seite, rief seine Hunde, und wanderte allein zum Meere hinab. Als er am Meeresstrande saß, sah er die Königstochter aus der Stadt mit einem Höfling kommen, der es ihr zugesagt hatte, sie zu befreien. Die Prinzessin aber war sehr betrübt, und weinte bitterlich. Da ging Silfwerhwit ihr entgegen, und grüßte die schöne Jungfrau. Als die Königstochter und ihr Begleiter den schönen Jüngling erblickten, erschraken sie sehr, denn sie dachten, daß es der Meer-Troll wäre, der herankomme. Der Höfling aber lief vor großer Angst davon, und verbarg sich auf einem hohen Baum, der nahe am Meere stand. Als Silfwerhwit diese Bestürzung bemerkte, sagte er: „Schöne Jungfrau! Fürchtet euch nicht vor mir, ich werde euch nichts zu Leide thun." Die Königstochter antwortete:

„Bist du es nicht, der kommt, um mich zu nehmen."
„Nein," entgegnete Silfwerhwit, „ich bin hieher gekommen, um euch zu befreien." Da freute sich die Prinzessin, daß ein so tapferer Kämpe für sie kämpfen wolle, und sie sprachen lange und freundlich miteinander. Während des Gespräches bat Silfwerhwit, daß die Jungfrau ihm eine Bitte gewähren möchte, nämlich ihn zu lausen. Die Königstochter willigte in sein Begehren, und Silfwerhwit legte seinen Kopf auf ihre Knie; während er aber so ruhte, nahm die Prinzessin einen Goldring, und befestigte ihn unbemerkt in die Haarlocken des Jungen.

Während dies geschah, tauchte der Meer-Troll aus der Tiefe empor, so daß Schaum und Wogen weit umher ogen. Als der Troll Silfwerhwit sah, ward er zornig und sagte: „Warum sitzest du jetzt bei meiner Prinzessin?" Der Jüngling erwiederte: „Ich denke, daß sie mehr mein, als dein sei." Der Meer-Troll sagte: „Das wollen wir sehen; zuerst aber sollen wir unsere Hunde mit einander kämpfen lassen." Silfwerhwit war gleich dabei, hetzte seine Hunde gegen die Hunde des Trolls, und es entstand ein großer Kampf. Das Spiel aber endete damit, daß die Hunde des Jünglings die Oberhand gewannen, und die Seehunde todt bissen. Da zog Silfwerhwit eiligst sein Schwert, ging dem Meer-Troll entgegen, und führte einen gewaltigen Hieb, so daß der Kopf des Unthiers in den Sand rollte; der Troll aber schrie erschrecklich, und fuhr in die See hinaus, so daß das Wasser hoch gegen die Wolken des Himmels anschwoll. Hierauf nahm der Junge sein in Silber gefaßtes Messer, schnitt aus dem Kopfe des

Trolls die Augäpfel, und verbarg sie bei sich. Er grüßte sodann die schöne Prinzessin, und ging eilig seines Weges.

Als nun der Kampf vorbei war, und der Jüngling sich entfernt hatte, kroch der Höfling vom Baume herab, und drohte der Prinzessin mit dem Tode, wenn sie nicht vor Allen sagen wolle, daß er und kein anderer sie befreit habe. Die Königstochter wagte nicht, sein Begehren zu verweigern; denn sie fürchtete für ihr Leben. Sie kehrte mit dem Höfling an den Königshof heim, wo sie mit großen Ehren und Ruhmesbezeugungen empfangen wurden. Da herrschte aber im Lande keine geringe Freude, als das Volk erfuhr, daß die älteste Prinzessin vom Meer-Troll befreit worden.

Den andern Tag lief alles auf dieselbe Art ab. Silfwerhwit ging zum Strande hinab, und begegnete der mittleren Prinzessin, als sie dem Troll überliefert werden sollte. Als aber die Königstochter und ihr Begleiter ihn gewahrten, waren sie sehr erschrocken, denn sie dachten, daß es der Meer-Troll wäre, der komme. Der Höfling kroch nun auf den Baum, wie früher. Die Prinzessin aber kam dem Wunsche des Jungen nach und lauste ihn, wie ihre Schwester gethan hatte. Sie band dabei einen Goldring in Silfwerhwits langes Haar.

Nach einer Weile hörte man ein großes Getöse aus dem Meer, und da kam ein Meer-Troll hervor, der drei Hunde und drei Köpfe hatte. Silfwerhwits Hunde aber, behielten den Sieg über die Seehunde, und der Jüngling selbst erschlug den Troll mit seinem Schwert. Hierauf nahm er sein in Silber gefaßtes Messer hervor, schnitt die

Augäpfel des Trolls aus, und ging seines Weges. Der Hofmann aber nicht faul, kroch vom Baume herab, und zwang die Prinzessin, den Eid zu leisten, daß er, und kein anrer sie befreit habe. Sie kehrte wieder zum Königshof zurück, wo der Höfling mit großen Ehren empfangen, und für den tapfersten Kämpen gehalten wurde.

Den dritten Tag band Silfwerhwit das Schwert an die Seite, rief seine drei Hunde, und wanderte wieder zum Meere hinab. Als er nun am Seestrande saß, sah er, wie die jüngste Königstochter aus der Stadt gezogen kam, und mit ihr der tapfere Höfling ging, der, wie man glaubte, ihre Schwestern befreit hatte. Die Prinzessin aber war sehr betrübt und weinte trostlos. Da ging Silfwerhwit hin, und grüßte höflich die schöne Jungfrau. Als nun die Königstochter und ihr Begleiter den schmucken Jungen erblickten, waren sie sehr erschrocken, denn sie glaubten, daß es der Meer=Troll wäre, der komme. Der Höfling aber lief davon, und verbarg sich auf einem hohen Baum, der am Meere stand. Als Silfwerhwit ihre Furcht bemerkte, sagte er: „Schöne Jungfrau! fürchtet euch nicht vor mir, ich werde euch nichts zu Leide thun." Die Königstochter antwortete: „Bist du es nicht, der mich nehmen soll?" „Nein," entgegnete Silfwerhwit, „ich bin hieher gekommen, um euch zu befreien." Da freute sich die Prinzessin, daß ein so tapferer Kämpe für sie kämpfen wolle, und sie sprachen lange und freundlich miteinander. Während des Gespräches bat Silfwerhwit, daß die schöne Jungfrau ihm eine Bitte gewähren wolle, nämlich, ihn zu lausen. Die Königstochter willigte gerne in

Trolls die Augäpfel, und verbarg sie bei sich. Er grüßte sodann die schöne Prinzessin, und ging eilig seines Weges.

Als nun der Kampf vorbei war, und der Jüngling sich entfernt hatte, kroch der Höfling vom Baume herab, und drohte der Prinzessin mit dem Tode, wenn sie nicht vor Allen sagen wolle, daß er und kein anderer sie befreit habe. Die Königstochter wagte nicht, sein Begehren zu verweigern; denn sie fürchtete für ihr Leben. Sie kehrte mit dem Höfling an den Königshof heim, wo sie mit großen Ehren und Ruhmesbezeugungen empfangen wurden. Da herrschte aber im Lande keine geringe Freude, als das Volk erfuhr, daß die älteste Prinzessin vom Meer-Troll befreit worden.

Den andern Tag lief alles auf dieselbe Art ab. Silfwerhwit ging zum Strande hinab, und begegnete der mittleren Prinzessin, als sie dem Troll überliefert werden sollte. Als aber die Königstochter und ihr Begleiter ihn gewahrten, waren sie sehr erschrocken, denn sie dachten, daß es der Meer-Troll wäre, der komme. Der Höfling kroch nun auf den Baum, wie früher. Die Prinzessin aber kam dem Wunsche des Jungen nach und lauste ihn, wie ihre Schwester gethan hatte. Sie band dabei einen Goldring in Silfwerhwits langes Haar.

Nach einer Weile hörte man ein großes Getöse aus dem Meer, und da kam ein Meer-Troll hervor, der drei Hunde und drei Köpfe hatte. Silfwerhwits Hunde aber, behielten den Sieg über die Seehunde, und der Jüngling selbst erschlug den Troll mit seinem Schwert. Hierauf nahm er sein in Silber gefaßtes Messer hervor, schnitt die

Augäpfel des Trolls aus, und ging seines Weges. Der Hofmann aber nicht faul, kroch vom Baume herab, und zwang die Prinzessin, den Eid zu leisten, daß er, und kein anrer sie befreit habe. Sie kehrte wieder zum Königshof zurück, wo der Höfling mit großen Ehren empfangen, und für den tapfersten Kämpen gehalten wurde.

Den dritten Tag band Silfwerhwit das Schwert an die Seite, rief seine drei Hunde, und wanderte wieder zum Meere hinab. Als er nun am Seestrande saß, sah er, wie die jüngste Königstochter aus der Stadt gezogen kam, und mit ihr der tapfere Höfling ging, der, wie man glaubte, ihre Schwestern befreit hatte. Die Prinzessin aber war sehr betrübt und weinte trostlos. Da ging Silfwerhwit hin, und grüßte höflich die schöne Jungfrau. Als nun die Königstochter und ihr Begleiter den schmucken Jungen erblickten, waren sie sehr erschrocken, denn sie glaubten, daß es der Meer-Troll wäre, der komme. Der Höfling aber lief davon, und verbarg sich auf einem hohen Baum, der am Meere stand. Als Silfwerhwit ihre Furcht bemerkte, sagte er: „Schöne Jungfrau! fürchtet euch nicht vor mir, ich werde euch nichts zu Leide thun." Die Königstochter antwortete: „Bist du es nicht, der mich nehmen soll?" „Nein," entgegnete Silfwerhwit, „ich bin hieher gekommen, um euch zu befreien." Da freute sich die Prinzessin, daß ein so tapferer Kämpe für sie kämpfen wolle, und sie sprachen lange und freundlich miteinander. Während des Gespräches bat Silfwerhwit, daß die schöne Jungfrau ihm eine Bitte gewähren wolle, nämlich, ihn zu lausen. Die Königstochter willigte gerne in seinen Wunsch, und Silfwerhwit legte sein Haupt auf ihre Knie. Als die Prinzessin aber die Goldringe sah, welche ihre Schwestern in das Haar des Jünglings gebunden hatten, wunderte sie sich und flocht unvermerkt noch einen Ring in seine Locken.

Während dies geschah, tauchte der Meer-Troll aus der Tiefe mit vielem Getöse empor, so daß Schaum und Wogen hoch gegen den Himmel fuhren. Das Unthier hatte diesmal sechs Köpfe und neun Hunde. Als nun der Troll Silfwerhwit gewahrte, wie er bei der jungen Königstochter saß, wurde er zornig und rief: „Was hast du mit meiner Prinzessin zu thun?" Der Jüngling erwiederte: „Ich denke, daß sie eher mein, als dein wird."

Der Troll sagte: „Darum wollen wir mit einander streiten, früher aber wollen wir unsere Hunde mit einander kämpfen lassen. Silfwerhwit zauderte nicht, sondern hetzte seine Hunde zum Streite gegen die Seehunde, und es entstand ein hitziger Kampf. Das Spiel aber endete damit, daß die Hunde des Jungen siegten, und alle neun Seehunde todt bissen. Sogleich zog Silfwerhwit sein blankes Schwert, ging auf den Meer-Troll los, und hieb zu, so daß alle sechs Köpfe in den Sand rollten. Das Ungeheuer aber schrie entsetzlich, und fuhr in die See hinaus. so daß das Wasser hoch gegen die Wolken schwoll. Der Jüngling nahm hierauf sein in Silber gefaßtes Messer, und schnitt die zwölf Augäpfel des Trolls aus. Er grüßte die junge Königstochter, und zog eilig seines Weges.

Als nun der Kampf beendet, und der Junge fortgegangen war, stieg der Höfling vom Baume herab, zog sein Schwert, und drohte der Prinzessin mit dem Tode, wenn sie nicht sagen wolle, daß er sie von dem Troll befreit habe, gleichwie er ihre beiden Schwestern befreit. Die Königstochter wagte nicht, sein Begehren zu verweigern, denn sie fürchtete für ihr Leben. Sie wanderten hierauf zusammen nach dem Königshof. Als aber der König Beide am Leben sah, herrschte eine große Freude am ganzen Hof, und sie wurden mit großen Ehrenbezeugungen empfangen. Nun erschien der Höfling freilich als ein anderer Mann, als wie er auf den Baum hinaufgekrochen, und dort oben saß. Der König ließ ein prächtiges Gastmahl zubereiten, mit Lust und Spiel, und Tanz und Saitenspiel, und versprach dem Höfling seine jüngste und liebste Tochter zum Lohn für seinen Mannesmuth.

Mitten unter den Hochzeitsfreuden, während der König mit seinen Mannen zu Tische saß, wurde die Thür geöffnet, und Silfwerhwit kam, seinen Hunden folgend. Der Junge trat kühn hinein in den Gastsaal, und grüßte den König. Als aber die drei Königstöchter ihn wieder erkannten, wurden sie sehr erfreut, sprangen vom Tische auf, und liefen dem Fremdling entgegen. Hierüber wunderte sich der König sehr, und fragte, was solches zu bedeuten habe. Da erzählte die jüngste Prinzessin, wie alles sich zugetragen, vom Anfang bis zu Ende, und daß Silfwerhwit derjenige war, der sie befreit hatte, während der Höfling oben im Baume saß. Zu noch mehrerer Gewißheit suchten die Königstöchter jede ihren Goldring auf, den sie in Silfwerhwits Haare geflochten hatten. Der König aber wußte noch nicht recht, was er von Allem diesem denken sollte. Da sagte Silfwerhwit: „Herr und König! Damit bu nicht an den Worten deiner Töchter zweifelst, kannst du hier die Augäpfel von den Meer-Trollen schauen, die ich ermordete. Nun erkannnten der König und alle seine Mannen, daß die Prinzessinnen die Wahrheit erzählt hatten. Der betrügerische Höfling erlitt nun seine wohlverdiente Strafe; Silfwerhwit aber gelangte zu großen Ehren, und gewann die jüngste Königstochter, und mit ihr das halbe Reich.

Als nun die Hochzeit zu Ende war, zog Silfwerhwit mit seiner jungen Braut zu einem großen Königsschloß, und lebte mit ihr im Frieden und im Glücke. Da ereignete es sich eines Nachts, während Alles schlief, daß es an das Windauge klopfte, und man eine Stimme rufen hörte: „Silfwerhwit! komm, ich will mit dir reden." Der König wollte seine junge Frau nicht wecken, sondern stand schnell auf, band sein Schwert an die Seite, rief seinen Hunden und ging hinaus. Als er unter freiem Himmel kam, stand vor ihm ein Troll, der groß und grimmig dem Aussehen nach war. Der Troll sagte: „Silfwerhwit! du hast meine drei Brüder ermordet, und ich bin gekommen, ihren Tod zu rächen. Daher ist mein Vorschlag, daß du mit mir zum Seestrande gehst, und daß wir dort mit einander kämpfen." Dieser Vorschlag gefiel dem Jungen, und er folgte dem Troll ohne Widerspruch. Als sie nun gegen das Meer gekommen, lagen dort drei große Hunde, die der Troll mit sich geführt. Sogleich hetzte Silfwerhwit seine Hunde gegen die Trollhunde, und es entstand ein wüthender Kampf; das Spiel aber endete damit, daß die Trollhunde entweichen mußten. Hierauf zog der König sein Schwert, ging tapfer auf den Troll los, und es fielen so manche treffliche Hiebe, und ein gewaltiger Kampf entstand. Als aber der Troll merkte, daß der Kampf sich zu seinem Nachtheil wende, erschrak er, und lief schnell hinweg zu einem hohen Baum. Silfwerhwit und seine Hunde liefen nach, und die Hunde bellten heftig. Da begann der Troll, für sich zu bitten, und sagte: „Lieber Silfwerhwit, ich will für meine Brüder Strafgeld geben. Bringe aber deine Hunde zum Schweigen, während wir mit einander sprechen." Der König befahl nun seinen Hunden still zu schweigen, es half aber nichts, sondern die Thiere bellten stärker als früher. Da nahm der Troll drei Haare von seinem Kopfe, reichte sie Silfwerhwit, und sagte: „Lege ein Haar über jeden Hund, so werden sie sich ruhig verhalten." Der König that, wie er gesagt, sogleich schwiegen die Hunde, und lagen regungslos, als wenn sie an die Erde festgeschmiedet wären. Nun merkte Silfwerhwit, daß er betrogen worden; es war aber zu spät. Der Troll stieg nun vom Baume herab, zog sein Schwert, und fing den Zweikampf von Neuem an; sie hatten aber noch nicht viele Hiebe mit einander gewechselt, als Silfwerhwit die Todeswunde empfing, und in seinem Blute am Boden lag.

Die Sage wendet sich nun zu Lillwacker. Er ging am Morgen zur Quelle am Kreuzwege, und fand sie voll mit Blut. Da wußte er, daß Silfwerhwit todt war, und er erinnerte sich seines Versprechens, seinen Pflegebruder zu rächen. Er rief seinen Hunden, band sein Schwert an die Seite, und wanderte fort, bis er zu einer großen Stadt kam. In der Stadt aber war alles vollauf vor Freude, das Volk schwärmte auf den Straßen, und die Häuser waren mit Scharlach überhangen und mit andern prächtigen Stoffen. Lillwacker fragte, was die Ursache von all dieser Lustbarkeit wäre. Das Volk antwortete: „Gewiß mußt du aus der Ferne sein, da du nicht weißt, daß ein tapferer Kämpe hiehergekommen, Namens Silfwerhwit; er hat unsere drei Prinzessinnen befreit, und ist unseres Königs Eidam." Lillwacker fragte nun, wie dies alles zugegangen sei; hierauf wanderte er seines Weges, bis er Abends zum Königshof kam, wo Silfwerhwit mit seiner schönen Braut wohnte.

Als nun Lillwacker in das Thor der Burg eintrat, begrüßten ihn Alle, als den König; denn er war seinem Pflegebruder so ähnlich, daß Keiner sie von einander unterscheiden konnte. Als der Junge in das Schlafgemach kam, glaubte auch die Königin, daß es Silfwerhwit wäre; sie ging ihm daher entgegen, und sagte: „Herr und König! wo bliebst du so lange? Ich habe mit Kummer deine Heimkunft erwartet!" Lillwacker antwortete nicht viel auf diese Rede, sondern war schweigsam und wortkarg. Er ging hierauf mit der Königin zu Bette, legte aber ein blankes Schwert zwischen sich und ihr. Die junge Frau wußte nicht, was sie von Allem diesem denken sollte, da ihr Gemahl diese wunderliche Gewohnheit früher nicht gehabt hatte. Aber sie dachte: „Es ist nicht gut, nach seinem Geheimniß zu fragen, und sagte daher Nichts.

Nachts, während Alles schlief, klopfte es an das Windauge, und man vernahm das Rufen einer Stimme: „Lillwacker! komm, ich wünsche mit dir zu sprechen." Der Junge stand sogleich auf, griff nach seinem Schwert, rief seinen Hunden, und ging hinaus. Als er nun unter freien Himmel kam, stand vor ihm derselbe Troll, der Silfwerhwit getödtet hatte. Der Troll sagte: „Lillwacker! folge mir, so sollst du deinen Pflegebruder treffen." Der Junge war sogleich bereit, mitzugehen, der Troll ging voraus. Als sie nun zum Meeresstrande kamen, waren dort drei große Hunde, die der Troll mit sich führte. Etwas weiter davon, wo der Kampf bestanden, lag Silfwerhwit in seinem Blute, und neben ihm lagen seine Hunde, an die Erde festgebannt. Da erst wußte Lillwacker, wie sich alles zugetragen, und dachte, daß er gerne sein Leben wagen wolle, um seinen Pflegebruder zu rächen. Sogleich hetzte er seine Hunde gegen die Trollhunde, und es entstand ein wüthender Kampf; das Spiel aber endete damit, daß Lillwackers Hunde den Sieg behielten. Der Junge zog hierauf sein Schwert, und ging mit einem großen und herzhaften Hiebe auf den Troll los. Als aber der Troll merkte, daß ihm der Kampf nachtheilig werde, lief er hinweg, und floh auf einem hohen Baum. Lillwacker und seine Hunde liefen nach, und die Hunde bellten heftig. Da begann der Troll, für sich zu bitten, und sagte: „Lieber Lillwacker! ich will Sühngeld für deinen Pflegebruder geben, bringe aber deine Hunde zum Schweigen, während wir mit einander sprechen." Zugleich reichte ihm der Troll drei Kopfhaare, und sagte: „Lege über jeden Hund eines davon, so werden sie sich dann still verhalten." Lillwacker aber merkte, daß ein Betrug dahinter stecke, nahm hierauf die drei Kopfhaare, und legte sie statt über die seinen, über die Trollhunde. Sogleich fielen diese zur Erde, und lagen regungslos, als wenn sie ohne Leben wären.

Als nun der Troll sah, daß sein Anschlag nicht gelungen, erschrak er sehr, und sagte: „Lieber Lillwacker! ich will dir Sühngeld für deinen Bruder geben, lasse mich aber in Frieden." Der Jüngling fragte: „Was könntest du mir wol geben, das mir so theuer wäre, wie das Leben meines Pflegebruders?" Der Troll entgegnete: „Hier gebe ich dir zwei Flaschen. In der einen ist ein Wasser von der Beschaffenheit, daß, wenn du irgend Jemand damit besprengst, der todt ist, er sogleich wieder auflebt; in der andern aber ist ein Wasser solcher Art, daß, wenn du etwas damit bestreichst, und es kommt Jemand an den Ort, so wird er sogleich festgehalten. Und ich glaube, daß man kaum größere Kostbarkeiten, als diese beide finden mag." Lillwacker sagte: „Dein Vorschlag gefällt mir, und ich will ihn annehmen, aber eines mußt du mir hiebei versprechen, daß du die Hunde meines Pflegebruders losmachst." Der Troll ging hierauf ein, stieg vom Baume herab, und blies die Hunde an, daß sie wieder frei wurden. Hierauf nahm Lillwacker die beiden Flaschen, und wanderte mit dem Riesen vom Meeresstrande fort.

Als sie nun ein Stück zusammen gegangen waren, kamen sie zu einer großen Steinhöhle, die dicht am Wege lag. Da eilte Lillwacker voraus, und strich unbemerkt etwas aus der einen Flasche auf den Stein. Als nun der Troll

dort vorbeigehen sollte, hetzte der Junge alle seine sechs
Hunde auf einmal, so daß der Riese entwich, und es
sich so fügte, daß er die Steinhöhle berührte. Der Troll
war nun festgebannt, und vermochte sich nicht von der
Stelle zu bewegen; nach einer Weile aber kam der Tag
im Osten herauf, und beleuchtete den Stein. Als nun
der Riese die Sonne sah, barst er, und das war sein Ende.

Lillwacker sprang hierauf zu seinem Pflegebruder hin,
und besprengte ihn mit dem Wasser aus der andern Fla=
sche, so daß er wieder zum Leben kam. Da war eine gro=
ße Freude, wie man wol denken mag. Die Pflegebrüder
begaben sich hierauf zum Königshof, und erzählten unter
Wegs ihre Schicksale und Abenteuer. Lillwacker erzählte,
wie er die Noth seines Freundes erfahren, und wie er zum
Königshof gekommen, und dort für den jungen König ge=
halten wurde. Er scherzte zugleich darüber, daß er mit der
Königin zu Bette gegangen, ohne daß sie es merkte, daß es
ein anderer, als ihr rechter Gemahl war. Als aber Silfwer=
hwit dieses gehört hatte, dachte er, daß Lillwacker die Kö=
nigin zu Unehren gebracht, und es ging ihm schnell zu Ge=
müthe, so daß er im Zorne sein Schwert zog, und es in
den Leib seines Pflegebruders stieß. Lillwacker fiel nun todt
zu Boden, und Silfwerhwit ging allein zum Königshof heim.
Die Hunde des Jungen aber wollten ihren Herrn nicht
verlassen, sondern legten sich heulend um seinen Körper,
und leckten an seiner Wunde. Am Abend, als der junge
König und seine Gemahlin zu Bette gehen sollten, fragte
ihn die Königin, warum er so schweigsam und wortkarg
war. Silfwerhwit antwortete hierauf wenig. Da sagte

die Königin: „Ich habe mich sehr gewundert über das, was sich während der letzten Tage zugetragen; aber doch gelüstet es mich, zu wissen, warum du in der Nacht zwischen uns ein blankes Schwert legtest?"

Nun ging Silfwerhwit ein Licht auf, er begriff, daß sein Pflegebruder unschuldig ermordet worden, und bereute es bitter, daß er Lillwacker so schlecht für sein Leben gelohnt hatte. Der König stand hierauf sogleich auf, und ging zum Orte hin, wo sein Pflegebruder lag. Er nahm Lebenswasser aus seiner Flasche, und wusch die Wunde des Jungen, sogleich lebte Lillwacker wieder auf, und die beiden Pflegebrüder wanderten fröhlich und freudig wieder zum Königshof.

Als sie nun zurückgekommen, erzählte Silfwerhwit seiner Gemahlin, wie Lillwacker sein Leben befreit hatte, und was für andere Abenteuer sie zusammen bestanden hatten. Da herrschte Lust und Freude am ganzen Königshof, und die Jungen wurden von Allen mit großen Ehren empfangen.

Nachdem aber Lillwacker dort einige Zeit verweilt hatte, freite er um die mittlere Prinzessin, und erhielt ihr und ihrer Freunde Jawort und Einwilligung. Hierauf wurde die Hochzeit mit großem Pomp gefeiert, und Silfwerhwit theilte das halbe Reich mit seinem Bruder.

Die beiden Brüder aber lebten zusammen in Frieden und Einigkeit, und wenn sie nicht todt sind, mögen sie wol heute noch leben.

B.
Wattuman und Wattuſin.
Aus Sůdmannland.

Es war einmal ein König, der herrſchte über ein mächtiges Reich, und wurde dabei von ſeinen Unterthanen ſehr geliebt. Er hatte eine ſchöne Gemahlin, die ebenfalls wegen ihrer guten Eigenſchaften ſehr gerühmt wurde. Als der König und ſeine Gemahlin einige Zeit verehelicht waren, ward die Königin ſchwanger, und gebar eine Tochter; ſie ſelbſt aber ſtarb in Kindesnöthen. Da ward der König ſehr traurig, und wollte keine Gemahlin mehr nehmen, nachdem ſeine erſte auf die Bahre gelegt worden war. Statt deſſen wendete er ſeine ganze Liebe dem Kinde zu, und liebte ſeine Tochter ſo ſehr, daß er beſchloß, nie von ihr ſich zu trennen.

Inzwiſchen wuchs die Königstochter heran, und ward die ſchönſte Jungfrau, die man irgendwo finden konnte. Da kamen manche Königsſöhne und andere edelgeborne Männer, um die Prinzeſſin zu freien, obgleich ihr Vater ſie Alle abwies. Der Freier aber wurden immer mehr, und ſie wuchſen zuletzt zu einer zahlreichen Schaar an. Der König wußte ſich nun keinen andern Rath, ſeine Tochter zu verwahren, als auf einer Inſel mitten in der See einen hohen Thurm bauen zu laſſen, und brachte die Prinzeſſin zugleich mit ihrer Dienerin dorthin.

Es ereignete ſich einige Zeit hierauf, daß die Königstochter einen wunderlichen Traum hatte. Es dünkte ihr, sie gehe in den Thurm, und finde eine geheime Stiege. Am Ende der geheimen Stiege war eine verborgene Thür, und als sie diese öffnete, kam sie zum Berge an einen Ort hin, wo sie nie früher gewesen. Aus dem Berge aber sprudelte ein klarer Wasserstrahl hervor, der so schön, wie die Sonne glänzte. Die Prinzessin trank davon, und es kam ihr im Traume vor, als habe sie nie früher einen so wunderbaren und köstlichen Trank gekostet. Als nun der Morgen kam, und die Prinzessin erwachte, konnte sie ihren Traum nicht vergessen, sondern erzählte ihn ihrer Dienerin. Darob wunderte das Mädchen sich sehr, denn sie hatte in der Nacht denselben Traum gehabt. Die beiden Jungfrauen konnten nun wol entnehmen, daß darin irgend Etwas Geheimnißvolles liege, und bekamen Lust, den kostbaren Springbrunnen zu suchen. Gesagt, gethan. Sie suchten und fanden eine geheime Stiege, ganz so, wie sie ihnen im Traume erschienen; am Ende der geheimen Stiege war eine verborgene Oeffnung, und als sie hindurch gegangen, kamen sie zu einer Stelle, wo eine Wasserader aus dem Berge hervorsprang. Das Wasser des Brunnens war so klar und durchsichtig, daß es an der Sonne, wie geläutertes Gold schimmerte. Die beiden Jungfrauen konnten es nun sich nicht versagen, von diesem klaren Wasser zu trinken, und es kam ihnen vor, daß sie nie einen angenehmeren und kühlenderen Trank gekostet. Das Quellwasser aber hatte eine wunderbare Kraft; die beiden Jungfrauen wurden auf einmal schwanger, und nach neun Monaten gebar jede einen kleinen Sprößling. Beide Kinder waren Knäblein; sie waren aus dem Wasser geschöpft, und erhielten den Namen nach ihrer väterlichen Herkunft. Die Königstochter nannte ihren Sohn Wattuman, der Sohn des Mädchens wurde Wattufin *) genannt.

Bei der Nachricht hievon ward dem Könige, dem Vater der Prinzessin schlimm zu Muthe, und er bereute es, daß er seine Tochter nicht irgend einem Königssohne gegeben, so wäre dieses Unglück nicht geschehen. Aber wie das Sprichwort lautet: „Das Geschehene kann man nicht ungeschehen machen;" er mußte sich daher mit dem zufrieden stellen, was geschehen war. Unterdeß saß die Prinzessin mit ihrem Mädchen in dem einsamen Thurme in der See, und kein Mann kam jemals dahin. Die beiden Knaben aber wuchsen zusammen auf, und wurden groß und stark, kecken Muthes und von schönem Aussehen. Dazu waren sie sich gegenseitig so gleich, daß nur ihre Mütter den einen von dem andern unterscheiden konnten.

So verging eine geraume Zeit, und die beiden Pflegebrüder waren fünfzehn Winter alt. Da gingen sie eines Tags zur Königstochter, und baten um Erlaubniß, aus dem Thurme fortziehen, und ihr Glück auf eigene Hand versuchen zu dürfen. Die Prinzessin und ihre Dienerin willigten ungerne in dieses Begehren ein; die Jünglinge aber bestanden auf ihren Entschluß. Sie nahmen also Abschied von ihren Müttern, und die beiden Frauen weinten viele Thränen über ihre Abreise. Beim Abschied aber gab die Königstochter Jedem einen Hund zum Geschenke. Sie sagte: „Zwei Dinge sollt ihr mir für all' die Liebe ge-

---

*) D. i. Wassermann und Wasserjunge.

oben, die wir euch bewiesen; das Eine ist, daß ihr nie Jemand eure Herkunft entdecket; das Andere, daß ihr euch nie von diesen Hunden trennt; sie werden euch auch stets treu sein." Die Pflegebrüder willigten gerne in das Begehren der Prinzessin, und so schieden sie vom Thurme mit vielem Leid von beiden Seiten.

Die Knaben begaben sich nun auf den Weg, und kamen zum Königshof, wo der Vater der Prinzessin wohnte. Sie traten in den Saal, grüßten höflich, und alle Männer, die sie sahen, wunderten sich über das Aussehen und die Behendigkeit der Jünglinge. Als nun der König die beiden Fremdlinge sah, fragte er nach ihrem Namen und nach ihrer Herkunft. Die Jungen antworteten: "Herr und König! wir heißen Wattuman und Wattusin, es ist uns aber verboten, zu entdecken, aus welchem Geschlecht wir stammen." Der König fragte ferner: "Was ist dann euer Gewerbe, und wohin geht euer Weg?" Die Brüder antworteten: "Wir ziehen in die Welt hinaus, um unser Glück zu versuchen." Da sagte der König: "Eure Abkunft offenbart sich am Besten in eurem Aussehen, und ich will euch etwas zum Andenken geben. Wenn ihr aber künftig in Noth kommt, so wendet euch wieder an mich." Mit diesen Worten reichte der König dem Wattuman einen Speer, und dem Wattusin einen Bogen und Pfeile. Die Pflegebrüder dankten sehr für diese Geschenke, nahmen hierauf Abschied, und setzten ihre Wanderung fort.

Als sie weit gereist waren, kamen sie eines Tages in einen wilden Wald. Als sie nun mit ihren Hunden jagten, um Lebensunterhalt zu finden, begegnete ihnen eine große

Bärin. Sogleich rief Wattuman seinem Bruder zu: „Schieß du, so werfe ich!" Die Bärin aber bat für ihr Leben, und sagte: „Schießt nicht, werfet nicht! Daheim habe ich zwei Junge. Ich will Jedem von euch eines geben, wenn ihr mich leben laßt." Da thaten die Jungen dem Thiere nichts zu Leide, und wollten es nicht verletzen. Die Bärin aber holte ihre Jungen, gab jedem der Pflegebrüder eines und sagte, daß ihre Söhne sie für das Leben ihrer Mutter belohnen werden.

Den andern Tag jagten die Brüder wieder im Walde mit ihren Hunden. Da begegnete ihnen eine Wölfin. Sogleich rief Wattuman dem Wattusin zu, und sagte: „Schieß du, so werfe ich!" Aber die Wölfin bat für ihr Leben, und sagte: „Schießt nicht, werft nicht! Daheim habe ich zwei Junge; wenn ihr mich leben laßt, will ich Jedem von euch eines geben." Dies gefiel den Brüdern, und sie wollten das Thier nicht verletzen. Die Wölfin aber holte ihre Jungen, und gab sie den beiden Knaben, indem sie sagte, daß ihre Jungen ihnen das Leben ihrer Mutter lohnen werden.

Den dritten Tag begegnete während der Jagd den Brüdern eine Füchsin. Sogleich rief Wattuman dem Wattusin zu: „Schieß du, so werfe ich." Die Füchsin aber bat für ihr Leben, und sagte: „Schießt nicht, werft nicht! Daheim habe ich zwei Junge. Ich will Jedem von euch eines geben, wenn ihr mir das Leben schenkt." Dies schien den Brüdern ein guter Vorschlag zu sein, und sie schonten das Thier. Die Füchsin aber lief fort, und holte ihre Jungen. Sie gab jedem Knaben eines, und sagte, daß ihre

Jungen ihnen wieder vergelten sollten, daß sie der Mutter das Leben geschenkt.

Die Thiere folgten nun ihren Herren, und waren ihnen folgsam und treu in Allem, was sie befahlen.

Als die Brüder lange zusammen gewandert waren, kamen sie zu einem Kreuzwege; an der Wegscheide stand ein hoher Baum. Da sagte Wattuman: „Bruder! hier scheiden sich unsere Wege, und mir ahnt, daß wir uns einander nicht sobald wieder finden dürften." Wattusin antwortete: „Du magst Recht haben, wie immer; wie kann ich aber künftig erfahren, wie es dir in der Welt geht?" Wattuman erwiederte: „Ich stecke mein Messer hier in den Baum. Es soll dir ein Zeichen sein, daß wenn das Messer rostet, ich dann in großer Noth bin; wenn es aber blutig wird, so kündet es meinen Tod. Und ich erwarte, daß du meinen Tod rächen wirst." So sprechend, schieden die Brüder von einander. Wattuman ging mit seinen Thieren seinen Weg, und es begegneten ihm manche wunderliche Abenteuer, von denen ich künftig erzählen will. Wattusin aber nahm einen anderen Weg, und war nicht lange gereist, als er vor sich einen alten, einsamen Königshof sah. Rund herum war dichter Wald, und nirgends eine Spur von Menschen zu sehen.

Gerade als Wattusin an dem öden Königshof vorbeiziehen sollte, brach ein heftiges Unwetter los, mit Sturm und Regenschauer, so daß es dem Jungen schwer wurde, Schutz für sich und seine Thiere zu finden. Er ging daher zum Thore der Burg, und pochte an; aber Niemand antwortete. Nach langem Harren erst wurde die Pforte geöffnet, und ein Weib, alt und häßlich, fragte, wer klopfe. Wattusin sagte, daß er ein Wandersmann sei, der ausgegangen, um Dienst zu suchen, und Schutz begehre während des Unwetters. Das Weib sprach: „Sei mir willkommen, denn ich brauche eben einen tüchtigen Jungen; wenn du mir treu dienen willst, soll dein Lohn nicht gering sein." Hierauf führte sie Wattusin in's Haus, und gab ihm Speise und Nachtherberge. Das alte Weib aber war eine böse Trollkönigin, und ihr Aussehen gefiel weder Wattusin, noch seinen Thieren.

Am Morgen, als es tagte, kam das alte Weib zu Wattusin, und sagte, daß sie ihm zeigen wolle, was sich Merkwürdiges im Hause fände. Der Junge folgte ihr, und sah manche seltsame Dinge, von denen hier weitläufig erzählt werden wird. Zuletzt kamen sie zu einer Wiese, und auf der Wiese lagen Enten, wie es schien, in einer Anzahl von vielen Tausenden, so daß die Erde ganz überdeckt war.

Die Trollkönigin sagte: „Diese Enten gehören zum Hofe, und du darfst nicht fürchten, sie zu zertreten." Sie ging hierauf voraus, den Weg zu zeigen. Wattusin aber erbarmte sich der armen Enten, und hütete sich sehr, auf eine von ihnen zu treten; dazu verbot er seinen Thieren strenge, sie zu verletzen. Er kam sodann an's Ende der Wiese. Da trat der Entenkönig hervor, und sagte: „Du sollst meinen Dank haben, daß du meine Enten geschont. Denk' auf mich, wenn du in Noth kommst, und ich will dir wieder dienen." Hierauf verschwand er, ohne daß die Trollkönigin ihn bemerkt hatte.

Wattusin und seine Hausfrau setzten nun ihren Weg

fort, und kamen zu einer anderen Wiese, wo Ameisen umher krochen, abermals viele Tausende, so daß der ganze Boden sich zu bewegen schien. Die Trollkönigin sagte: „Diese Ameisen gehören zum Hofe, du darfst dich nicht scheuen; sie todt zu treten;" sie ging hierauf wieder voraus, um den Weg zu zeigen. Wattusin aber erbarmte sich der kleinen arbeitsamen Thierchen, und hütete sich sehr, auf irgend eines von ihnen zu treten; dabei verbot er strenge seinen Thieren, den Ameisen irgend einen Schaden zuzufügen. Er kam so an's Ende der Wiese. Da trat der Ameisenkönig hervor, und sagte: „Du sollst meinen Dank haben, daß du so manches Leben erhalten. Denk' an mich, wenn du in Noth kommst, und ich will dir wieder dienen." Hierauf verschwand er, ohne daß die Trollkönigin ihn bemerkt hatte.

Der Junge und seine Hausfrau setzten wieder ihren Weg fort, und kamen zu einer dritten Wiese, wo man eine unzählige Menge von Bienen fand, so daß davon der ganze Boden und die Luft wimmelten. Da wendete sich die Trollkönigin zu Wattusin, und sagte: „Alle diese Bienen gehören zum Hofe, du darfst nicht fürchten, sie todt zu treten." Sie ging hierauf voraus, um den Weg zu zeigen. Es that aber dem Jungen um die kleinen Thierchen leid, so daß er sich sehr hütete, auf sie zu treten, und er befahl strenge seinen Thieren, ihnen keinen Schaden zuzufügen.

Wattusin kam so an das Ende der Wiese. Da trat die Bienenkönigin hervor, und sagte: „Du sollst meinen Dank haben, daß du meine Unterthanen geschont. Denk auf mich, wenn du in Noth kommst, ich will dir wieder dienen." Hierauf verschwand sie, ohne daß die Trollkönigin sie gesehen hatte.

Den andern Tag nahm das Weib das Wort: „Es ist hohe Zeit, daß du deinen Dienst beginnst, und folgende soll deine erste Arbeit werden. In alten Zeiten, vor vielen, vielen Jahren fand man hier im Königshofe einen goldenen Schlüssel, der das Thor des Schlosses gegen Westen öffnete. Es ist nun mein Wille und Befehl, daß du diesen Schlüssel herbeischafft, ehe die Sonne morgen früh aufgeht, wenn du es nicht thust, kostet es dein Leben." So sprechend, ging die Trollkönigin fort. Wattusin aber blieb in großer Angst zurück, und wußte sich keinen Rath, wie er sich aus dieser großen Gefahr herausfinden könne. Er wanderte so den ganzen Tag betrübt umher, und als der Abend kam, hatte er den goldenen Schlüssel noch nicht finden können.

Als der Knabe nun so betrübt da saß, und an seine große Noth dachte, kam es ihm in den Sinn, vielleicht könnten mir die Enten helfen. Er hatte diesen Gedanken kaum gefaßt, so stand der Entenkönig plötzlich vor ihm, und fragte, warum er so traurig sei. Wattusin erwiederte: „Die Trollkönigin hat mir befohlen, einen goldenen Schlüssel aufzusuchen, der seit vielen hundert Jahren verloren gegangen. Wenn ich ihn nicht finde, ehe es tagt, will sie mein junges Leben nehmen." Der Entenkönig sagte: „Sei getrost, ich habe den Dienst nicht vergessen, den du mir gestern erwiesen. Nun will ich dich belohnen." Er sammelte hierauf eine große Schar von seinen Unterthanen und zog mit ihnen zu einem alten Graben, der den Königshof umgab. Als die Enten zum Graben gekommen, begaben sie sich in das Wasser, und tauchten in den Grund hinab. Sie setzten es so eine Weile fort, und es dauerte nicht lange, als der Entenkönig mit dem Schlüssel zurückkam, welchen die Trollkönigin verlangt hatte. Da ward der Junge frohen Sinnes, dankte dem Entenkönig für seinen guten Beistand, und kehrte hierauf vergnügt zum Königshof zurück.

Am Morgen, als die Sonne aufging, kam das Weib und fragte, ob Wattusin ihren Befehl vollzogen. Der Junge entgegnete, daß er ihren Auftrag vollzogen, und zog zugleich den goldenen Schlüssel hervor. Da entfärbte sich die Trollkönigin, und ward aschgrau im Angesicht. Sie ging hierauf fort, indem sie sagte: „Dieses hast Du nicht ohne Beihilfe gethan."

Als ein Tag verstrichen, kam das Weib wieder, und führte Wattusin in ein Zimmer, wo eine Menge Getreide in großen, großen Haufen zusammengehäuft war.

Die Trollkönigin sagte: „Dein zweites Geschäft soll sein, daß du all' dieses Getreide nach seiner verschiedenen Gattung sonderst. Du sollst den Roggen vom Korn sondern, und das Korn vom Roggen, und jedes in einen eigenen Haufen bringen. Alles aber soll bis am Morgen fertig sein, ehe die Sonne aufgeht, sonst kostet es dein Leben." So sprechend, ging die Trollkönigin hinweg, und der Junge setzte sich nieder, um die eine Getreideart von der andern zu sondern. Wie er aber auch klauben mochte, als der Abend kam, hatte er nur ein kleines Häuflein zusammengebracht, und konnte nun wol merken, daß er nimmer das Geschäft seiner Hausfrau auszurichten vermochte.

Als Wattusin nun betrübt da saß, und an seine große Noth dachte, kam es ihm in den Sinn: „Vielleicht könnten mir die Ameisen helfen." Er hatte kaum diesen Gedanken gefaßt, so stand der Ameisenkönig plötzlich vor ihm, und fragte, warum er so traurig wäre. Der Junge erwiederte: „Die Trollkönigin hat mir befohlen, all dies Getreide nach seinen verschiedenen Gattungen zu sondern, so daß der Roggen vom Korn, und das Korn vom Roggen geschieden werde, jedes in einen eigenen Haufen. Wenn ich es nicht gethan habe, ehe es tagt, will sie mein junges Leben nehmen." Da sagte der Ameisenkönig: „Sei getröstet, ich habe den Dienst nicht vergessen, den du mir erwiesen. Nun will ich dich dafür belohnen." Er ging hierauf fort, und kam schnell mit einer unzählbaren Schaar Ameisen zurück. Die kleinen Thierchen aber begaben sich auf den Getreidehaufen, jede Ameise nahm ein Korn, und es ward ein Gewimmel, wie man im Sommer an einem Ameisenhaufen sieht. Es dauerte nicht lange, so war all' das Getreide vertheilt, wie die Trollkönigin befohlen hatte. Da ward der Junge frohen Sinnes, dankte dem Ameisenkönig für seinen guten Beistand, und so schieden sie von einander.

Am Morgen, als die Sonne aufging, kam das alte Weib, und fragte, ob Wattusin nach ihrem Befehle gethan habe. Der Junge bejahte es, und zeigte zugleich, wie alles Getreide nach seinen verschiedenen Gattungen vertheilt lag, jedes in einen eigenen Haufen. Da entfärbte sich die Trollkönigin, und ward schwarz, wie die schwärzeste Erde. Sie ging hierauf erzürnt ihren Weg, indem sie sagte: „Dies haft du nicht ohne Beihilfe gethan."

Als ein Tag verstrichen, kam das Weib wieder. Sie führte nun Wattusin in einen großen Saal, wo sieben schöne Frauenbilder aufgestellt waren. Die Trollkönigin sagte: „Es soll deine dritte Probe sein, daß du mir sagst, welches von diesen sieben Bildern die verzauberte Prinzessin ist, die über den Königshof herrschte, ehe ich hieher kam. Wenn du mir dieses sagen kannst, so wird deine Macht hier größer, als meine. Kannst du es aber nicht, dann kostet es dein Leben, wie es früher das Leben so mancher tapferen Jünglinge gekostet. Am Morgen, ehe die Sonne aufgeht, entscheidet sich unser Beider Glück." So sagend, schied sie wieder von ihm. Die Trollkönigin ging hres Weges. Wattusin aber stellte sich nun an, die sieben Frauenbilder zu beschauen, und sie erschienen ihm so schön, daß das Herz ihm im Busen gerührt wurde, als er sie ansah. Die Bilder aber waren sich dem Antlitz, der Gestalt, und der Stellung nach gleich, so daß Niemand die geringste Ungleichheit zwischen ihnen bemerken konnte. Wie der Knabe auch spähen mochte, er vermochte das Bild nicht auszuforschen, welches der verzauberten Königstochter angehöre.

Als Wattusin merkte, daß er den Auftrag der Trollkönigin nicht vollführen könne, ward er sehr betrübt, und dachte bei sich, daß er wol kaum mit dem Leben davon kommen werde. Da kam ihm plötzlich in den Sinn, vielleicht könnten mir die Bienen in meiner großen Noth helfen. Er hatte kaum diesen Gedanken erfaßt, so stand die Bienenkönigin vor ihm, und fragte, warum er so betrübt, und traurig sei. Der Junge entgegnete: „Die Trollkönigin befahl mir, auszuforschen, welches von den sieben Frauenbildern die schöne Prinzessin ist, die einst über den Königshof herrschte. Wenn ich es am Morgen nicht sagen kann, wenn die Sonne aufgeht, verliere ich hier mein junges Leben." Da sagte die Bienenkönigin. „Sei getröstet, ich habe den Dienst nicht vergessen, den du mir erwiesen. Nun will ich dich dafür belohnen." Hierauf flog sie fort, und kam schnell mit einem unzählbaren Bienenschwarm zurück, der ganze Bienenschwarm aber flog hin, und setzte sich auf das eine Frauenbild. Nun wußte Wattusin, daß dies die Prinzessin sei, und als er es genau beschaute, sieh', da entdeckte er auf ihrem Halse eine kleine, kleine Warze, und hierin war das Bild von den übrigen unterschieden. Hierauf entfloh der Bienenschwarm, der Junge aber ward frohen Sinnes, und dankte der Bienenkönigin mit vielen schönen Worten für ihren guten Beistand.

Am Morgen, als die Sonne in Osten schien, kam das alte Weib, und fragte, ob Wattusin ihren Auftrag vollzogen, oder zu sagen wisse, welches die verzauberte Prinzessin sei. Der Junge bejahte es, und wies auf das Bild, wie es ihn die Bienenkönigin gelehrt hatte. Als nun die Trollkönigin merkte, daß er ihre Räthsel errathen, that sie einen lauten Schrei, und entfärbte sich, so daß sie blau im Gesichte wurde. Bei dem Geschrei des Weibes aber wurden alle Frauenbilder lebendig. Die Königstochter fiel an Wattusins Brust, und dankte ihm, daß er sie befreit hatte; die sechs falschen Bilder aber erhoben sich in die Luft, und verschwanden zugleich mit der Trollkönigin, so daß das ganze Dach vom Königshofe gehoben wurde. In demselben Augenblicke geschah eine große Veränderung im ganzen Schlosse. Der Zauber war gebrochen, Alles lebte, und bewegte sich, Mädchen, Hofleute und Pagen wimmelten in den Zimmern, wie in früherer Zeit, und die Jungfrau herrschte über alle diese Herrlichkeiten. Hierauf wurde eine stattliche Hochzeit veranstaltet, und Wattusin erhielt die schöne Prinzessin. Er wurde König über die Burg und das ganze Land, und lebte mit seiner Gemahlin lange im Frieden und im Glücke. Gleichwol konnte er seinen Pflegebruder nicht vergessen, sondern ging jeden Tag zum Baume am Kreuzwege, um zu schauen, ob Wattumann noch am Leben wäre.

Die Sage wendet sich nun zu Wattumann, und es muß erzählt werden, wie er weit umherwanderte, durch viele Länder und Königreiche, bis er zu einer großen Stadt kam. In der Stadt aber waren die Straßen schwarz überhangen, die Leute gingen schweigsam umher, und alles verrieth eine große, und allgemeine Betrübniß. Als nun Wattumann zu seiner Herberge gekommen, fragte er, was die Ursache von dieser großen Trauer sei.

Der Wirth antwortete: „Gewiß bist du ein weit hergereister Gast, da du noch nicht vernommen, was nun in Jedermans Munde ist, daß die Burg des Königs auf einem verzauberten Platze steht, und daß dort jedes Jahr ein großer Drache sich einfindet, und eine schöne Jungfrau zu seiner Ernährung fordert. Nun hat aber das Loos die einzige Tochter des Königs getroffen, und es findet sich Niemand, der sie befreien kann, obgleich der König dem, der sie befreie, die Prinzessin, und mit ihr die Hälfte seines Reiches und Landes versprochen hat. Bei allen diesen Neuigkeiten war dem Jungen wunderlich zu Muthe, und es kam ihm in den Sinn, daß er gerne des Königs Eidam werden, und dabei Vermögen und Ruhm gewinnen möchte.

Als die Zeit herangekommen, daß die Jungfrau zum Drachen hinausgeführt werden sollte, ging Wattumann auf den Berg hinauf, der bei der Stadt lag, und baute dort ein festes Haus. Das Haus aber war mit Haken und großen Balken erbaut, solchergestalt, daß die Thür von innen, aber nicht von außen geöffnet werden konnte.

Als nun alles bereit war, kam die Königstochter in einem vergoldeten Wagen gefahren, und viel Volk begleitete sie aus der Stadt hinaus. Die Prinzessin aber blieb auf dem Berge, stützte die Hand auf die Wangen, und weinte bitterlich. Da rief Wattumann seine Thiere, ging zur Prinzessin hin, grüßte sie höflich, und fragte: „Jungfrau! warum sitzt ihr hier, und warum netzen Thränen eure Wangen?"

Die Königstochter antwortete: „Ich muß wol weinen, denn mein Vater hat mich einem furchtbaren Drachen verlobt. Geh' hinweg schöner Jüngling! hier wird heute ein trauriges Schauspiel sein." Wattumann entgegnete: „Ich wage es dennoch, den Drachen zu erwarten, wäre er noch so fürchterlich. Wenn Ihr euch mir auf Treu und

Glauben versprechen wollt, so will ich gerne für Euch mein Leben wagen." Die Jungfrau willigte ein, und sie sprachen lange mit einander. Während sie nun beisammen saßen, bat Wattumann, daß die Königstochter ihn lausen solle. Die Prinzessin that nach seinem Wunsche, und der Junge legte sein Haupt auf ihr Knie. Die Jungfrau aber nahm unbemerkt einen Goldring, und flocht ihn in die Haarlocken Wattumanns.

In demselben Augenblicke hörte man ein großes Getöse, und ein Unwetter unter dem Berge. Da sagte der Junge: „Ich höre den Drachen kommen, und es ist Zeit, daß ich mich zum Kampfe bereite. Lebt wol, edle Jungfrau! Ihr sollt nie aus meiner Erinnerung kommen." Hierauf nahm er die Jungfrau bei der Hand, und führte sie zu dem kleinen Hause auf dem Berge. Die Königstochter saß dort mit großer Angst, und erwartete, wie der Kampf ablaufen werde.

Wattumann ging nun dem Drachen entgegen, und es begann ein sehr harter Kampf. Der Drache wehrte sich tapfer, sowol mit den Krallen, als auch mit den Zähnen, dazu spie er Feuer und Flammen, so daß sich ihm Keiner ohne Lebensgefahr nahen konnte. Wattumann aber trat ihm kühn unter die Augen, stieß den Speer in seinen Rachen, und wußte ihm manchen mächtigen Hieb beizubringen. Der Bär, Wolf und Fuchs thaten gleichfalls das ihrige dazu, und der Kampf endete nicht eher, als bis zuletzt der Drache in's Gras biß. Während des Kampfes aber war Wattumann übel zerfleischt worden, so daß sein Blut aus vielen und tiefen Wunden floß. Da nahmen die Thiere ihren Herrn, und trugen ihn zu einer einsamen Hütte, die im Walde lag. Dort leckten sie seine Wunden, und wachten treu, bis daß Wattumann wieder frisch und gesund wurde.

Als einige Zeit nach dem Kampfe verstrichen, und alles wieder still war, ging die Königstochter aus dem kleinen Hause heraus, um zu schauen, wie der Kampf abgelaufen war.

Sie fand den Drachen todt liegend auf der Wahlstatt. Wattumann aber war nirgends zu erspähen. Gerade in demselben Augenblicke kam der Kutscher der Prinzessin den Berg hinangegangen. Als er nun sah, daß die Königstochter in seiner Macht war, zog er sein Schwert, und sagte: „Ich und kein Anderer habe den Drachen getödtet, und nie sollst du die grüne Erde berühren, wenn du mir nicht versprichst, dies vor deinem Vater, und deinen Verwandten zu bekennen." Als die Königstochter diese Drohung vernahm, ward sie sehr betroffen, und versprach, in ihrer Noth zu sagen, wie es der Kutscher von ihr verlangte. Sie zogen hierauf zum Königshofe heim, und es verbreitete sich ein immer wachsendes Gerücht von dem tapferen Jungen, der die Prinzessin befreit hatte. Der König ließ nun sogleich ein prächtiges Gastmal zubereiten, und gab seine Tochter dem tapferen Kutscher, wie er versprochen hatte. Die Königstochter aber war wegen Wattumann traurigen Sinnes, und stellte sich daher krank, bis sie etwas von ihm erfahren könne.

Einige Zeit hierauf waren Wattumanns Wunden geheilt, so daß er wieder zu seiner alten Herberge zurückkehren konnte. Als er nun zur Stadt kam, waren alle Straßen mit Scharlach bekleidet, und das Volk schwärmte mit Jubel und Freudengeschrei umher. Der Junge wunderte sich hierüber, und fragte, was die Ursache von dieser Freude sei. Da sagte der Wirth: "Gewiß bist du lange fort gewesen, daß du nicht vernommen hast, was nun in Jedermanns Munde ist, daß der König seine Tochter dem tapfern Kutscher geben wird, der sie von dem Drachen befreit hat." Nun begriff Wattumann, wie alles zugegangen war, und konnte wol ahnen, daß sie ihrem Gelübde untreu geworden sei.

Er sann daher auf Rath, wie er ihr es zu wissen machen könne, daß er am Leben sei, und daß er selbst erführe, ob sie ihm noch treu wäre. Am Morgen, als der Wirth und alle seine Gäste in der Herberge versammelt waren, nahm Wattumann das Wort: "Ist wol Jemand hier, der mit mir eine Wette eingehen möchte? Ich setze hundert Mark gegen hundert Mark, daß ich mir zu Mittag von des Königs eigenem Tisch eine Speise schaffen will. Mich gelüstet sehr, zu erfahren, welche Art von Wildpret der König speis't!" Bei diesen Worten sahen sich die Gäste einander an, und es schien ihnen Allen, daß dies ein kühnes Wagstück sei. Der Wirth war nun sogleich bereit, die Wette anzunehmen, und setzte so hundert Mark gegen die hundert Wattumanns. Da schrieb der Junge eine Schrift, gab sie dem Fuchs, und befahl ihm, mit der Botschaft zur Königstochter zu gehen. Der Fuchs gehorchte dem Winke seines Herrn, ging zum Königshof hinauf, kam in den Saal, wo der König bei Tisch mit seinen Männern saß, und legte den Brief auf das Knie der Prinzeſſin. Als nun die Königstochter das Thier erblickte, freute ſie ſich ſehr, denn ſie erkannte ſogleich, daß der Bote von Wattumann kam. Sie ſtand ſogleich auf, gab dem Fuchs, was er verlangt hatte, und ſandte ihn wieder zu ſeinem Herrn. Der König aber wunderte ſich ſehr, und fragte, was dieſes alles zu bedeuten habe. Die Prinzeſſin antwortete ſchnell: „Es iſt ein Gelübde, mein Vater! fraget nicht darum." Während dem kam der Fuchs mit dem Wildpret von des Königs eigenem Tiſche wieder zur Herberge, und der Wirth hatte auf dieſe Art ſeine Wette verloren.

Den andern Tag, als der Wirth und ſeine Gäſte verſammelt waren, ſagte Wattumann: „Iſt Jemand hier, der mit mir wetten möchte? Ich ſetze zweihundert Mark gegen zweihundert Mark, daß ich mir zu Mittag Wein von des Königs eigenem Tiſch verſchaffen will. Ich wünſche ſehr, zu erfahren, welchen Wein der König zu trinken pflegt. Bei dieſen Worten ſahen die Gäſte einander an, und es ſchien ihnen, daß der Frembling keck und dreiſt ſpreche. Der Wirth war nun ſogleich bereit, die Wette anzunehmen, er ſetzte zweihundert Mark gegen die zweihundert Wattumann's. Da ſchrieb der Junge eine Schrift, gab ſie dem Wolf, und befahl ihm, mit der Botſchaft zur Königstochter zu gehen. Der Wolf gehorchte ſeinem Herrn, ging zum Königshof hinauf, kam in den Saal, wo der König mit ſeinen Männern zu Tiſche ſaß, und legte den Brief auf das Knie der Prinzeſſin. Als nun die ſchöne Jungfrau das Thier ſah, ward ſie wol zufrieden, denn ſie wußte, daß der Bote von Wattumann kam. Sie ſtand hierauf ſogleich auf, gab dem Wolf einen Becher voll des besten Weines, und bat ihn, diesen seinem Herrn zu bringen. Der König aber wunderte sich sehr, und fragte, was dies alles bedeute. Die Prinzessin antwortete sogleich: „Es ist ein Gelübde, mein Vater! fragt nicht weiter darum." Da wollte der König nicht weiter forschen, sondern schwieg; der Wolf aber kehrte zur Herberge zurück, und der Wirth hatte nun seine Wette verloren, wie früher.

Den dritten Tag, als der Wirth und seine Gäste versammelt waren, sagte Wattumann: „Ist Jemand hier, der noch eine Wette mit mir wagen möchte? Ich habe von des Königs Essen gespeis't, und aus seinem Becher getrunken, nun wünsche ich seine Königskrone zu tragen. Ich setze tausend Mark, wer will andere tausend Mark dagegen setzen? Bei diesen Worten sahen sich die Gäste verwundert an, und es schien ihnen, daß dieses ein kühnes Wagestück sei, das für den Fremdling nicht gut ausfallen könnte. Der Wirth setzte nun tausend Mark gegen die tausend Wattumann's. Da schrieb der Junge eine Schrift, legte sie in das Maul des Bären, und befahl ihm, mit der Botschaft zur Königstochter zu gehen. Der Bär that, wie ihm sein Herr gesagt hatte, ging zum Königshof hinauf, kam in den Saal, wo der König mit seinen Männern zu Tische saß, und legte den Brief auf das Knie der Prinzessin. Als nun die Königstochter vernahm, daß die Botschaft von Wattumann kam, freute sie sich, denn sie liebte den kühnen Jüngling. Sie stand hierauf sogleich auf, nahm die Krone des Königs, und gab sie dem Bären, wie er verlangt hatte. Der König aber ward über eine solche That entrüstet, und meinte daß einer Königstochter dies nicht zieme. Da wurde die Prinzessin betrübt, und weinte bitterlich Sie sagte: „Vater, gib mir nicht harte Worte, daß ich mein Gelübde halte, wie ich es zugesagt. Eure Krone soll sogleich wieder zurückgebracht werden." Als nun der König den Schmerz seiner Tochter sah, wurde er versöhnt, und ließ die Prinzessin gewähren, wie es ihr am besten dünke. Der Bär nahm die Krone, und kehrte mit großen Schritten zur Herberge zurück. Alle aber, die dieses sahen, wunderten sich über den Frembling, und der Wirth hatte wieder seine Wette verloren.

Als nun Wattumann merkte, daß die Prinzessin ihm gewogen war, redete er zu den Gästen, und sagte: „Ihr verwundert euch über das, was ihr gesehen und gehört. Gleichwol bin ich zu einer noch größeren Wette bereit. Ich habe von des Königs Speise gegessen, aus seinem Becher getrunken, und hier habe ich seine königliche Krone. Nun gelüstet es mich, die schöne Königstochter zu besitzen. Ich setze zehntausend Mark, wenn einer von euch andere zehntausend dagegen setzt. Bei diesen Worten sahen sich alle Gäste einander an, und meinten, daß diese Grille noch breister, als jede der vorhergehenden sei. Der Wirth wollte nun wieder auf die Wette eingehen, und setzte so zehntausend Mark gegen die zehntausend des Fremblings. Da kleidete sich Wattumann in kostbare Kleider, warf einen Mantel von Scharlach um die Schultern, setzte die goldene Krone auf das Haupt, und wanderte mit seinen Thieren zum Königshof hinauf. Er trat so in den Saal, wo der König mit seinen Männern zu Tische saß, und alle, die ihn sahen, freuten sich über die Schönheit und Gewandtheit des Jünglings. Die Königstochter aber sprang schnell auf, lief Wattumann entgegen, und sagte: „Dieser und kein Anderer war es, der mich vom Drachen befreit." Der König wollte anfänglich dieses nicht glauben, die Prinzessin aber erzählte Alles, wie es sich zugetragen hatte, und suchte zuletzt ihren Goldring auf, den sie mit eigener Hand in das Haar des Jungen befestiget hatte. Nun konnte der König nicht weiter an der Wahrheit ihrer Worte zweifeln, sondern ließ den Kutscher bestrafen, wie dieser es wol verdient hatte, und empfing Wattumann mit großen Ehren und Auszeichnungen. Hierauf wurde die Hochzeit mit Gesang und Spiel mehrere Tage hindurch gefeiert, und das ganze Volk freute sich über das Glück und die Tapferkeit des jungen Königs. Wattumann aber verschenkte wieder alles Geld, das er bei seinen Wetten gewonnen, und gab dem Wirthe dazu noch große Geschenke. Seit diesem Tage wurde sehr viel unter den Gästen in der Herberge von dem wunderbaren Frembling und seinen drei Thieren gesprochen.

Eines Abends, als Wattumann und seine Gemalin in ihr Schlafgemach gingen, bemerkte er ein sonderbares Feuer, das auf und nieder hüpfte, gleichsam, als stehe der ganze Wald in hellen Flammen. Der junge König fragte, was dies für ein sonderbarer Schein wäre, und wollte sogleich fortgehen, und darnach sehen. Die Königin aber war sehr erschrocken, und sagte: „Geh nicht! Um Alles in der Welt, wenn ich dir noch irgend theuer bin , gehe nicht, denn es gilt dein Leben. Dieses Feuer brennt jede Nacht, seitdem du den Drachen todtschlugst, und ich fürchte, es ist Zauberei seiner Freunde, um dich zu locken." Wattumann antwortete hierauf nichts, denn er wollte seine Gemahlin nicht betrüben. Nachts aber konnte er nicht schlafen, blos aus Sehnsucht, in den Wald hinaus zu ziehen, um zu sehen, welche seltsamen Dinge dort zu finden wären. Am Morgen, ehe es tagte, stand Wattumann auf, rief seine Thiere, und ging auf die Jagd. Er wanderte so im verzauberten Walde lange umher, aber nichts stieß ihm auf, und den ganzen Tag hindurch konnte er kein Wildpret finden. Als es nun gegen Abend kam, fiel eine große Finsterniß mit Frost und Nebel ein, so daß Wattumann den Weg aus der Wildniß nicht finden konnte. Er ging daher auf einen hohen Berg, sammelte dürres Reis, und machte ein Feuer, um sich und seine müden Thiere zu erwärmen. Als er so beim Feuer saß, hörte er einen Klagelaut: „Hu, hu, ich friere." Wattumann sah sich um, konnte aber in der Finsterniß Niemand entdecken, obschon seine Thiere viel Unruhe zeigten.

Nach einer Weile vernahm er die Stimme von Neuem: „Hu! hu! ich friere." Als der junge König nun wieder umher spähte, gewahrte er ein altes Weib, das ober ihm auf einem Baum saß, und vor Kälte zitterte. Wattumann dauerte das alte Weib, obschon ihm seine Gestalt nicht gefiel, denn es war häßlich anzusehen, und glich mehr einem grimmigen Troll, als einem Menschen. Er bat es, vom Baume herabzusteigen, und sich am Feuer zu wärmen. Das Weib aber stellte sich sehr furchtsam, und sagte: „Ich wage es nicht wegen deiner bösen Hunde." Wattumann entgegnete, daß die Thiere nicht gefährlich wären, das Weib aber setzte in seine Worte keinen Glauben. Als sie lange hin und her gesprochen, sagte das Weib: „Lege diese Strohhalme über deine Thiere, damit ich sehe und erkenne, ob sie dir gehorchen." Der König that nach ihrem Wunsche, da stieg das Weib schnell vom Baume herab, veränderte seine Gestalt, und wuchs zu einem großen und häßlichen Troll. Es sagte: „Du hast meinen Bruder ermordet, und ich will seinen Tod rächen." Bei diesen Worten wurde Wattumann von Furcht befallen, sprang auf, und rief seine Thiere; aber sie lagen regungslos auf dem Boden, als wenn sie todt wären. Da wußte der König, daß er überlistet worden, es war aber zu spät, denn der Troll ging ihm entgegen, ermordete ihn durch seinen Zauber, und vergrub seine Leiche im Schnee unter dem Strauch. Hierauf zertheilte sich die Finsterniß, und Alles war wie früher im öden Walde.

Die Sage wendet sich nun zu Wattusin. Er ging am Morgen zum Baume am Kreuzwege, um Etwas von seinem Pflegebruder zu erfahren. Das Messer aber war rostig und blutig, und der König konnte daraus wol schließen, daß Wattumann todt sei. Dieses große Unglück ging Wattusin sehr zu Gemüthe, und er wollte weder essen, noch trinken, bevor er ausgezogen, um seinen Pflegebruder zu rächen.

Der junge König rief nun seine Hunde, und wanderte denselben Weg, welchen Wattumann gegangen, bis er zur Stadt kam, von der ich früher erzählte. Hier war viel

Redens von dem tapferen Jüngling, der des Königs Eidam wurde, und Wattusin konnte sich wol denken, daß von seinem Pflegebruder die Rede sei. Er ging hierauf den Weg weiter, bis er zum Königshof kam, wo Wattumann mit seiner jungen Braut wohnte. Als nun Wattusin durch das Thor der Burg trat, glaubten Alle, daß es der König selbst wäre, welcher von der Jagd heimkomme, und grüßten ihn mit großer Ehrfurcht. Die schöne Königin aber lief aus dem Frauengemach, wo sie mit ihren Mädchen saß, umarmte Wattusin liebevoll, und freute sich, daß er wohlbehalten wieder gekommen. Der Jüngling ließ es sich wol gefallen, denn er wußte, daß er mit seinem Pflegebruder Aehnlichkeit habe, und glaubte zugleich, daß er auf diese Art leichter von Wattumann etwas erfahren werde.

Am Abend, als Wattusin und die junge Königin zum Schlafgemach gingen, gewahrte er das wunderliche Licht, das im Walde auf und nieder hüpfte. Da verwunderte sich Wattusin, und fragte, was dies für ein seltsames Feuer sei, welches dort leuchte. Die Königin erwiederte: „Herr und König! denke nicht mehr daran, ich habe dir schon früher gesagt, daß das Feuer von den Freunden des Drachen angezündet worden ist, um dich in's Unglück zu locken." Wattusin und die Königin gingen hierauf zu Bette. Der Jüngling aber legte ein blankes Schwert in das Bett zwischen sich und ihr. Während der ganzen Nacht konnte er nicht schlafen, sondern dachte nur daran, wie er seinen Pflegebruder wieder finden und befreien könne.

Am Morgen, ehe es tagte, stand Wattusin auf, rief

seine Hunde, und sagte, daß er auf die Jagd gehen wolle. Er zog so fort zu dem verzauberten Wald, und streifte den ganzen Tag umher, ohne irgend ein Wildpret zu finden. Als es nun gegen Abend kam, brach plötzlich eine dichte Finsterniß mit Frost und Nebel ein, so daß Wattusin den Weg aus der Wildniß nicht finden konnte. Er ging hierauf auf einen hohen Berg, sammelte dürres Reis, und machte ein großes Feuer, um sich und seine Thiere zu wärmen. Als er nun so am Feuer saß, und an seinen Pflegebruder dachte, vernahm er im Walde einen Klagelaut: „Hu! Hu! ich friere." Wattusin blickte umher, um zu erfahren, woher der grauenvolle Schrei komme, er konnte aber in der Finsterniß Niemand bemerken, obschon seine Thiere schnauften und brummten, als wenn sie irgend eine große Gefahr witterten. Nach einer Weile vernahm man die Stimme von Neuem. „Hu! hu! ich friere." Als Wattusin jetzt umherspähte, gewahrte er ein altes Weib, das vor Kälte zitterte, und ober ihm auf einem Baume saß. Das alte Weib hatte ein wildes Aussehen und glich mehr einem Troll als einem Menschen, so daß auch Wattusin beschloß, wol auf seiner Hut gegen dasselbe zu sein.

Der junge König bat nun das Weib, vom Baume herabzukommen, dann könne es sich am Feuer wärmen. Die Hexe aber stellte sich sehr furchtsam, und sagte. „Ich wage es nicht wegen deiner bösen Hunde." Wattusin erwiederte, daß die Thiere ihr keinen Schaden thun werden. Das Weib aber wollte seinen Worten nicht glauben. Nachdem es lange hin und her gesprochen, sagte das Weib:

„Lege diese drei Strohhalme über deine Thiere, damit ich sehe und erfahre, ob sie dir gehorsam sind." Wattusin sagte, daß er nach ihrem Wunsche handeln wolle, warf aber die Strohhalme in's Feuer, wobei man viel Geräusch und Knistern vernahm. „Was knistert so?" fragte das Weib auf dem Baume. „Ich legte blos mehr Reiser auf das Feuer," entgegnete Wattusin. Da stieg das Weib schnell herab, verwandelte seine Gestalt, und wuchs zu einem großen und häßlichen Troll. Es sagte: „Dein Pflegebruder ermordete meinen Bruder. Ich habe meinen Verwandten gerächt, und nun will ich auch dich ermorden." Wattusin aber erschrack nicht, sondern zog sein Schwert, rief seine Thiere, und diese stürzten auf den Troll, und setzten ihm auf allen Seiten hart zu. Als nun der Troll merkte, daß seine List mißlungen, und daß der Kampf sich zu seinem Nachtheil wende, ergriff ihn die Furcht, und er begann um sein Leben zu bitten. Da sagte Wattusin: „Vor Allem mußt du sogleich die Thiere meines Bruders frei machen." Der Troll wollte ungern darauf eingehen, er wagte aber nicht, es zu verweigern. Als nun die Thiere des Wattumann frei waren, sagte Wattusin: „Zweitens fordere ich, daß du meinem Bruder sogleich wieder das Leben gibst, um das du ihn betrogen." Der Troll willigte noch unlieber in dieses Verlangen, aber er konnte es nicht versagen. Als Wattumann durch die Zauberei des Trolls wieder zum Leben zurückgerufen worden, rief Wattusin mit mächtiger Stimme: „Darauf los, itzt Thiere! alle darauf los!" Da stürzten alle Hunde auf einmal auf das Zauberweib, und rißen es in viele Stücke, wie in der

Herbſtzeit das Lindenlaub, ſo lagen ſie auf der Erde. Sogleich zertheilte ſich der Nebel, die Sonne brach am Himmel hervor, und die beiden Pflegebrüder umarmten einander mit großer Freude und Herzinnigkeit.

Wattumann und Wattuſin kehrten nun zum Königshof zurück, und erzählten ſich unterwegs, welche merkwürdigen Abenteuer ſie Beide beſtanden. Wattuſin erzählte auch, wie ihn Alle für den König ſelbſt gehalten, und ſcherzte zugleich darüber, daß er Nachts bei der jungen Königin geweſen. Bei dieſen Worten wurde Wattumann ſehr ſchweigſam und wortkarg; als aber Wattuſin erzählte, daß er bei der Königin geſchlafen, ging es dem Könige zu Gemüthe, ſo daß er im Zorne ſein Schwert zog, und es dem Pflegebruder in den Leib ſtieß. Wattumann kehrte nun betrübt zum Königshof zurück, und meinte, daß er von dieſem Tage an, nie mehr fröhlich ſein werde. Wattuſin's Thiere aber wollten ihren Herrn nicht verlaſſen, ſondern legten ſich um ſeinen Körper, und leckten ſeine Wunden.

Am Abend, als der junge König und ſeine Gemahlin zu Bette gehen wollten, fragte die ſchöne Königin, warum ihr Mann ſo wortkarg und traurig wäre. Wattumann antwortete hierauf wenig. Die Königin begann wieder: „Ich habe mich die letzten Tage über dich ſehr gewundert, am meiſten aber wunderte ich mich, daß du in der Nacht ein blankes Schwert zwiſchen uns gelegt." Bei dieſen Worten konnte Wattumann wol einſehen, daß ſein Pflegebruder unſchuldig war. Er bereute daher ſeine That, ſtand ſchnell auf, und ging zum Walde, wo Wattuſin in ſeinem

Blute lag. Die treuen Thiere aber hatten den Körper ihres Herrn erwärmt, so daß er noch am Leben war. Da holte Wattumann Wasser aus der Quelle, wusch und verband die Wunde seines Pflegebruders, und kehrte nicht eher zurück, bis Wattusin sich erholt, und ihm zum Königshof folgen konnte.

Als nun Wattumann und Wattusin heimgekommen, herrschte große Verwunderung unter dem ganzen Hofvolk, denn Keiner konnte sagen, welcher der rechte Hausherr wäre. Die Pflegebrüder traten so zum alten König hin, aber er wußte nicht, welcher von ihnen sein Schwiegersohn wäre. Sie gingen hierauf zur jungen Königin, aber auch sie blieb im Zweifel.

Da trat Wattumann hervor, und erzählte vor dem ganzen Hof, welche wunderbare Schicksale er und sein Pflegebruder durchgemacht hatten, und wie Wattusin für ihn sein Leben gewagt. Nun herrschte allgemeine Freude am Königshofe, und Alle priesen die Tapferkeit und das Glück der Pflegebrüder. Der König ließ ein prächtiges Gastmahl zubereiten, und empfing Wattusin mit großen Ehren und Auszeichnungen. Nachdem aber die Pflegebrüder einige Zeit beisammen verweilt hatten, nahm Wattusin herzlichen Abschied von dem jungen König, und kehrte wieder zu den Seinen heim.

Hierauf lebten sie glücklich und fröhlich, jeder in seinem Reiche, und standen einander mit Rath und That bei, sowol im Frieden als im Kriege. Und hier endet die Sage von den beiden Pflegebrüdern Wattumann und Wattusin.

VI.
Der Hirte.
Aus Upland.

Es war einmal ein armer Hirtenknabe, dem Niemand in der Welt hold und verwandt war, außer seiner Stiefmutter. Die Stiefmutter aber war ein böses Weib, und gönnte ihm weder etwas im, noch am Leibe. Der arme Knabe litt so manche Noth. Den ganzen Gottes langen Tag mußte er mit dem Vieh auf der Weide umherziehen; erhielt aber nicht das Geringste, außer Morgens und Abends einen kleinen Bissen Brot.

Eines schönen Tages ging die Stiefmutter fort, ohne irgend eine Speise zurückzulassen. Der Hirtenknabe mußte auf diese Art nüchtern das Vieh zum Walde treiben, und als er sehr hungrig wurde, weinte er bitterlich. Als aber der Mittag kam, trocknete er seine Thränen ab, und ging auf einen grünen Hügel hinauf, wo er nach seiner Gewohnheit ausruhte, wenn im Sommer die Sonne heiß brannte. Auf dem Hügel pflegte es immer frisch und thauig unter den belaubten Bäumen zu sein, jetzt aber war der Thau fort, der Boden dürr, und das Gras niedergetreten. Dies kam dem Hirtenknaben seltsam vor, und er wunderte sich, wer in das grüne Gras getreten sein möchte. Wie er so recht in tiefen Gedanken saß, bemerkte er etwas, das wie die Sonne flimmerte und glänzte.

Der Knabe sprang hin, um nachzusehen, und fand ein paar kleine, kleine Stücke von verwitterten, überaus weißem Glase. Da ward er wieder vergnügt, vergaß seinen Hunger, und spielte den ganzen Tag mit den kleinen Glasstücken.

Am Abend, als die Sonne in den Wald ging, lockte der Hirtenknabe sein Vieh, und trieb es heim. Als er nun ein Stück Weges gegangen war, begegnete ihm ein kleiner, kleiner Knabe. Der grüßte freundlich: „Guten Abend!" „Guten Abend!" grüßte wieder der Hirtenknabe. Der Kleine fragte: „Hast du meine Glasstücke gefunden, die ich am Morgen im grünen Grase verloren?" Der Hirtenknabe gab zur Antwort: „Ja, ich habe sie gefunden. Aber, Lieber, laß' mich die kleinen Stücke behalten; ich hatte im Sinne, sie meiner Stiefmutter zu geben, vielleicht bekomme ich ein wenig Speise, wenn ich heim komme."

Der Knabe bat nun sehr dringend: „Gib mir meine Glasstücke zurück, ein anderes Mal will ich dir wieder dienen." Da gab ihm der Knabe die kleinen Glasstücke zurück, der Kleine aber war sehr froh, nickte vertraulich und sprang fort.

Der Hirtenknabe rief sein Vieh zusammen, und begab sich auf den Heimweg. Als er zum Hofe kam, war es schon finster, und die Stiefmutter schalt, daß er so spät komme. „Es ist noch Brei übrig in der Schüssel, iß nun, und lege dich zu Bette, daß du früh Morgens mit dem anderen Vieh hinauskommen kannst." Der arme Hirtenknabe durfte auf diese harten Worte nichts antworten, sondern aß, und schlich sich hierauf zum Heuboden, wo er zu schlafen pflegte Die ganze Nacht aber träumte er von nichts Anderem, als von dem kleinen Knaben, und seinen kleinen Glasstücken.

Am Morgen aber, ehe die Sonne im Osten schien, wurde der Knabe vom Rufe seiner Stiefmutter aufgeweckt: „Auf, spute dich, du Faulenzer, es ist heller Tag, und die Thiere sollen deinetwegen nicht heim bleiben, und hungern." Er stand nun sogleich auf, erhielt einen Bissen Brot, und trieb sein Vieh auf die Weide. Als er zu dem grünen Hügel kam, wo es immer kühl und schattig war, schien es ihm wunderbar, daß der Thau vom Grase abgeschüttelt und der Boden dürr war, ja beinahe mehr als den Tag vorher. Als der Knabe nun so recht in tiefen Gedanken saß, sah er etwas, was im grünen Grase lag, und an der Sonne schimmerte. Er lief sogleich hin, und fand eine kleine, kleine Mütze; aber die Mütze war von rother Farbe, und kleine goldene Glöckchen waren an allen Seiten daran befestiget. Da freute sich der Knabe, so daß er seinen Hunger vergaß, und spielte den ganzen Tag mit der schönen Mütze.

Am Abend, als die Sonne in den Wald ging, versammelte der Hirtenknabe sein Vieh, und machte sich bereit, es heim zu treiben. Als er aber nun den Weg antrat, begegnete ihm eine sehr kleine, und noch dazu schöne Jungfrau. Sie grüßte freundlich: „Guten Abend!" „Guten Abend!" grüßte auch der Hirtenknabe. Die Kleine fragte: „Hast du meine Mütze gefunden, die ich am Morgen im Grase verloren?" Der Knabe antwortete: „Ja, ich habe sie gefunden. Aber Liebe, laß' mir die kleine Mütze, ich dachte sie meiner bösen Stiefmutter zu geben, so erhalte ich vielleicht ein wenig Speise, wenn ich heimkomme." Die Jungfrau bat nun sehr schön: „Gib mir meine Mütze zurück, ein andermal will ich dir wieder dienen." Da gab der Hirtenknabe ihr die kleine Mütze, die Jungfrau aber freute sich sehr, nickte freundlich, und lief ihres Weges.

Der Knabe versammelte nun sein Vieh, und begab sich nach Hause. Als er zum Hof kam, war es schon finster, und die Stiefmutter hatte ihn lange erwartet. Sie war nun sehr mißlaunig, und sagte: „Komme mir nie mehr so spät nach Hause, daß ich die halbe Nacht aufsitzen, und melken muß. Dort steht Brei übrig in der Schüssel, iß nun, und lege dich zu Bette, damit du früh Morgens mit dem anderen Vieh hinauskommen kannst." Der arme Knabe durfte auf die harten Worte nichts antworten, sondern aß, und schlich sich hierauf auf den Heuboden, wo er zu schlafen pflegte. Die ganze Nacht aber träumte er von nichts Anderem, als von der kleinen Jungfrau, und ihrer rothen Mütze.

Am Morgen, ehe der Tag graute, wurde der Knabe mit dem gewöhnlichen Rufe von seiner Stiefmutter geweckt: Steh' auf, du Faulenzer! Die Thiere dürfen deinetwegen nicht warten, und hungern." Der arme Knabe stand sogleich auf, und machte sich bereit, die Thiere auf die Weide zu treiben; ehe er aber ging, bat er seine Stiefmutter um einen Bissen Brot. „Brot," sagte das böse Weib, „ein Taugenichts, wie du, verdient kein Brot." Der Knabe mußte sogleich fortgehen, ganz hungrig, was ihm schwer zu Gemüthe ging. Als er nun zum grünen Walde hinauskam, und sich auf den Hügel niedersetzte, wo er in der Sonnenhitze zu ruhen pflegte, kam es ihm seltsam vor, daß der Boden noch mehr abgedorrt, als die vorhergehenden Tage, und das Gras in großen Kreisen niedergetreten war. Da erinnerte er sich, was er von den kleinen Elfen gehört, daß sie in den Sommernächten in dem thauigen Grase ihren Reigen beginnen, und er ahnte, daß dieses ein Elfenring oder Elfentanz sein möge. Als er nun so in tiefen Gedanken saß, stieß er mit dem Fuße an eine kleine Klingel, die im Grase lag. Die kleine Schelle aber klang dabei so angenehm, daß alles Vieh zusammenlief, und sich anstellte, aufzuhorchen. Da ward der Knabe so fröhlich, und spielte mit der kleinen Schelle, daß er darob seinen Schmerz vergaß, und die Kühe ihre Weide verließen. Und so verging auch der Tag weit schneller, als er gedacht hatte.

Als der Abend kam, und die Sonne mit den Wipfeln des Waldes gleich stand, rief der Hirtenknabe sein Vieh, und machte sich bereit, wieder heimzukehren. Wie er aber auch schreien und rufen mochte, das Vieh wollte sich nicht von der Weide trennen, denn dort war ein schöner und grasreicher Ort. Da dachte der Knabe bei sich: „Vielleicht gehorchen sie der kleinen Schelle besser." Er nahm daher seine Schelle hervor, und klingelte, als er den Weg betrat. Sogleich kam die Schellenkuh ihm nachgelaufen, und mit ihr folgte das übrige Vieh. Da ward der Hirtenknabe frohen Sinnes, denn er wußte nun wol, wie er die kleine Schelle benützen könne. Als er nun fortging, begegnete ihm ein kleiner, kleiner Greis. Der Greis grüßte freundlich: „Guten Abend!" „Guten Abend!" entgegnete der Knabe. Der Kleine fragte: „Hast du meine Klingel gefunden, die ich am Morgen im grünen Grase verloren?" Der Hirtenknabe erwiederte: „Ja, ich habe sie gefunden." Der Greis sagte: „Gib sie mir zurück!" „Nein," antwortete der Knabe; „ich bin nicht so dumm, wie du denkst. Vorgestern fand ich zwei kleine Glasstücke, die forderte mir ein kleiner Knabe ab. Gestern fand ich eine Mütze, die gab ich einer kleinen Jungfrau wieder, und nun kommst du, und willst mir die kleine Klingel nehmen, die so gut ist, um das Vieh damit zu locken. Andere Finder bekommen einen Finderlohn, aber ich bekomme nie etwas." Der Kleine gab nun manches schöne Wort, daß er seine Klingel wieder zurückgeben solle; aber Nichts half. Da sagte der Greis: „Gib mir die kleine Klingel wieder, und ich will dir hier etwas anderes geben, womit du dein Vieh locken kannst, dabei sollst du dir drei Dinge wünschen." Dem Knaben gefiel der Antrag, und er stimmte gerne ein. Er nahm nun das Wort: „Nachdem ich mir wünschen kann, was ich will, so wünsche ich, daß ich König werde; so wünsche ich, daß ich einen großen Königshof bekomme, und so wünsche ich, daß ich eine schöne, schöne Königin gewinne." „Du wünschest dir nichts Geringes," entgegnete der Kleine, „behalte aber wol, was ich dir nun sage. Nachts, wenn Alle schlafen, sollst du vom Hause gehen, bis du zu einem Königshof kommst, der rechts im Norden liegt. Hier hast du eine Pfeife von Bein. Wenn du in Noth kommst, so blase darauf. Kommst du ein zweites Mal in große Noth, so blase nochmals. Kommst du aber das dritte Mal in große Gefahr, dann zerbrich die Pfeife, und ich will dir helfen, wie ich es versprochen." Der Knabe dankte sehr für das Geschenk des Greises, und so ging der Elfenkönig seines Weges. Der Hirtenknabe aber zog heim, und freute sich, daß er jetzt befreit werden sollte, das Vieh seiner bösen Stiefmutter auf die Weide zu treiben.

Als der Knabe zur Wohnung heim kam, war es schon finster, und die Stiefmutter hatte seine Heimkunft lange erwartet. Sie war jetzt sehr erbittert, so daß der arme Knabe Schläge statt zu Essen bekam. "Dieses dauert wol nicht mehr so lange," tröstete sich der Knabe, als er zum Heuboden sich fortschlich. Er legte sich hierauf zur Ruhe, und überließ sich einem kurzen Schlummer.

Nach Mitternacht aber, lang ehe der Hahn krähte, stand der Hirtenknabe auf, schlich vom Hofe fort, und begann seinen Weg rechts nach Norden, wie der Greis gesagt hatte. Er wanderte so ohne Rast und Ruhe über Berge und Thäler, und zweimal ging die Sonne unter, während er noch auf dem Wege war.

Am dritten Tage gegen Abend kam der Hirtenknabe zu einem Königshofe, der so groß war, daß er nie deßgleichen gesehen zu haben sich erinnerte.

Der Knabe ging in die Küche, und bat um einen Dienst: "Was weißt du, oder welches Gewerbe treibst du?" fragte der Küchenmeister. "Ich kann mit dem Vieh auf die Weide gehen," entgegnete der Knabe. Der Küchenmeister sagte: „Der König bedarf eines tüchtigen Hirten, aber es geht wol mit dir, wie es mit den andern ging, daß du jeden Tag ein Stück von deiner Herde verlierst." Der Knabe antwortete: „Ich habe nie ein Thier verloren, wo ich auf die Weide trieb." Er wurde nun in den Dienst am großen Königshof genommen, und weidete die Thiere des Königs; nie aber raubte ihm der Wolf irgend ein Thier, und so war er wol angesehen unter allen Dienern des Königs.

Eines Abends, als der Hirte sein Vieh nach Hause trieb, bemerkte er eine kleine Jungfrau, die am Fenster stand, und auf seinen Gesang lauschte. Der Knabe ließ sich nichts merken, obschon es ihm ganz warm unter dem Wams wurde. So ging es einige Zeit, und der Hirtenknabe freute sich jedesmal, so oft er die kleine Jungfrau sah, er wußte aber noch nicht, daß sie die Tochter des Königs war. Da ereignete es sich eines Tages, daß die junge Maid zu ihm gegangen kam, wo er sein Vieh auf die Weide trieb. Sie hatte ein kleines, schneeweißes Lamm mit sich, und bat ihn so freundlich, daß er das kleine Lamm vor den Wölfen im Walde behüten möge. Hierbei ward dem Hirten so wunderlich zu Muthe, daß er weder sprechen, noch antworten konnte. Er nahm nun das Lamm mit sich, und hatte seine größte Lust daran, es zu hüten. Das Thier huldigte ihm aber auch, wie ein Hund, der mit seinem Herrn spielt. Von dem Tage an sah der Hirtenknabe oft die schöne Königstochter. Des Morgens, wenn er auf die Weide trieb, stand die Jungfrau am Fenster und lauschte auf seine Gesänge.

Des Abends aber, wenn er aus dem Walde heim kam, ging die Prinzessin hinab, um ihr kleines Lamm zu liebkosen, und einige freundliche Worte mit dem Hirtenknaben zu sprechen.

So ging es eine geraume Zeit. Der Hirtenknabe wurde zu einem schmucken Jungen, die Königstochter aber blühte heran, und ward die schönste Jungfrau, die nah und fern zu finden war. Gleichwol kam sie jeden Abend, um ihr Lamm zu liebkosen, wie sie es gewohnt war. Eines schönen Tages aber war die Prinzessin fort, und konnte nicht wieder gefunden werden.

Da herrschte große Betrübniß und Unruhe am ganzen Königshofe, denn Alle liebten sie; der König aber, und die Königin trauerten am allermeisten. Der König ließ deßhalb ein Aufgebot über das ganze Land ergehen, daß derjenige, welcher seine Tochter wieder bringen würde, die Prinzessin, und dazu das halbe Königreich erhalten sollte. Da kamen die Königssöhne und Jünglinge und Kämpen, sowol von Osten als auch von Westen; sie kleideten sich in Eisen, und zogen mit Waffen und Gefolge hinaus, um die geraubte Jungfrau zu suchen. Deren aber waren nicht viele, die von der Fahrt zurückkehrten, und die, welche heim kamen, hatten weder etwas gehört, noch erkundet. Der König und die Königin trauerten nun über die Maßen, und meinten, daß sie einen Schaden erlitten, der nie mehr geheilt werden könne. Der Hirte trieb wie früher sein Vieh in den Wald, er war aber nicht mehr froh, denn die schöne Königstochter lag ihm im Sinn, jeden Tag und jede Stunde.

Eines Nachts schien es dem Hirten im Schlafe, als stünde der kleine Elfenkönig vor seinem Bett, und sage: „Nach Norden! Nach Norden! dort findest du deine Königin." Da freute sich der Junge, und sprang in die Höhe, und als er erwachte, sieh', da stand noch der Kleine da, und winkte: „Nach Norden! Nach Norden!" Hierauf verschwand der Greis, der Hirte aber wußte nicht recht, ob es nicht doch eine Täuschung gewesen. Als es nun tagte, ging der Junge auf die Burg, und begehrte mit dem König zu sprechen. Hierüber wunderten sich alle Diener des Königs, und der Küchenmeister sagte: „Du hast so viele Jahre geweidet, daß du wol eine Zulage des Lohnes und der Kost erhalten magst, ohne daß du gerade mit dem Könige selbst zu sprechen brauchst." Der Hirte aber bestand fest auf seinem Begehren, und kündete ihnen, daß er etwas ganz anderes im Sinne habe. Als er nun in den Saal hinaufkam, fragte der König nach seinem Anliegen. Der Junge nahm das Wort: „Ich habe viele Jahre dir treu gedient, und nun bitte ich um Erlaubniß, fortzuziehen, und die Prinzessin aufzusuchen." Da ward der König erzürnt, und sagte: „Wie willst du, der du mit den Thieren auf die Weide gehst, das zu unternehmen denken, was kein Kämpe oder Königssohn auszurichten vermochte? Der Hirte aber antwortete freimüthig, daß er die Prinzessin aufsuchen, oder für sie das Leben opfern wolle. Da mäßigte der König seinen

Zorn, und gedachte des alten Spruchs: „Oft schlägt unter einem Bauermantel ein adelig Herz."

Er gab daher Befehl, daß der Hirte auf das Beste ausgerüstet werden solle, mit Habe und mit Pferden, und mit Allem, was er sonst noch bedürfe. Der Junge aber sagte: „Ich passe nicht auf ein Pferd; gebt mir blos eure Einwilligung und Urlaub, sammt hinlänglicher Wegzehrung." Der König wünschte ihm hierauf Glück auf den Weg; alle Pagen und anderen Diener am Königshofe aber lachten über das gewagte Unternehmen des Hirten.

Der Junge wanderte nun gegen Norden, wie der Elfenkönig ihn gelehrt hatte, und ging so lange fort, daß er wol nicht mehr weit zum Ende der Welt haben konnte.

Nachdem er so über Berge und öde Steige gereis't war, kam er zuletzt zu einem großen See; mitten in der See war eine schöne Insel, und auf der Insel lag ein Königshof, noch weit ansehnlicher, als der, von welchem der Hirte gekommen war. Der Junge ging zum Seestrande hinab, und beschaute den Königshof von allen Seiten. Als er sich so um und um sah, gewahrte er eine Jungfrau mit schönem goldenen Haar, die am Fenster stand, und mit einem Seidenband winkte, welches das Lamm der Königstochter zu tragen pflegte. Da hüpfte dem Jungen das Herz im Leibe, denn nun fiel ihm ein, daß keine Andere, als die Prinzessin dieses Mädchen sein könne. Er setzte sich nun, um nachzusinnen, wie er über das Wasser zum großen Königshofe kommen könne; aber er wußte keinen Rath. Endlich erinnerte er sich, daß er wol versuchen könnte, ob die kleinen Elfen ihm helfen wollten. Er nahm daher seine kleine beinerne Pfeife hervor, und blies einen weithin hallenden Ton. „Guten Abend!" sagte in demselben Augenblicke eine Stimme hinter ihm. „Guten Abend!" grüßte der Junge zurück, und wandte sich um. Da stand vor ihm der kleine Knabe, dessen Glasstücke er einmal im grünen Grase gefunden hatte. „Was willst du von mir?" fragte der Elfenknabe. Der Hirte sagte: „Ich bitte, führe mich über den See zum Königshofe." Der Knabe erwiederte: „Setze dich auf meinen Rücken." Der Junge that, wie ihm geheißen; in demselben Augenblicke aber veränderte der Knabe seine Gestalt, und ward zu einem großen, großen Habicht; der durch die Luft flog, und nicht früher ruhte, bis sie zur Insel gekommen, wie der Hirte verlangt hatte.

Der Junge ging nun in die Burg hinauf, und begehrte Dienst. „Was verstehst du, und was ist dein Gewerbe?" fragte der Küchenmeister. „Ich kann mit dem Vieh auf die Weide gehen," entgegnete der Hirte. Der Küchenmeister sagte: „Der Riese bedarf wol eines tüchtigen Hirten, vielleicht aber ergeht es dir, wie es den andern ergangen; denn wenn du irgend ein Vieh verlierst, gilt es dein Leben." Der Junge erwiederte: „Dies scheint mir eine bedenkliche Bedingung zu sein, ich will sie aber dennoch eingehen." Da hieß ihn der Küchenmeister willkommen, und sagte, daß er seinen Dienst den andern Tag antreten könne.

Der Junge ging nun mit dem Vieh des Riesen auf

die Weide, und sang seine Lieder, und klingelte mit der Schelle, wie er es gewohnt war; die Königstochter aber saß am Fenster, und lauschte, und winkte ihm zugleich, er solle sich nichts merken lassen. Am Abend trieb der Hirte wieder das Vieh aus dem Walde heim.

Da kam der Riese ihm entgegen gegangen, und sagte: „Du stehst mir mit deinem Leben für das fehlende Stück ein;" kein Thier aber fehlte, wie der Riese auch zählen mochte. Nun ward der Riese freundlich und sprach: „Du sollst mein Hirte bleiben, dein Leben lang." Er ging hierauf zum Seestrande, machte seinen verzauberten Kahn los, und ruderte dreimal um die Insel, wie er zu thun pflegte. Während der Riese fort war, stellte sich die Königstochter an das Fenster, und sang:

„Zu Nacht! Zu Nacht! du Hirtenknab',
Da wird verdunkeln sich mein Stern.
Und kommst du dann, so bin ich dein
Die Krone gebe ich dir gern."

Der Hirte horchte auf den Gesang, und verstand, daß er Nachts kommen, und die Königstochter befreien müsse. Er ging fort, ohne daß er etwas merken ließ. Als es aber spät war, und Alle im tiefsten Schlafe lagen, schlich er sich wieder zum Thurm, stellte sich unter das Fenster und sang:

„Zu Nacht, erwartet dich der Hirt',
Am Gitter dort er traurig hält;
Und kommst du dann, so wirst du mein,
Wenn schon der Schatten weithin fällt."

Die Königstochter flüsterte: „Ich bin mit goldenen Ketten gebunden, komm' und zerbrich sie." Da wußte sich der Hirte keinen Rath, sondern nahm seine kleine Pfeife, und blies einen weithin hallenden Ton. „Guten Abend!" sagte in demselben Augenblicke eine Stimme hinter ihm. „Guten Abend!" erwiederte der Hirte den Gruß, und sah sich um. Da stand vor ihm der kleine Elfenmann, von welchem er einmal die Klingel und die beinerne Pfeife bekommen.

„Was willst du von mir?" fragte der Greis. Der Hirte erwiederte: „Ich bitte, daß du mich und die Prinzessin hinwegführst." Der Kleine sagte: „Folge mir." Sie gingen zum Thurme hinauf, zum Käsich der Jungfrau. Die Thür der Burg aber öffnete sich von selbst, und als der Greis die Kette berührte, brach sie in Stücke entzwei. Hierauf gingen sie alle drei zum Strande hinab. Da sang der Elfenmann:

> „Du kleiner Hecht! es birgt den Mond
> Das Schilf; o komme, komme gleich;
> Auf dir dann die Prinzessin thront,
> Dazu ein König auch, so reich."

In demselben Augenblicke kam die kleine Jungfrau, deren Mütze der Hirte im grünen Grase gefunden hatte. Sie hüpfte in den See, und ward zu einem großen Hecht, der lustig im Waffer umher schwamm. Da sagte der Elfenkönig: „Setzet euch auf den Rücken des Hechten. Die Prinzessin aber darf sich nicht fürchten, wenn etwas geschieht, denn dann ist meine Macht zu nichte." So sprach der Alte, und verschwand. Der Hirte aber und die schöne Königstochter thaten, wie er gesagt hatte, und der Hecht führte sie schnell durch die Wogen.

Während sich dieses Alles zutrug, hielt der Riese Wacht auf dem Dachboden, sah durch das Windauge, und bemerkte, wie der Hirte auf dem Wasser mit der jungen Königstochter davon fuhr. Sogleich nahm er seine Adlergestalt an, und flog ihnen nach. Als der Hecht aber das Geräusch des Flügelschlages des Adlers vernahm, tauchte er tief in das Wasser hinab, worüber die Königstochter sich zu fürchten begann, so daß sie laut schrie. Da war die Macht des Elfenkönigs zu nichte, und der Riese ergriff beide Flüchtlinge mit seinen Krallen. Als er wieder zum Königshof gekommen, ließ er den Hirten in ein dunkles Loch werfen, wol fünfzig Klafter unter der Erde; die Prinzessin aber setzte er in den Jungfern-Zwinger, und sie wurde so bewacht, daß sie nicht entkommen konnte.

Der Junge lag nun im Thurme gefangen, und es war ihm schlimm zu Muthe, da er die Königstochter nicht befreien konnte, und zugleich sein eigenes Leben verspielt hatte. Da erinnerte er sich dessen, was der Elfengreis gesagt hatte: „Wenn du das dritte Mal in große Gefahr kommst, zerbrich dann die kleine Pfeife, und ich will dir helfen." Als nun der Hirte wol wußte, daß er nie mehr das Tageslicht sehen werde, nahm er die kleine beinerne Pfeife hervor, und zerbrach sie in Stücke. „Guten Abend!" hörte er in demselben Augenblicke eine Stimme hinter sich. „Guten Abend!" grüßte der Hirte zurück, und sah sich um. Da stand vor ihm der kleine Greis, und fragte: „Was willst du, daß du mich rufst?" Der Hirte antwortete: „Ich will die Prinzessin befreien, und sie zu ihrem Vater heimführen." Nun nahm ihn der Greis mit sich, und sie gingen durch verschlossene Thüren und durch viele prächtige Zimmer. Zuletzt kamen sie in einen großen Saal, der mit allerhand Waffen, Schwertern, Spitzen und Aerten angefüllt war, von welchen einige wie blanker Stahl, und einige wie reines Gold glänzten. Der Greis machte ein Feuer an der Feuerstätte, und sagte: „Entkleide dich." Der Hirte that es, und der Kleine verbrannte seine alten Kleider. Hierauf ging der Greis zu einer großen Eisenkiste, und nahm eine kostbare Rüstung heraus, die von dem reinsten Golde schimmerte. „Kleide dich an!" sagte er. Der Hirte that es. Als nun der Junge vom Kopf bis zum Fuß in voller Rüstung stand, band der Greis ein scharfes Schwert an seine Seite, und sprach: „Es ist bestimmt, daß der Riese von diesem Schwerte falle, und in diese Rüstung schneidet kein Stahl." Der Hirte aber fühlte wol Muth in der goldenen Rüstung, und er bewegte sich darin, als wäre er der tapferste Königssohn. Hierauf kehrten sie wieder zu dem dunklen Gefängnißloch. Der Hirte dankte dem Elfenkönig für seinen guten Beistand, und so schieden sie von einander.

Gegen Morgen entstand ein großer Lärm und Geräusch im ganzen Hofe, denn der Riese feierte seine Hochzeit mit der schönen Königstochter, und hatte seine Verwandten zu einem Gastmahl geladen. Die Prinzessin war nun auf das Allerprächtigste gekleidet, mit Goldkrone, rothen Ringen und anderem kostbaren Schmuck, welchen die Mutter des Riesen selbst getragen. Hierauf wurde die Hochzeit mit Lustbarkeiten begangen, und es fehlte weder an Speise, noch Trank. Die Braut aber weinte ohne Unterlaß, und ihre Thränen waren so heiß, daß sie wie Flammen auf der Wange brannten.

Als es nun bis in die Nacht gedauert, und der Riese seine Braut zur Brautkammer führen wollte, schickte er seinen Pagen, den Hirten zu holen, der im Gefängniß lag. Als sie aber in den Thurm hinabkamen, war der Gefangene fort, und statt seiner stand dort ein tapferer Kämpe, mit Schwert, Panzer und vollen Waffen. Bei diesem Anblick erschraken die Jungen und flohen, der Hirte aber folgte ihnen nach, und kam so zum Burghof hinauf, wo die Brautschar versammelt war, sein Lebensende zu schauen. Als nun der Riese den rüstigen Kämpen erblickte, ward er erzürnt, und sagte: „Schande über dich, du arger Troll!" Als er sprach, waren seine Augen so wild, daß sie mitten durch die Rüstung sahen. Der Junge aber fürchtete nichts, sondern antwortete: „Hier sollst du mit mir um deine schöne Braut streiten." Der Riese wollte nicht warten, sondern entwich. Der Hirte aber zog sein Schwert, und es flammte wie eine feurige Flamme. Als nun der Riese das Schwert erkannte, durch welches er fallen sollte, erschrak er, und sah bleich zur Erde; der Hirte aber ging keck auf ihn los, schwang sein Schwert, und führte einen gewaltigen Hieb; so daß der Kopf des Riesen vom Körper getrennt wurde. Dies war das Ende des Riesen.

Als die Hochzeitsgäste dies sahen, wurden sie von Furcht befallen, und fuhren jeder in sein Loch; die Königstochter aber lief hin, und dankte dem tapferen Hirten für ihre Befreiung. Sie gingen hierauf zum Seestrande hinab, lösten das verzauberte Schiff des Riesen, und ruderten von der Insel fort. Als sie zum Königshofe heim kamen, entstand eine große Freude, und der König war entzückt, als er seine einzige Tochter wieder gefunden, die er so lange betrauert hatte. Hierauf wurde eine prächtige Hochzeit veranstaltet und der Hirte erhielt die schöne Königstochter. Sie lebten nun glücklich und vergnügt noch viele, viele Jahre, und sahen ihre Kinder heranblühen. Die Schelle aber und die zerbrochene beinerne Pfeife werden zum Angedenken noch heut zu Tage auf dem Königshofe aufbewahrt.

VII.
Die Prinzessin, die aus dem Meer herauf kam.

A.
Das schöne Hirtenmädchen.
Aus Nord-Smaland.

Es war einmal ein König, der hatte eine einzige Tochter. Sie war so schön und sanft, daß sie von Allen geliebt wurde, die sie sahen. Die Gemahlin des Königs, die Königin, hatte gleichfalls nur eine Tochter; diese aber war von häßlichem Aussehen, und von so böser Sinnesart, daß sie bei Niemanden in guten Leumund war. Hierüber grämte sich die Königin sehr, und gönnte der Tochter des Königs nichts Gutes. Als nun der König todt war, wurde die Königin sehr böse gegen ihre Stieftochter, und verwendete sie zu allerhand geringen Arbeiten. Das arme Mädchen aber klagte nie, sondern war stets geduldig und ergeben.

Es ereignete sich eines Tages, daß die Königin ihre Stieftochter auf den Boden schickte, um das Getreide zu bewachen. Während sie nun so saß, und es hütete, kamen die kleinen Vögel des Himmels, und flogen zwitschernd um den Getreidehaufen, als wollten sie um Korn bitten. Da

that es der Königstochter um die kleinen Thiere leid, und
sie warf ihnen von dem Haufen Getreide zu. Sie sagte:
„Meine armen kleinen Vögel! Ihr seid so hungrig; hier
habt ihr Korn, klaubt es schnell auf, und esset euch satt."
Als nun die Sperlinge gegessen hatten, flogen sie fort,
setzten sich auf das Dach, und hielten Rath, wie sie der
Jungfrau für ihr gutes Herz lohnen sollten. Da sprach
der eine Vogel: „Ich vergelte es ihr dadurch, daß unter
ihren Tritten rothe Rosen wachsen." Der Andere sagte:
„Ich, daß sie jeden Tag schöner und schöner wird." „Und
ich," sagte der Dritte, „will es ihr damit vergelten, daß
jedesmal, wenn sie lacht, ein rother Goldring aus ihrem
Munde fällt." So sprachen sie, und flogen davon. Alles
aber ging in Erfüllung, wie die Vögel gesagt hatten, und
von dem Tage an, ward die Königstochter noch liebens-
würdiger als früher, so daß kein schöneres Weib zu finden gewesen wäre, hätte man auch in sieben Königreichen
gesucht.

Als dies Alles die Königin vernahm, wurde sie noch
neidischer als früher, und überlegte bei sich, wie ihre Tochter eben so schön wie ihre Schwester werden möge. In
dieser Absicht sandte sie die Prinzessin gleichfalls auf den
Boden, das Getreide zu bewachen. Das Mädchen ging, obschon es sie sehr schmerzte, daß man ihr eine so geringe
Beschäftigung gegeben. Als sie nun so die Wache hielt,
kamen die Vögel des Himmels, und flogen zwitschernd um
den Getreidehaufen, als wollten sie um etwas Korn bitten.
Da ward die böse Jungfrau erboßt, sie faßte den Kehrbesen, jagte die kleinen Vögel fort, und sagte zornig: „Was

wollt ihr hier, ihr häßlichen Vögel; bildet ihr euch etwa ein, daß eine vornehme Jungfrau, wie ich, ihre Hände beschmutzen werde, um euch Speise zu geben?" Die Sperlinge entflohen, setzten sich auf das Dach, und berathschlagten, wie sie die böse Prinzessin ihre harten Worte entgelten lassen könnten. Da sagte der Eine: „Ich vergelte es dadurch, daß unter ihren Tritten Distel und Dornen wachsen." Der Andere sagte: „Ich, daß sie jeden Tag häßlicher, und häßlicher werde." „Und ich" setzte der Dritte hinzu, „lasse es sie damit entgelten, daß jedesmal, wenn sie lacht, Frösche und Kröten aus ihrem Munde heraushüpfen sollen." So sprechend flogen sie davon. Alles aber ging in Erfüllung, wie die Sperlinge gesagt hatten, und von dem Tage an ward die Tochter der Königin noch häßlicher, und noch böswilliger, als sie früher gewesen.

Die Stiefmutter und ihre böse Tochter konnten nun die schöne Königstochter nicht länger vor ihren Augen leiden, und schickten sie daher in den Wald, das Vieh zu weiden. Die arme Jungfrau schweifte so in der Einöde umher, wie andere Hirtenmädchen; und es schien ihr oft, daß sie große Noth und Unrecht litt. Die böse Prinzessin aber blieb bei ihrer Mutter am Königshofe, und freute sich in ihrem falschen Herzen, daß Niemand die schöne Königstochter sehen, oder Etwas von ihrer Schönheit vernehmen konnte.

Es ereignete sich eines Tages, daß das schöne Hirtenmädchen im Walde saß, und an einem Fausthandschuh stickte, während ihr Vieh auf die Weide ging. Da ka=

men einige junge Männer vorbeigefahren. Als sie die schöne Jungfrau sahen, wie sie saß, und emsig nähte, wurden sie von ihrer Schönheit sehr angezogen, gingen hin, grüßten höflich und fragten: „Warum sitzt die schöne Jungfrau hier, und stickt so fleißig?" Die Königstochter sang:

„Schnapp, Schnapp, freue dich,
Ich denke, den Sohn des Königs von Dänemark zu bekommen."

Bei diesen Worten wunderten sich die jungen Männer, und baten die Jungfrau, mit zum Königshof zu kommen. Die Jungfrau aber wollte nicht auf ihr Worte hören, sondern gab ihnen goldene Ringe, damit sie sie in Frieden lassen sollten. Die jungen Männer zogen hierauf ihres Weges, und kamen heim. Sie konnten aber nicht ermüden, von dem schönen Hirtenmädchen zu erzählen, das ihnen im Walde begegnete und es wurde sehr viel am ganzen Königshofe von ihrer Schönheit, und ihrem Reichthum gesprochen.

Als dieses Alles der junge Königssohn vernahm, bekam er eine große Lust, die schöne Jungfrau zu sehen, und zu erkunden, ob Alles wahr sei, was die jungen Männer erzählt hatten. Er zog nun mit seinen Habichten und Hunden auf die Jagd, und kam weithin in den Wald zu der Stelle, wo die Königstochter saß, und an ihrem Fausthandschuh stickte. Der Prinz ging hin, grüßte höflich, und fragte: „Warum sitzt ihr hier, schöne Jungfrau, und näht so fleißig?" Die Jungfrau sang:

„Schnapp, Schnapp, freue dich,
Ich denke, den Sohn des Königs von Dänemark zu bekommen."

Als dies der Königssohn hörte, ward ihm wunderlich zu Muthe, und er fragte, ob das Hirtenmädchen ihm zum Königshof heim folgen wolle. Da lachte die Prinzessin; in demselben Augenblicke fiel ein goldener Ring aus ihrem Munde, und als sie sich bereit machte, um zu gehen, sieh', da sproßten rothe Rosen aus ihren Fußspuren empor. Da faßte der Königssohn eine Neigung zu ihr, so daß er bekannte, wer er war, und fragte, ob nicht die junge Maid seine Königin werden wolle. Die Prinzessin willigte ein, und ließ ihn zugleich wissen, daß sie dem Geschlechte und der Herkunft nach nicht geringer, als er sei. Hierauf zogen sie zusammen zum Königshof, und die Königstochter ward die Gemahlin des Prinzen. Alle aber waren ihr gut, und der Königssohn hielt sie lieb vor Allem andern in der Welt.

Bei diesen Nachrichten wurde die böse Stiefmutter noch neidischer in ihrem Herzen, und dachte auf nichts so sehr, als wie sie ihrer Stieftochter einen Schaden zufügen, und ihre eigene Tochter zur Königin anstatt ihrer machen könne. Da ereignete es sich, daß ein großer Krieg ausbrach, so daß der Königssohn fortziehen mußte. Die Königin aber war schwanger, und sollte in die Wochen kommen: Nun wartete die Stiefmutter die Gelegenheit ab, zog zum Königshof hin, und zeigte sich sehr freundlich gegen Alle. Als aber die junge Königin krank wurde, und Niemand bei ihr war, nahm die Stiefmutter zur List ihre Zuflucht, legte ihre eigene Tochter an ihre Stelle, und verwandelte die rechte Königin in eine kleine Ente, die schwamm im Flusse vor dem Königshofe.

Einige Zeit darnach ging der Krieg zu Ende, und der junge König zog heim, voll Sehnsucht, seine schöne Frau wiederzusehen.

Als er nun in das Schlafgemach kam, und die häßliche Stiefschwester im Bette fand, ward er sehr traurig, und fragte, warum das Aussehen seiner Gemahlin sich so verändert habe. Die listige Stiefmutter war sogleich bereit, und antwortete: „Es kommt von ihrer Krankheit und geht wol vorüber." Der König fragte weiter: „Früher entfielen jedesmal goldene Ringe ihrem Munde, wenn meine Gemahlin lachte, nun aber Frösche und Kröten; früher aber wuchsen rothe Rosen in ihren Fußspuren, nun wuchern Disteln und Dornen darin; was mag wol die Ursache von diesem Allem sein?" Die böse Königin aber nahm schnell das Wort, und antwortete: „Also ist sie, bleibt sie und wird nicht anders, bis daß der König das Blut einer kleinen Ente bekommen kann, die im Flusse umher schwimmt. Der König fragte: „Wie soll ich das Blut der Ente erhalten können?" Die Stiefmutter sagte: „Je nun, es soll zwischen dem abnehmenden und dem Neumond genommen werden." Der König gab jetzt Befehl, daß man die kleine Ente fangen soll; der Vogel aber entkam allen Schlingen, wie man sie auch legen mochte.

An einem Donnerstag, Nachts, während Alle in ihrem Schlummer lagen, bemerkten die Wächter, wie ein weißer Schatten, der in Allem der Königin glich, aus dem Flusse auftauchte, und in die Küche ging. Die Prinzessin hatte einen kleinen Hund besessen, den sie sehr liebte. Er hieß die Weide, und sang seine Lieder, und klingelte mit der Schelle, wie er es gewohnt war; die Königstochter aber saß am Fenster, und lauschte, und winkte ihm zugleich, er solle sich nichts merken lassen. Am Abend trieb der Hirte wieder das Vieh aus dem Walde heim.

Da kam der Riese ihm entgegen gegangen, und sagte: „Du stehst mir mit deinem Leben für das fehlende Stück ein;" kein Thier aber fehlte, wie der Riese auch zählen mochte. Nun ward der Riese freundlich und sprach: „Du sollst mein Hirte bleiben, dein Leben lang." Er ging hierauf zum Seestrande, machte seinen verzauberten Kahn los, und ruderte dreimal um die Insel, wie er zu thun pflegte. Während der Riese fort war, stellte sich die Königstochter an das Fenster, und sang:

„Zu Nacht! Zu Nacht! du Hirtenknab',
Da wird verdunkeln sich mein Stern.
Und kommst du dann, so bin ich dein
Die Krone gebe ich dir gern."

Der Hirte horchte auf den Gesang, und verstand, daß er Nachts kommen, und die Königstochter befreien müsse. Er ging fort, ohne daß er etwas merken ließ. Als es aber spät war, und Alle im tiefsten Schlafe lagen, schlich er sich wieder zum Thurm, stellte sich unter das Fenster und sang:

„Zu Nacht, erwartet dich der Hirt',
Am Gitter dort er traurig hält;
Und kommst du dann, so wirst du mein,
Wenn schon der Schatten weithin fällt."

Die Königstochter flüsterte: „Ich bin mit goldenen Ketten gebunden, komm' und zerbrich sie." Da wußte sich der Hirte keinen Rath, son dern nahm seine kleine Pfeife, und blies einen weithin hallenden Ton. „Guten Abend!" sagte in demselben Augenblicke eine Stimme hinter ihm. „Guten Abend!" erwiederte der Hirte den Gruß, und sah sich um. Da stand vor ihm der kleine Elfenmann, von welchem er einmal die Klingel und die beinerne Pfeife bekommen.

„Was willst du von mir?" fragte der Greis. Der Hirte erwiederte: „Ich bitte, daß du mich und die Prinzessin hinwegführst." Der Kleine sagte: „Folge mir." Sie gingen zum Thurme hinauf, zum Käfich der Jungfrau: Die Thür der Burg aber öffnete sich von selbst, und als der Greis die Kette berührte, brach sie in Stücke entzwei. Hierauf gingen sie alle drei zum Strande hinab. Da sang der Elfenmann:

> „Du kleiner Hecht! es birgt den Mond
> Das Schilf; o komme, komme gleich;
> Auf dir dann die Prinzessin thront,
> Dazu ein König auch, so reich."

In demselben Augenblicke kam die kleine Jungfrau, deren Mütze der Hirte im grünen Grase gefunden hatte. Sie hüpfte in den See, und ward zu einem großen Hecht, der lustig im Wasser umher schwamm. Da sagte der Elfenkönig: „Setzet euch auf den Rücken des Hechten. Die Prinzessin aber darf sich nicht fürchten, wenn etwas geschieht, denn dann ist meine Macht zu nichte." So sprach der Alte, und verschwand. Der Hirte aber und die schöne Königstochter thaten, wie er gesagt hatte, und der Hecht führte sie schnell durch die Wogen.

Während sich dieses Alles zutrug, hielt der Riese Wacht auf dem Dachboden, sah durch das Windauge, und bemerkte, wie der Hirte auf dem Wasser mit der jungen Königstochter davon fuhr. Sogleich nahm er seine Adlergestalt an, und flog ihnen nach. Als der Hecht aber das Geräusch des Flügelschlages des Adlers vernahm, tauchte er tief in das Wasser hinab, worüber die Königstochter sich zu fürchten begann, so daß sie laut schrie. Da war die Macht des Elfenkönigs zu nichte, und der Riese ergriff beide Flüchtlinge mit seinen Krallen. Als er wieder zum Königshof gekommen, ließ er den Hirten in ein dunkles Loch werfen, wol fünfzig Klafter unter der Erde; die Prinzessin aber setzte er in den Jungfern-Zwinger, und sie wurde so bewacht, daß sie nicht entkommen konnte.

Der Junge lag nun im Thurme gefangen, und es war ihm schlimm zu Muthe, da er die Königstochter nicht befreien konnte, und zugleich sein eigenes Leben verspielt hatte. Da erinnerte er sich dessen, was der Elfengreis gesagt hatte: "Wenn du das dritte Mal in große Gefahr kommst, zerbrich dann die kleine Pfeife, und ich will dir helfen." Als nun der Hirte wol wußte, daß er nie mehr das Tageslicht sehen werde, nahm er die kleine beinerne Pfeife hervor, und zerbrach sie in Stücke. "Guten Abend!" hörte er in demselben Augenblicke eine Stimme hinter sich. "Guten Abend!" grüßte der Hirte zurück, und sah sich um. Da stand vor ihm der kleine Greis, und fragte: "Was willst du, daß du mich rufst?" Der Hirte antwortete: "Ich will die Prinzessin befreien, und sie zu ihrem Vater heimführen." Nun nahm ihn der Greis mit sich, und sie gingen durch verschlossene Thüren und durch viele prächtige Zimmer. Zuletzt kamen sie in einen großen Saal, der mit allerhand Waffen, Schwertern, Spitzen und Aerten angefüllt war, von welchen einige wie blanker Stahl, und einige wie reines Gold glänzten. Der Greis machte ein Feuer an der Feuerstätte, und sagte: „Entkleide dich." Der Hirte that es, und der Kleine verbrannte seine alten Kleider. Hierauf ging der Greis zu einer großen Eisenkiste, und nahm eine kostbare Rüstung heraus, die von dem reinsten Golde schimmerte. „Kleide dich an!" sagte er. Der Hirte that es. Als nun der Junge vom Kopf bis zum Fuß in voller Rüstung stand, band der Greis ein scharfes Schwert an seine Seite, und sprach: „Es ist bestimmt, daß der Riese von diesem Schwerte falle, und in diese Rüstung schneidet kein Stahl." Der Hirte aber fühlte wol Muth in der goldenen Rüstung, und er bewegte sich darin, als wäre er der tapferste Königssohn. Hierauf kehrten sie wieder zu dem dunklen Gefängnißloch. Der Hirte dankte dem Elfenkönig für seinen guten Beistand, und so schieden sie von einander.

Gegen Morgen entstand ein großer Lärm und Geräusch im ganzen Hofe, denn der Riese feierte seine Hochzeit mit der schönen Königstochter, und hatte seine Verwandten zu einem Gastmahl geladen. Die Prinzessin war nun auf das Allerprächtigste gekleidet, mit Goldkrone, rothen Ringen und anderem kostbaren Schmuck, welchen die Mutter des Riesen selbst getragen. Hierauf wurde die Hochzeit mit Lustbarkeiten begangen, und es fehlte weder an Speise, noch Trank. Die Braut aber weinte ohne Unterlaß, und ihre Thränen waren so heiß, daß sie wie Flammen auf der Wange brannten.

Als es nun bis in die Nacht gedauert, und der Riese seine Braut zur Brautkammer führen wollte, schickte er seinen Pagen, den Hirten zu holen, der im Gefängniß lag. Als sie aber in den Thurm hinabkamen, war der Gefangene fort, und statt seiner stand dort ein tapferer Kämpe, mit Schwert, Panzer und vollen Waffen. Bei diesem Anblick erschraken die Jungen und flohen, der Hirte aber folgte ihnen nach, und kam so zum Burghof hinauf, wo die Brautschar versammelt war, sein Lebensende zu schauen. Als nun der Riese den rüstigen Kämpen erblickte, ward er erzürnt, und sagte: „Schande über dich, du arger Troll!" Als er sprach, waren seine Augen so wild, daß sie mitten durch die Rüstung sahen. Der Junge aber fürchtete nichts, sondern antwortete: „Hier sollst du mit mir um deine schöne Braut streiten." Der Riese wollte nicht warten, sondern entwich. Der Hirte aber zog sein Schwert, und es flammte wie eine feurige Flamme. Als nun der Riese das Schwert erkannte, durch welches er fallen sollte, erschrak er, und sah bleich zur Erde; der Hirte aber ging keck auf ihn los, schwang sein Schwert, und führte einen gewaltigen Hieb; so daß der Kopf des Riesen vom Körper getrennt wurde. Dies war das Ende des Riesen.

Als die Hochzeitsgäste dies sahen, wurden sie von Furcht befallen, und fuhren jeder in sein Loch; die Königstochter aber lief hin, und dankte dem tapferen Hirten für ihre Befreiung. Sie gingen hierauf zum Seestrande hinab, lösten das verzauberte Schiff des Riesen, und ruderten von der Insel fort. Als sie zum Königshofe heim kamen, entstand eine große Freude, und der König war entzückt, als er seine einzige Tochter wieder gefunden, die er so lange betrauert hatte: Hierauf wurde eine prächtige Hochzeit veranstaltet, und der Hirte erhielt die schöne Königstochter. Sie lebten nun glücklich und vergnügt noch viele, viele Jahre, und sahen ihre Kinder heranblühen. Die Schelle aber und die zerbrochene beinerne Pfeife werden zum Angedenken noch heut zu Tage auf dem Königshofe aufbewahrt.

B.
Lilla Rosa und Långa Leda*).
Aus Süd-Småland.

Es war einmal ein König und eine Königin, die hatten eine einzige Tochter. Sie hieß Lilla Rosa, und war ebenso schön als klug, so daß sie von Allen geliebt wurde, die sie sahen. Nach einiger Zeit aber starb die Königin, und der König nahm eine andere Gemahlin. Die neue Königin hatte gleichfalls eine einzige Tochter, aber diese war hochmüthigen Sinnes und von so häßlichem Aussehen, daß man sie Långa Leda nannte. Die beiden Stiefschwestern wuchsen nun zusammen am Hofe des Königs auf. Jedermann aber, der sie sah, bemerkte den großen Unterschied zwischen ihnen.

Die Königin und Långa Leda waren auf Lilla Rosa sehr neidisch, und fügten ihr so viel Uebles zu, als sie vermochten. Die Königstochter aber war immer sanft und ergeben, und verrichtete willig ihre Arbeiten, wie schwer sie auch sein mochten. Hierüber wurde die Königin noch mehr erbittert, und so wurde sie immer böser und böser, je mehr Lilla Rosa ihr in Allem es recht zu machen suchte.

Es ereignete sich eines Tages, daß die Königin und die beiden Prinzessinnen in dem Baumgarten, der in der

*) Das ist die kleine Rose und die lange Vogelscheuche.

Nähe der königlichen Burg lag, lustwandelnd umhergingen. Da hörten sie, wie der Aufseher des Krautgartens mit seinem Jungen sprach, und ihm gebot, eine Art zu holen, die unter den Bäumen vergessen wurde. Als dies die Königin vernahm, befahl sie der Lilla Rosa, nach der Art zu gehen. Der Aufseher des Krautgartens wollte es nicht zugeben, und meinte, daß sich eine so geringe Arbeit für eine Königstochter nicht zieme. Die Königin aber bestand fest auf ihrem Befehl.

Als nun Lilla Rosa in den Hain ging, wie die Königin befohlen hatte, sah sie sich nach der Art um, aber drei weiße Tauben hatten sich auf den Stiel der Art gesetzt. Da nahm die Königstochter Brot von ihrem Mittagsmahl, zerbröckelte es, und reichte es auf ihrer Hand den kleinen Tauben, und sagte freundlich: „Meine armen kleinen Tauben! nun müßt ihr weggehen, da ich beauftragt bin, die Art zu meiner Stiefmutter zu tragen." Die Tauben aßen aus der Hand der Jungfrau, entfernten sich willig vom Stiele, und Lilla Rosa nahm die Art, wie ihr befohlen worden. Sie war aber nicht weit gegangen, als die Tauben mit einander zu sprechen begannen, und überlegten, wie sie es der Jungfrau lohnen wollten, die gegen sie so sanft war. Die Eine sagte: „Ich will es ihr also vergelten, daß sie noch einmal so schön werde, als sie schon ist." Die Andere sagte: „Ich vergelte es ihr dadurch, daß ihre Haare in Goldfäden sich verwandeln." „Und ich," sagte die Dritte, „vergelte es damit, das jedesmal, wenn sie lacht, ein goldener Ring aus ihrem Munde fallen soll." So sprechend flogen die Tauben davon. Alles aber ging in Erfüllung, wie sie gesagt hatten. Als nun Lilla Rosa wieder zu ihrer Stiefmutter kam, verwunderten sich Alle, über ihre unvergleichliche Schönheit, über ihr schönes goldenes Haar, und über die Goldringe, die ihrem Munde entfielen, wenn sie lachte. Die Königin aber forschte genau nach, wie sich Alles zugetragen, und von der Stunde an haßte sie ihre Stieftochter noch mehr, als früher, und die böse Stiefmutter dachte nun Tag und Nacht darauf, wie ihre eigene Tochter ebenso schön werden könne, als Lilla Rosa. Zu dem Ende ließ sie heimlich den Aufseher des Krautgartens rufen, und sagte ihm, was er thun soll. Hierauf ging sie mit den beiden Prinzessinnen, um sich im Blumengarten zu erlustigen, wie sie gewohnt war. Als sie nun beim Aufseher des Krautgartens vorbeigingen, sagte dieser laut, daß er seine Art unter den Bäumen vergessen habe, und gebot dem Jungen, nach der Art zu gehen. Da sagte die Königin, daß Lānga Leda nach der Art gehen solle. Der Aufseher des Krautgartens widersetzte sich, wie billig, und meinte, daß sich eine so geringe Arbeit für eine so vornehme Jungfrau nicht zieme. Die Königin aber bestand auf ihrem Befehl, und gebot es. Als Lānga Leda in den Hain kam, wie die Königin befohlen, sah sie sich nach der Art um, aber drei schöne weiße Tauben hatten sich auf den Stiel der Art gesetzt. Da konnte die böse Jungfrau ihren üblen Sinn nicht beherrschen, und warf mit Steinen nach den Vögeln, schalt sie, und sagte: "Hinweg ihr häßlichen Vögel! Ihr sollt nicht hier sitzen, und den Stiel der Art beschmutzen, den ich mit meinen weißen Händen anfassen soll." Bei diesen

Worten flogen die Vögel fort, und Långa Leda nahm die Art, wie ihr befohlen worden. Sie war aber nicht lange entfernt, so begannen die Tauben unter sich zu sprechen, und zu überlegen, wie sie die böse Jungfrau ihre Bosheit entgelten lassen sollten. Da sagte die Eine: „Ich vergelte es dadurch, daß sie noch einmal so häßlich wird, als sie schon ist." Die Andere sprach: „Ich, daß ihre Haare wie Dornenreiser werden." „Und ich," fügte die Dritte hinzu, „lasse es sie damit entgelten, daß jedesmal eine Kröte aus ihrem Munde hüpfen soll, wenn sie lacht." So sprechend flogen die drei Tauben davon. Alles aber ging in Erfüllung, wie sie gesagt hatten. Als nun Långa Leda wieder zu ihrer Mutter kam, verwunderten sich Alle über ihr scheußliches Aussehen, über ihr Haar, das einem Dornenbusch glich, und über die Kröte, die jedesmal aus ihrem Munde kam, wenn sie lachte. Die Königin aber härmte sich sehr über dieses große Unglück, und man sagt, daß sie und ihre Tochter selten von diesem Tage an lachten.

Die Stiefmutter konnte nun nicht länger Lilla Rosa vor Augen sehen, und trachtete, sie zu verderben, und aus dem Wege zu schaffen. In dieser Absicht ließ sie heimlich einen Schiffer rufen, der sie in ein fernes Land bringen solle, und versprach ihm viel Geld, wenn er die Königstochter an Bord nehmen, und sie in die Tiefe des Meeres versenken wolle.

Der Schiffer ließ sich durch das Geld bethören, das immer an so viel Bösem Schuld trägt, und führte Nachts die Prinzessin fort, wie ihre Stiefmutter verlangt hatte. Als aber das Fahrzeug in die See hinausstieß, und weithin auf dem wogenden Meere segelte, erhob sich ein heftiger Sturm, so daß das Schiff mit Hab' und Mannschaft zu Grunde ging, nur Lilla Rosa allein nicht. Sie wurde von den Wogen getragen, bis sie an eine grüne Insel kam, ferne im Meere. Hier weilte sie eine geraume Zeit, ohne irgend einen Menschen zu hören oder zu sehen; ihre Nahrung bestand aus wilden Beeren und Wurzeln, die im Walde wuchsen.

Eines Tages, als Lilla Rosa am Seestrande umherwanderte, fand sie Kopf und Beine eines Hirschkalbes, das von wilden Thieren zerrissen worden. Da das Fleisch noch frisch war, nahm die Königstochter das Beingerippe, und setzte es auf eine Stange, damit die kleinen Vögel es besser wahrnehmen und kommen sollten, um sich zu nähren. Hierauf legte sie sich auf die Erde, und schlief ein wenig. Aber sie hatte nicht lange geschlafen, als sie von einem lieblichen Gesange erweckt wurde, der viel schöner war als sich Jemand vorstellen kann. Lilla Rosa lauschte auf den schönen Gesang, und glaubte, daß sie träume, denn nie hatte sie Etwas so Liebliches gehört und vernommen. Als sie jetzt umhersah, bemerkte sie, daß das Beingerippe, welches für die Nahrung der kleinen Vögel des Himmels aufgestellt war, in eine grüne Linde verwandelt war, und das Haupt des Kalbes zu einer kleinen Nachtigall ward, die zu oberst in der Krone der Linde saß.

Das kleine Lindenlaub aber klang auf eine so seltsame Weise, daß die Töne eine wunderbare Harmonie gaben, und die kleine Nachtigall saß darin, und schlug so schön, daß, wer sie hörte, gewiß denken konnte, daß er im Himmel wäre.

Seit diesem Tage schien es der Königstochter nicht so schwer, allein auf der grünen Insel zu bleiben; denn, wenn sie traurig wurde, durfte sie nur jedesmal zur singenden Linde gehen, und ihr Herz wurde entzückt. Gleichwol konnte sie nie ihre Heimat vergessen, sondern setzte sich oft an den Strand, und blickte mit großer Sehnsucht auf das Meer hinaus, dessen Wogen frei von Land zu Land wandern.

Eines Tages, als Lilla Rosa am Seestrande saß, wie sie es gewohnt war, sah sie ein schönes Schiff, das über das Meer hinsegelte. Auf dem Schiffe waren viele rüstige Jünglinge, und ihr Anführer war ein tapferer Königssohn. Als nun das Fahrzeug sich der Insel näherte, und die Schiffsmänner den lieblichen Gesang hörten, der über das Wasser tönte, dachten sie, daß dies ein verzaubertes Land sein müsse, und wollten sogleich wieder in die See stechen. Ihr Anführer aber sagte, daß er nicht fortfahren wolle, bis er erfahren habe, woher der wunderbare Sang komme, und so verblieb es bei seinem Befehl.

Als nun der Königssohn an's Land kam, und den Gesang der Linde und den Schlag der Nachtigall hörte, ward ihm wunderlich zu Muthe, und es schien ihm, daß er nie Etwas so Schönes und Angenehmes vernommen. Noch seltsamer aber kam es ihm vor, als er weiter ging, denn unter der grünen Linde saß eine Jungfrau, deren Haar wie Gold glänzte, und deren Antlitz wie der weißeste Schnee leuchtete. Der Königssohn grüßte die schöne Jungfrau, und fragte, ob sie über die Insel herrsche. Rosa Lilla bejahte es. Der König fragte wieder, ob sie eine Meeresjungfrau, oder ein gewöhnlicher Mensch sei. Da erzählte die Jungfrau, welche Abenteuer sie bestanden, und wie sie von einem Sturm auf die einsame Insel verschlagen worden, zugleich erzählte sie von ihrem Geschlecht und von ihrer Herkunft. Da ward der Königssohn frohen Sinnes, und konnte nicht genug die Freundlichkeit und Schönheit der Jungfrau preisen. Sie sprachen nun lange mit einander, und ihr Gespräch endete damit, daß der Königssohn Lilla Rosa fragte, ob sie ihm heim folgen, und seine Königin werden wolle, wozu sie ihr Jawort und ihre Einwilligung gab. Hierauf segelten sie von der Insel fort, und kamen zum Reiche des Königssohnes. Lilla Rosa aber nahm die grüne Linde mit sich, und setzte sie in den Königshof. Und das Laub der Linde sang, und die Nachtigall schlug, so daß die ganze Nachbarschaft ihre Lust und Freude daran hatte.

Als Lilla Rosa einige Zeit verheiratet gewesen, kam sie in die Wochen, und gebar einen Knaben. Da dachte sie an ihren alten Vater, und schickte ihm Nachricht von Allem, was ihr widerfahren sei, aber sie wollte ihn nicht wissen lassen, daß die Königin an ihren Leiden Schuld gewesen. Bei diesen Nachrichten freute sich der König sehr, und mit ihm seine Mannen, denn alle hatten Lilla Rosa lieb. Die Königin aber und Långa Leda waren sehr betrübt darüber, daß Rosa noch am Leben war, und beriethen sich daher mit einander, wie sie der Königstochter Unglück bereiten könnten.

Die falsche Stiefmutter machte sich hierauf bereit, und

sagte, daß sie fortfahren, und Lilla Rosa besuchen wolle. Als sie hingekommen, ward sie auf das allerbeste empfangen, denn die Königstochter wollte sich nicht an all' das Böse, was ihr ihre Stiefmutter angethan, erinnern, und daß sie sie ermorden wollte; die Königin aber stellte sich sehr freundlich, und sprach manches schöne Wort. Eines Abends sagte die Stiefmutter zu Lilla Rosa, daß sie ihr ein Geschenk zum Andenken ihrer Freundschaft und Liebe geben wolle. Die Stieftochter dachte an keine List, sondern dankte für die Gabe. Da nahm die Königin ein mit Seide genähtes Hemd hervor, das in jeder Falte mit Gold gestickt war. Das schöne Hemd aber war ein böser Zauber, so daß Lilla Rosa, als sie es anzog, plötzlich in eine Gans verwandelt wurde, die durch das Fenster flog, und sich in das Meer warf. Da die Königstochter aber ein schönes goldenes Haar besaß, so erhielt die Gans goldene Federn. In derselben Stunde hörte die Linde zu singen auf, die Nachtigall schwieg mit ihrem Gesang, und der ganze Königshof war mit Schmerz und Betrübniß erfüllt. Am allermeisten trauerte Lilla Rosa's Gemahl, der junge König, und wollte sich nicht trösten lassen.

In den Nächten, wenn der Mond schien, und die Fischer des Königs auf dem Meere waren, ihre Netze zu untersuchen, gewahrten sie eine schöne Gans mit goldenen Federn, die auf den Wogen hin und her schwamm. Hierüber wunderten sie sich sehr, und es schien ihnen ein besonderes Wunderzeichen zu sein. In einer Nacht aber schwamm die schöne Gans zum Boot des Fischers hin, und begann, mit ihm zu sprechen. Die Gans grüßte, und fragte:

„Guten Abend, Fischer! wie steht es daheim auf dem Königshof?"

„Singt meine Linde?
Schlägt meine Nachtigall?
Weint mein kleiner Sohn?
Ist mein Herr jemals froh?'

Als der Fischer dies hörte, und die Stimme der Königin wieder erkannte, ward ihm wunderlich zu Muthe, und er antwortete: „Dort auf dem Königshof daheim steht es schlimm:"

„Deine Linde singt nicht;
Deine Nachtigall schlägt nicht;
Dein Sohn weint Tag und Nacht;
Dein Herr ist niemals fröhlich."

Da seufzte die schöne Gans, und schien sehr betrübt zu sein. Sie sang:

„Ich Arme!
Die nun auf den blauen Wogen zieht,
Und nie mehr werden kann, was ich gewesen. —"

„Gute Nacht, Fischer! Ich komme zweimal noch hieher, und dann nie mehr."

In demselben Augenblicke verschwand der Vogel, der Fischer fuhr heim, und erzählte dem jungen König, seinem Herrn, was er gehört, und vernommen.

Der König gab nun Befehl, daß man die goldene Gans fange, und versprach den Fischern eine große Belohnung, wenn sie seinen Auftrag vollziehen könnten. Da machten die Männer ihre Schlingen zurecht, und anderes Geräthe, und begaben sich auf die See hinaus, um ihre

Netze zu besichtigen. Als der Mond aufgegangen war, kam die schöne goldene Gans wieder über die Wogen zu ihrem Boot geschwommen. Sie grüßte und sagte:

„Guten Abend, Fischer! wie steht es daheim auf dem Königshof?"

„Singt meine Linde?
Schlägt meine Nachtigall?
Weint mein kleiner Sohn?
Ist mein Herr jemals fröhlich?

Der Fischer antwortete, wie früher: „Daheim auf dem Königshof steht es schlimm: —

„Deine Linde singt nicht;
Deine Nachtigall schlägt nicht;
Dein Sohn weint Tag und Nacht;
Dein Herr ist niemals fröhlich."

Da ward die schöne Gans sehr betrübt, und sang:

„Ich Arme!
Die nun auf den blauen Wogen zieht,
Und nie mehr werden kann, was ich gewesen." —

„Gute Nacht, Fischer! Ich komme noch einmal hieher, und dann nie mehr."

Bei diesen Worten wollte der Vogel wieder entfliehen; die Fischer aber waren bereit, und warfen schnell ihre Schlingen über sie. Da begann die Gans mit den Flügeln zu schlagen, und schrie entsetzlich: „Laßt schnell los, oder haltet euch tapfer; laßt schnell los, oder bleibt herzhaft." In demselben Augenblicke verwandelte sie ihre Gestalt in die von Schlangen, Drachen, und anderen wilden Thieren. Als die Fischer dies bemerkten, fürchteten sie für ihr Leben, und ließen die Schlingen fahren, so daß der Vogel entkam. Als der König aber den Ausgang ihres Abenteuers hörte, ward ihm schlimm zu Muthe, und er sagte, daß sie sich von keiner Täuschung erschrecken lassen sollten.

Er ließ hierauf neue und stärkere Schlingen zubereiten, um die goldene Gans zu fangen, und verbot den Fischern bei Lebensstrafe, sie entkommen zu lassen, wenn sie sich das nächste Mal wieder zeigen sollte.

Die dritte Nacht, als der Mond aufgegangen war, schifften die Fischer des Königs wieder auf das Meer hinaus, um ihre Netze zu besichtigen. Sie warteten lange, aber keine goldene Gans erschien. Endlich kam sie wieder über die Wogen geschwommen, und schwamm zu ihrem Boote hin. Der Vogel grüßte sie, wie früher: "Guten Abend, Fischer! wie steht es daheim auf dem Königshof?"

"Singt meine Linde?
Schlägt meine Nachtigall?
Weint mein kleiner Sohn?
Ist mein Herr jemals fröhlich?"

Der Fischer entgegnete: "Dort heim auf dem Königshof steht es schlimm:"

"Deine Linde singt nicht;
Deine Nachtigall schlägt nicht;
Dein kleiner Sohn weint Tag und Nacht;
Dein Herr ist niemals fröhlich."

Da seufzte die schöne Gans, und schien sehr traurig zu seyn. Sie sang:

"Ich Arme!
Die ich nun auf den blauen Wogen ziehe,
Und nie mehr werden kann, was ich gewesen."

„Gute Nacht, Fischer! nun komme ich nie mehr hieher."

Die Gans wollte fortziehen, die Fischer aber warfen ihre Schlingen, und hielten sie fest; da ward dem Vogel sehr ängstlich, er schlug heftig mit den Schwingen, und schrie: „Laßt mich schnell los, oder seid herzhaft! Laßt mich schnell los, oder seid herzhaft!" Sie verwandelte hierauf ihre Gestalt in die von Schlangen, Drachen und anderen gefährlichen Thieren. Die Fischer aber fürchteten den Zorn des Königs, und hielten sie fest in den Schlingen. Endlich fingen sie die goldene Gans, und brachten sie heim zum Königshof, wo man sie genau bewachte, damit sie nicht entkomme. Der Vogel aber war schweigsam und traurig, und wollte nicht sprechen, und so wurde der Schmerz des Königs noch größer, als er früher gewesen.

Es ereignete sich einige Zeit darauf, daß ein altes Weib von seltsamen Aussehen an den Königshof kam, und bat, mit dem König sprechen zu dürfen. Der Wächter antwortete, wie es befohlen war, daß der König aus Trauer und Betrübniß mit Niemanden sprechen wolle; das Weib aber war sehr beharrlich, und so ward sie eingelassen. Als sie nun zum König kam, fragte er nach ihrer Angelegenheit. Das Weib antwortete: „Herr und König! es ist mir gesagt worden, daß deine Königin in eine goldene Gans verwandelt worden sei, und daß du Tag und Nacht über dieses große Unglück trauerst. Nun bin ich hieher gekommen, diesen Zauber zu lösen, und dir die Gemahlin wieder zu geben, wenn du anders versprichst, die Bedingung zu erfüllen, die ich machen will." Als der König dies hörte, freute er sich sehr, und fragte, was das Weib verlange. Da nahm das Weib das Wort: „Ich habe meine Heimath auf einer kleinen Anhöhe, die auf der andern Seite des schwarzen Flusses liegt; nun bitte ich, daß du eine Steinmauer rund um den Berg anlegen lassest, damit dein Vieh nicht dorthin komme, und mich beunruhige, wenn es auf die Weide gelassen wird." Dieses schien dem König eine kleine Bitte zu sein, und er versprach, gerne dieser nachzukommen, obschon er sehr zweifelte, daß das Weib ihr Wort halten könne, wie sie es betheuerte.

Das Weib fing nun umständlich zu erzählen an, von Allem, was Lilla Rosa von ihrer bösen Stiefmutter widerfahren sey. Dem König aber fiel es schwer, dies zu glauben, denn er konnte nicht denken, daß die alte Königin ein so falsches Herz habe. Da bat das Weib, das schöne seidene Hemd besehen zu dürfen, welches Lilla Rosa von ihrer Stiefmutter zum Geschenk bekommen hatte. Der König ließ das Hemd holen, und nun gingen sie zusammen in das Zimmer, wo die goldene Gans eingesperrt war. Als sie nun hingekommen, ging die Hexe zu der schönen Gans, und zog das Hemd über sie. Da wurde der Zauber gelöst, Lilla Rosa erhielt wieder ihre wirkliche Gestalt, und anstatt der goldenen Gans, stand sie da, ein schönes Weib mit goldenem Haar, wie früher. In demselben Augenblicke aber begann die Linde wieder zu singen, und die Nachtigall schlug auf ihrem Wipfel, so daß es eine Lust und Freude war. Nun freute sich Alles am ganzen Königshofe. Der König aber erkannte, daß das alte Weib die Wahrheit gesprochen, und hielt redlich sein Versprechen, das er zugesagt hatte.

Lilla Rosa und ihr Gemahl machten sich nun bereit, zum König hinzufahren, der Rosa's Vater war. Als sie nun hinkamen, war der alte König sehr erfreut, so daß er von Neuem fast jung wurde, und mit ihm freute sich das ganze Reich; denn Alle hatten mit Trauer vernommen, welches Unglück die Königstochter betroffen. Nur Eine aber freute sich nicht, und dies war die Königin, denn sie konnte wol merken, daß ihre Falschheit aufgedeckt worden war, und ihre Zeit aus sei. Als nun der alte König vernahm, welche List und welches Unrecht seine Tochter von ihrer bösen Stiefmutter erlitten, ward er sehr erzürnt, und verdammte die Königin zum Tode. Lilla Rosa aber bat für das Leben ihrer Stiefmutter, und der König ließ sich bestimmen, seine Gemahlin gefangen in einen Thurm für die ganze Lebenszeit setzen zu lassen. Die Tochter der Königin Långa Leda erlitt dieselbe Strafe, wie ihre Mutter. Der junge König aber und Lilla Rosa kehrten wieder in ihr Reich zurück.

Und dort singt die Linde, dort schlägt die Nachtigall, dort weint der Prinz weder bei Tag noch bei Nacht; dort ist der König immer fröhlich.

C.
Jungfrau Swanhwita, und Jungfrau Räfrumpa *).
Aus Oſtgothland.

Es war einmal ein böſes Weib, das hatte zwei Töchter; eine eigene Tochter, und eine Stieftochter. Die eigene Tochter war von häßlichem Ausſehen, und noch häßlicherer Gemüthsart; die Stieftochter war ſchön von Angeſicht, und ſanften Sinnes, ſo daß Alle, die ſie ſahen, ihr Gutes wünſchten. Hierüber härmten ſich die Stiefmutter und die Stiefſchweſter, und waren ſtets neidiſch auf das wehrloſe Mädchen.

Da ereignete ſich eines Tages, daß die Jungfrau von ihrer Stiefmutter geſchickt wurde, Waſſer vom Brunnen zu holen. Als ſie hinkam, ſtreckte ſich eine kleine Hand über den Rand des Waſſers empor, und es war eine Stimme zu hören, die ſagte: „Jungfrau! ſchön und fein! gib mir deinen Goldapfel, ſo will ich dir drei gute Wünſche erfüllen." Da that es dem Mädchen um den leid, der ſo ſchön bat, und reichte den Goldapfel der kleinen Hand hin. Hierauf neigte ſie ſich über die Quelle, und gab fein Acht, daß ſie das Waſſer nicht trübte, während ſie ihr Faß füllte. Als ſie nun wieder nach Hauſe kehrte, wünſchte der Beherrſcher des Waſſers, daß die freundliche Jungfrau dreimal ſo ſchön werden ſolle, als ſie war; daß jedesmal, wenn ſie lachte, ein goldener Ring aus

*) D. i. Schwanweiß und Fuchsſchwanz oder Ackerkannenkraut.

ihrem Munde falle, und daß unter ihren Tritten rothe Rosen hervorsprossen sollten. In demselben Augenblicke geschah Alles, wie er es gewünscht; das Mädchen aber wurde von diesem Tage an Jungfrau Swanhwita genannt, und das Gerücht von ihrer Schönheit verbreitete sich über das ganze Land.

Als die böse Stiefmutter dies Alles gewahrte, ward sie sehr verdrießlich, und überlegte nun bei sich, wie ihre eigene Tochter eben so schön werden könne, als Swanhwita war. Zu dem Ende forschte sie genau aus, wie sich Alles zugetragen, und schickte ihre Tochter gleichfalls, um Wasser zu holen. Als nun das böse Mädchen zum Brunnen kam, streckte sich eine kleine Hand über das Wasser empor, und man hörte eine Stimme, die sagte: „Jungfrau! schön und fein! gib mir deinen Goldapfel, so will ich dir drei gute Wünsche erfüllen." Die Tochter des Weibes aber war ebenso böse, als geizig, so daß sie nie Jemand Etwas zum Geschenke geben mochte; sie schlug hierauf auf die kleine Hand, schalt den Beherrscher des Wassers, und antwortete zornig: „Du darfst nicht denken, daß du je einen Goldapfel von mir erhältst." Hierauf füllte sie ihren Eimer, trübte das Wasser, und ging boshaft ihres Weges. Da erzürnte Derjenige, welcher über die Quelle herrschte, und wünschte ihr drei böse Wünsche zum Lohn für ihre Bosheit. Er wünschte, daß sie dreimal so häßlich werde, als sie schon war; daß eine todte Ratte jedesmal aus ihrem Munde falle, wenn sie lache, und daß Unkraut (Ackerkannenkraut) in ihren Fußspuren wachsen soll, wo sie immer hintrete. So geschah es auch.

Von dem Tage an wurde das böse Mädchen im Spotte Jungfrau Rä f r u m p a (Fuchsschwanz) genannt, und es war von ihrem häßlichen Aussehen, und ihrer bösen Gemüths= art ein großes Gerede unter den Leuten. Das Weib aber konnte nicht leiden, daß ihre Stieftochter schöner als ihre rechte Tochter wäre, und die arme Swanhwita erlitt von der Stunde an alles Unrecht und alle Schmach, die Stiefkinder zu treffen pflegen.

Jungfrau Swanhwita hatte einen Bruder, den sie sehr lieb hatte, und der sie auch von ganzem Herzen liebte. Der Junge hatte längst die Heimat verlassen, und diente jetzt bei einem König, weit, weit im fremden Lande. Die an= deren Hofleute aber waren neidisch auf ihn, wegen der Gunst, die er bei seinem Herrn gewonnen, und hätten ihn gerne gestürzt, wenn sich nur irgend eine Ursache dazu aufffinden lassen würde.

Die Neider des Jungen gaben nun genau auf Alles Acht, was er immer vornehmen mochte. Und so gingen sie eines Tages zum König, und sagten: „Herr und Kö= nig! wir wissen wol, daß du keine Bosheit und Unart von deinen Dienern leiden kannst, darum wollen wir nicht dulden, daß der fremde Jüngling, der in deinen Diensten ist, jeden Morgen und Abend die Knie vor einem Abgott beugt." Als der König so Etwas hörte, dachte er, daß es Böswilligkeit und Verleumdung wäre, und glaubte ihnen nicht. Die Hofleute aber sagten, daß er wol selbst sich überzeugen könne, ob sie die Wahrheit gesprochen, oder nicht. Sie führten nun den König zu der Kammer des Jünglings, und baten ihn, durch das Schlüsselloch zu gucken. Als nun der König hindurch sah, ward er gewahr, daß der Jüngling auf den Knieen vor einem schönen Bilde lag, und er konnte nichts Anderes denken, als daß Alles wahr sei, was die Hofleute erzählt hatten. Der König wurde nun erzürnt, rief den Jüngling vor sich, und verurtheilte ihn wegen seiner großen Uebelthat zum Tode. Der Jüngling aber entschuldigte sich, und sagte: „Herr und König! Du mußt nicht denken, daß ich irgend ein Götzenbild verehre, dies ist das Bild meiner Schwester, und ich bete jeden Morgen und Abend zu Gott, daß er sie beschützen wolle, da sie in der Gewalt einer bösen Stiefmutter ist." Der König verlangte hierauf das Bild zu sehen, und konnte nicht müde werden, die Schönheit desselben zu schauen. Er sagte: „Wenn wahr ist, wie du mir sagst, daß das deine Schwester ist, so soll sie meine Königin werden, und du selbst sollst fortziehen, sie zu holen. Wenn du aber gelogen, soll deine Strafe sein, den wilden Thieren in der Löwenhöhle vorgeworfen zu werden." Der König ließ hierauf ein Schiff auf das prächtigste mit Mannschaft und kostbaren Schätzen ausrüsten, und schickte den Jüngling mit großem Gefolge, seine Schwester zum Königshof zu holen.

Der Jüngling fuhr nun weit über das Meer, und kam zuletzt in sein Land heim. Hier richtete er das Anliegen seines Herrn aus, wie es ihm befohlen worden, und bereitete sich hierauf, zurückzusegeln. Da baten seine Stiefmutter und seine Stiefschwester, daß sie ihn auch auf dem Schiffe begleiten dürften. Der Jüngling war nicht damit einverstanden, und schlug es ihnen ab; Swan=

hwita aber bat für sie, und so erhielten sie ihren Willen. Als sie nun in die See stachen, und in das wogende Meer gekommen, erhob sich ein heftiger Sturm, so daß das Seevolk glaubte, daß das Fahrzeug und Alles zu Grunde gehen werde. Der Jüngling aber war guten Muthes, und ging auf den Mast hinauf, um zu sehen, ob er nicht Land auf irgend einer Seite erspähen könne. Als er so vom Maste herabschaute, rief er Swanhwita zu, die auf dem Bord des Schiffes stand: „Liebe Schwester! nun sehe ich Land." Aber es stürmte so sehr, daß die Jungfrau seine Worte nicht hören konnte. Da fragte sie ihre Stiefmutter, was ihr Bruder gesagt hätte. Das falsche Weib entgegnete: „J, er sagt, daß wir nimmer auf Gottes grüne Erde kommen werden, wenn du nicht dein goldenes Kästchen in das tiefe Meer wirfst." Als Swanhwita dies hörte, that sie, wie man ihr gesagt, und warf ihr goldenes Kästchen in die See. Nach einer Weile rief der Jüngling wieder seiner Schwester zu, die am Bord des Schiffes stand. „Swanhwita! es ist Zeit, daß du dich als Braut schmückst, denn wir kommen bald hin." Die Jungfrau aber konnte seine Worte wegen des heftigen Sturmes nicht hören. Da fragte sie wieder ihre Stiefmutter, was ihr Bruder gesagt habe. Das falsche Weib sprach: „Je nun, er sagt, daß wir nimmer auf Gottes grüne Erde kommen, wenn du dich nicht selbst in das Meer stürzest." Dies kam Swanhwita seltsam vor, die böse Stiefmutter aber sprang hinzu, und stieß sie schnell über Bord. Die Jungfrau ward so von den blauen Wogen hinweggeführt, und kam zur Meerfrau, die über Alle herrscht, die auf der See umkommen.

Als nun der Jüngling vom Maste herabkam, und fragte, ob seine Schwester geschmückt wäre, erzählte die Stiefmutter unter vielen falschen Thränen, daß Swanhwita in die See gefallen sei. Da erschrack der Jüngling und mit ihm das ganze Schiffsvolk, denn sie wußten wol, welche Strafe ihrer wartete, da sie so schlecht die Braut des Königs bewacht hatten. Das falsche Weib aber ersann eine andere List, und sagte, daß sie ihre eigene Tochter als Braut schmücken sollten, so könnte Niemand wissen, daß Swanhwita fort wäre. Der Jüngling willigte zwar hierzu nicht ein; die Schiffsleute aber fürchteten für ihr Leben, und zwangen ihn, zu thun, wie die Stiefmutter gesagt hatte. Jungfrau Räfrumpa wurde nun auf das allerprächtigste mit rothen Ringen und goldenen Gürteln geschmückt. Dem Jüngling aber war schlimm zu Muthe, und er konnte nicht vergessen, welches Unglück seine rechte Schwester getroffen.

Während dies Alles geschah, landete das Fahrzeug, wo der König mit seinem ganzen Hof auf das prächtigste zum Empfange bereit war.

Dort wurden jetzt kostbare Teppiche ausgebreitet, und die Königsbraut wurde vom Schiffe mit großen Ehrenbezeigungen geholt. Als der König aber Jungfrau Räfrumpa erblickte, und hörte, daß sie seine Braut sein solle, merkte er Unrath, und wurde sehr erzürnt. Er ließ den Jüngling den Thieren in der Löwengrube vorwerfen, er selbst aber wollte sein königliches Wort nicht zurücknehmen, sondern nahm die häßliche Jungfrau zur Gemahlin, und so ward sie Königin statt ihrer Schwester.

Jungfrau Swanhwita besaß einen kleinen Hund, den sie sehr lieb hatte. Er hieß Snöhwit (Schneeweiß). Als nun die Jungfrau fort war, fand sich Niemand, der für das treue Thier sorgte; er ging daher zum Königshof hinauf, und nahm seine Zuflucht in der Küche, wo er sich an die Feuerstätte hinlegte. Abends, als Alle schlafen gegangen waren, bemerkte der Küchenmeister, wie sich die Thür von selbst öffnete, und eine kleine schöne Ente, die mit einer Kette gefesselt war, in die Küche hüpfte. Wo immer der kleine Vogel auf den Boden trat, entsproßten die allerschönsten Rosen. Die Ente aber ging zum Hunde, der in der Herdgrube lag, und sang:

„Du armer kleiner Snöhwit!
Früher lagst du auf blauem seidenen Polster,
Nun liegst du in der grauen Asche.
Mein armer Bruder! er sitzt in der Löwengrube,
Und Jungfrau Räfrumpa, sie schläft in den Armen
meines Herrn."

Die Ente sprach ferner: „Ich Arme! ich komme noch zwei Nächte hieher, sodann sehe ich dich nimmermehr." Hierauf liebkoste sie den kleinen Hund, und der Hund erwiederte ihre Freundlichkeit. Nach einiger Zeit aber öffnete sich die Thür von selbst, und der kleine Vogel ging seines Weges.

Den andern Morgen, als es tagte, nahm der Küchenmeister einige der schönen Rosen, welche auf den Boden gestreut waren, und legte sie um die Schüssel, die auf den Tisch des Königs gebracht wurde. Der König aber konnte sich nicht genug über die Blumen wundern, und ließ den Küchenmeister rufen, und fragte, woher er so schöne Rosen bekommen. Da erzählte der Koch, was sich Alles zu Nachts ereignet, und was die Ente zu dem kleinen Hunde gesprochen. Als der König dies hörte, ward ihm wunderlich zu Muthe, und er befahl dem Küchenmeister, ihn zu benachrichtigen, wenn der Vogel das nächste Mal sich zeigen sollte.

Die zweite Nacht ging die kleine Ente wieder in die Küche hinauf, und sprach mit ihrem Hunde, wie früher. Da wurde ein Bote an den König gesendet, und er kam gerade, als der Vogel durch die Thüre hinaushüpfte. Aber überall auf dem Küchenboden lagen schöne Rosen, welche einen angenehmen Duft verbreiteten, so daß Niemand etwas dergleichen gesehen.

Der König nahm sich nun vor, daß, wenn der Vogel noch einmal sich zeige, er nicht entkommen dürfe. Er stellte sich daher in der Küche auf die Lauer.

Als er nun lange Zeit geharrt hatte, und es gegen Mitternacht ging, kam der kleine Vogel, wie er es gewohnt war, hüpfte zum Hunde hin, der am Boden lag, und sang:

„Du armer kleiner Snöhwit!
Früher lagst du auf blauem seidenen Polster,
Nun liegst du in der grauen Asche.
Mein armer Bruder! er sitzt in der Löwenhöhle.
Die Jungfrau Räfrympa, sie schläft in den Armen
                    meines Herrn."

Dann fügte die Ente hinzu: „Ich Arme! nun sehe ich dich nimmermehr!" Hierauf liebkoste sie den kleinen

Hund, und der Hund erwiederte ihre Freundlichkeit. Als nun der Vogel sich entfernen wollte, lief der König herbei, und ergriff ihn am Fuß. Da verwandelte die Ente sich in einen scheußlichen Drachen. Der König aber hielt ihn dennoch fest. Dieser verwandelte sich wieder in Schlangen, Wölfe und andere gefährliche Thiere; aber der König ließ nicht los. Nun riß die Meerfrau stark an ihrer Kette, der König aber hielt fest, und die Kette sprang mit großem Getöse und Rasseln entzwei. In demselben Augenblicke stand eine herrliche Jungfrau vor ihm, weit schöner, als das Bild jenes schönen Weibes, und dankte dem König, daß er sie aus der Gewalt der Meerfrau befreit habe. Da freute sich der König über die Maßen; er preßte die schöne Jungfrau an sein Herz, küßte sie, und sagte: „Dich oder Keine in der Welt, will ich zu meiner Königin haben, und nun sehe ich wol, daß dein Bruder unschuldig war." Hierauf schickte er sogleich seine Diener zur Löwenhöhle, um zu sehen, ob der Jüngling noch am Leben wäre. Der Jüngling aber saß unversehrt unter den wilden Thieren, und sie hatten ihm keinen Schaden zugefügt. Da freute sich der König, daß Alles so gut abgelaufen. Die beiden Geschwister aber erzählten ihm genau, wie die listige Stiefmutter gegen sie gehandelt. Als es tagte, ließ der König ein großes Gastmahl zubereiten, und lud die vornehmsten Männer in seinem Reiche ein, zum Königshofe zu kommen. Während sie nun Alle zu Tische saßen und fröhlich waren, begann der König die Sage von den beiden Geschwistern zu erzählen, die von ihrer Stiefmutter verrathen wurden; er erzählte aber Alles, wie es sich zugetragen, vom

Anfang bis zum Ende. Als die Sage zu Ende war, sahen die Männer des Königs einander an, und Alle meinten, daß es eine unerhörte That wäre. Der König aber wendete sich zu seiner Schwiegermutter, und sagte: „Es ziemt sich, daß mir Jeder meine Sage lohne. Ich wünsche zu wissen, welche Strafe Derjenige verdient, der so unmenschlich ein Leben verrieth." Das falsche Weib merkte nicht, daß ihr Betrug aufgekommen war, sondern antwortete dreist: „J, der wäre wol werth, im siedenden Blei gekocht zu werden." Der König wendete sich hierauf zur Jungfrau Räfrumpa, und sagte: „Ich wünsche auch deine Meinung zu hören. Welche Strafe verdient Jener, der so unmenschlich ein Leben verräth?" Die böse Jungfrau entgegnete schnell: „Ei, der wäre wol werth, im siedenden Pech gekocht zu werden."

Da wurde der König erzürnt, stand vom Tische auf, und sagte: „Ihr habt über euch selbst das Urtheil gefällt; diesem Urtheile sollt ihr auch nicht entgehen." Er ließ nun die beiden Weiber zu dem Tode führen, den sie selbst bestimmt hatten, und Niemand bat für sie um Gnade, außer Swanwhita. Hierauf feierte der König seine Hochzeit mit der schönen Jungfrau, und Allen dünkte, daß man keine schönere Königin sehen könne. Seine eigene Schwester aber gab er dem tapferen Jüngling, und Freude herrschte am ganzen Königshof, und dort leben sie glücklich noch heut zu Tage.

VIII.
Das schöne Schloß, östlich von der Sonne, nördlich von der Erde.

Aus Süd-Småland.

Es war einmal ein Mann, der wohnte im Walde. Nahe an seinem Hause lag eine Wiese, worauf schönes Gras wuchs. Der Mann legte großen Werth auf die fruchtbare Wiese, und bewachte sie mehr, als andere Güter. An den Sommermorgen aber, wenn die Sonne aufging, bemerkte er oft, daß das schöne Gras niedergetreten war, und im Thau schien es ihm, als wenn es Tritte von Menschenfüßen gewesen wären. Hierüber härmte sich der Mann sehr, und er wünschte sehr zu entdecken, wer es sei, der in der Nacht sein Gras niedertrete.

Der Bauer überlegte nun, wie er das erfahren könne, und sandte seinen ältesten Sohn, die Wiese zu bewachen. Der Junge versprach, sein Bestes zu thun, und ging hin. Es kam aber anders; er hatte noch nicht lange gewacht, so fühlte er sich sehr schläfrig, und als es gegen Mitternacht ging, lag er schon in tiefem Schlaf. Der Junge schlief nun ungestört, und erwachte nicht eher, bis die Sonne am Himmel stand. So kehrte er unverrichteter Dinge heim; das Gras aber war wie früher niedergetreten. Den nächsten Abend sollte der andere Sohn des Bauers hinaus, und die Wiese bewachen. Er ließ es

nicht an prahlerischen Worten fehlen, und versprach, mit
gutem Bescheid wiederzukommen. Trotz dem erging es
ihm, wie seinem Bruder; denn er hatte nicht lange gewacht, als auch er sich schläfrig fühlte, einschlief, und nicht
früher erwachte, als bis es tagte. So kehrte auch er unverrichteter Dinge heim. Die Wiese aber war wie früher
ganz niedergetreten.

Dem Bauer kam dies wider alle Erwartung vor;
doch schlug er es sich aus dem Sinne, und forschte nicht
weiter darnach. Da ging der jüngste Sohn zu seinem Vater, und bat um Erlaubniß, zur Wiese hinabzugehen, und
Wache zu halten. Der Bauer antwortete: „Es lohnt sich
nicht der Mühe, daß du dich dahin begibst, da du so klein
bist. Es ist kaum denkbar, daß du besser wachen solltest,
als deine Brüder." Der Knabe aber sagte, daß er sein
Glück versuchen wolle, und so wurde er beordert. Er begab sich hierauf zur Wiese, obschon sein Vater und seine
Brüder wol voraussehen zu können glaubten, wie seine
Fahrt ablaufen würde.

Der Knabe legte sich hin, und wachte lange und gut;
aber nichts war zu erspähen, bis es gegen die Frühstunde
ging, und die Sonne aufgehen sollte. Da vernahm man
plötzlich ein Geräusch in der Luft, wie von fliegen-
den Vögeln, und es kamen drei Tauben daher, die auf
die grüne Wiese herabschoßen. Nach einer Weile streiften
die Tauben ihre Gefieder ab, und wurden zu drei schönen
Jungfrauen; die drei Jungfrauen aber begannen auf dem
grünen Grase zu tanzen, und sie tanzten so schön, daß
ihre Füße kaum den Boden berührten. Der Junge sah

nun wol, wer die Wiese seines Vaters niedertrat; doch wußte er nicht recht, was er von den drei Jungfrauen denken sollte. Es war aber eine unter ihnen, die schien ihm schöner, als alle anderen Weiber, und er bildete sich ein, ihr Besitz sei wünschenswerther, als der jeder andern in der Welt.

Nachdem er so eine Weile gelegen, und dem Tanz zugesehen hatte, stand er schnell auf, und stahl den Jungfrauen die drei Federhüllen. Hierauf legte er sich wieder auf die Lauer, um zu erfahren, wie sein Abenteuer ablaufen würde.

Früh am Morgen, ehe die Sonne aufging, beendeten die Jungfrauen ihren Tanz, und wollten fortziehen; aber sie konnten ihre Gefieder nicht finden. Da wurden sie sehr erschreckt, und liefen auf der Wiese unruhig hin und her, bis sie dorthin gekommen, wo der Junge lag. Die Jungfrauen fragten, ob er ihre Federhüllen genommen, und gaben ihm schöne Worte, daß er sie zurückgebe. Der Junge erwiederte: „Ja, ich habe sie genommen, ich gebe sie aber nicht wieder, außer unter zwei Bedingungen." Als nun die Jungfrauen mit ihren Bitten nichts ausrichten konnten, fragten sie nach den Bedingungen des Jungen, und versprachen, sie zu erfüllen. Da sagte der Jüngling: „Meine erste Bedingung ist, daß. ich wissen will, wer ihr seid, und von woher ihr kommt." Die eine Jungfrau antwortete: „Ich bin eine Königstochter, und diese beiden sind meine Hoffräulein. Wir sind von dem Schlosse, das östlich von der Sonne, und nördlich von der Erde liegt, wohin kein Mensch kommen kann." Der Junge sprach wieder: „Meine zweite Bedingung ist, daß die Königstochter sich mir auf Treu' und Glauben verlobt, und den Tag für unsere Hochzeit festsetzt; denn sie und keine andere in der Welt will ich besitzen." Als nun hohe Zeit war, und die Sonne schon über die Wipfel des Waldes leuchtete, mußte die Jungfrau auch auf diese Bedingung eingehen. Die schöne Prinzessin verlobte sich hierauf dem Jüngling, und sie versprachen, sich einander nicht zu hintergehen. Er gab zugleich die drei Taubengestalten zurück, und nahm von seiner Liebsten einen herzlichen Abschied, worauf die Jungfrauen sich in die Lüfte schwangen, und schnell ihres Weges zogen.

Als es nun tagte, kehrte der Knabe heim, und wurde vielmals gefragt, was er für seltsame Dinge gesehen, und während der Nacht vernommen hätte. Der Junge aber verrieth nichts, und sagte, daß er in einen so tiefen Schlaf verfallen sei, daß er nichts erfahren habe. Hierüber spotteten seine Brüder, und verhöhnten ihn, daß er besser als sie sein Abenteuer bestehen zu können geglaubt, da sie doch in Allem besser als er wären.

Es war nun eine geraume Zeit verstrichen, und der Tag kam näher, den die Königstochter zur Hochzeit bestimmt hatte. Da ging der Jüngling zu seinem Vater, und bat ihn, ein Gastmahl zuzubereiten, und dazu seine Freunde und Verwandten einzuladen. Der Bauer that nach dem Willen seines Sohnes. Es wurde ein großes Gastmahl zubereitet, und es mangelte an nichts, was zu guter Verpflegung gehört. Als aber die Mitternacht herangekommen, und die Gäste munter geworden, hörte man plötzlich außerhalb der Stube ein starkes Geräusch, und es fuhr ein prächtiger Wagen vor, von wilden Füllen gezogen; im Wagen aber saß die schöne Königstochter als Braut gekleidet, und mit ihr waren die beiden Hoffräulein. Da herrschte große Verwunderung unter allen Gästen, wie man sich wol denken kann. Der Jüngling aber empfing seine Braut mit Freuden, und erzählte nun den Leuten, welches Abenteuer er in jener Nacht bestanden, als er die Wiese seines Vaters bewachte. Hierauf wurde die Hochzeit mit Lust und Freude begangen, und Alle, welche die junge Braut sahen, priesen den Jüngling glücklich, daß er eine solche Heirath geschlossen.

Früh am Morgen, ehe es Tag wurde, sagte die Prinzessin, daß sie fortgehen wolle. Da wurde der Bräutigam betrübt, und fragte, ob sie ihm noch eine kurze Stunde der Freude schenken könne. Die Königstochter entgegnete: „Mein Vater herrschte über das schöne Schloß, das östlich von der Sonne und nördlich von der Erde liegt. Er wurde von dem Riesen todtgeschlagen, und ich werde von diesem in harter Gefangenschaft gehalten, der ich mich nicht entziehen kann, als nur eine Stunde vor Mitternacht; wenn ich nicht zurück bin, ehe die Sonne aufgeht, gilt es mein Leben." Als der Jüngling dies hörte, wollte er seine Braut nicht zurückhalten, sondern bat sie, sogleich und recht glücklich heimzuziehen. Beim Abschied aber schenkte ihm die Königstochter zum Andenken einen goldenen Ring. Die beiden Hoffräulein gaben ihm jede einen Goldapfel; hierauf stiegen sie in ihren vergoldeten Wagen, und fuhren schnell ihres Weges.

Von diesem Tage an litt es den Jüngling nicht mehr daheim, denn es lag ihm stets im Sinn, wie er zu dem schönen Schlosse kommen könne, welches östlich von der Sonne, und nördlich von der Erde lag. Er ging daher eines Tages zu seinem Vater, und bat um Erlaubniß, fortziehen, und seine Braut aufsuchen zu dürfen. Der Greis antwortete, er möchte wol selbst dazu rathen, doch dürfte seine Fahrt ihm kaum viel Nutzen bringen. Der Jüngling nahm hierauf Abschied von seinen Verwandten, und zog allein vom Hause fort.

Er wanderte nun über Berge und grüne Thäler, durch viele und große Königreiche; doch hatte er noch Niemand gefunden, der von dem schönen Schlosse zu erzählen gewußt hätte. Eines Tages kam er zu einem sehr großen Walde. Im Walde vernahm man ein starkes Getöse und als der Jüngling weiter ging, sah er zwei Riesen, die sich heftig stritten. Da fragte er: „Weßhalb balgt ihr zwei Riesen euch hier herum, und zankt euch miteinander?" Der eine Riese antwortete: „Je nun, unser Vater ist todt, und wir haben sein Erbe getheilt. Hier aber ist ein Paar Stiefel, und wir können uns nicht vergleichen, welcher von uns sie besitzen soll." Der Jüngling sagte: „Ich will euren Streit schlichten. Wenn ihr nicht einig werden könnt, so schenkt mir die Stiefel, ich bin ein Wandersmann, und habe einen weiten Weg zu gehen." Der Riese antwortete: „Dies kann wol wahr sein, wie du sagst, es ist aber mit diesen Stiefeln nicht wie mit anderen Stiefeln, denn wer sie an hat, kann hundert Meilen gehen, in jeder Richtung." Als dies der Jüngling hörte, wollte er um so lieber die kostbaren Stiefel benützen, und sagte, die Riesen möchten sie ihm doch schenken, so wären sie den Gegenstand ihres Streites los. Wie er nun also für sich sprach, schien es den Riesen ein guter Rath zu sein, und sie thaten, wie er gesagt. Der Jüngling nahm hierauf die Stiefel, mit welchen er hundert Meilen auf jedem Wege machen konnte, und wanderte so weiter, weit fort in fremde Länder.

Als er eine geraume Zeit herumgereis't war, kam er wieder zu einem Walde, wo man viel Getöse und Lärm vernahm. Der Jüngling ging weiter, und sah zwei Riesen, die im heftigen Wortwechsel waren. Da fragte er: „Weßhalb treibt ihr Riesen euch hier herum, und streitet miteinander?" Der eine Riese entgegnete: „Je nun, unser Vater ist todt, und wir haben sein Erbe unter uns getheilt. Hier ist aber ein Mantel, und wir können uns nicht vergleichen, welcher von uns ihn besitzen soll." Der Jüngling sagte: „Ich will euren Streit schlichten. Könnt ihr durchaus nicht einig werden, so schenkt dann mir den Mantel, ich bin ein Wandersmann, und habe weit zu reisen." Da antwortete der Riese: „Es kann wol wahr sein, was du sagst; es ist aber mit diesem Mantel nicht so, wie mit anderen Mänteln, denn derjenige, welcher ihn um hat, wird unsichtbar." Als der Jüngling dies hörte, bekam er große Lust, den kostbaren Mantel zu besitzen, und sagte zu den Riesen, sie möchten ihm denselben nur geben, so hätten sie keine Ursache mehr zu streiten. Wie er nun also für sich sprach, schien es den Riesen ein guter Rath zu sein, und sie thaten, wie er gesagt. Der Jüngling nahm hierauf den Mantel, welcher ihn unsichtbar machte, un wanderte so weiter; weit, weit fort in fremde Länder.

Als er nun eine geraume Zeit gereis't war, kam er wieder zu einem großen Walde, wo man viel Getöse und Lärmen vernahm. Der Jüngling ging hinein, und sah zwei Riesen, die in einem heftigen Streit waren. Da fragte er: „Warum treibt ihr euch hier herum und zankt, ihr Riesen, mit einander?" Der eine Riese entgegnete: „Je nun, unser Vater ist todt, und wir haben das Erbe nach ihm getheilt. Hier aber ist ein Schwert, und wir können uns nicht vergleichen, welcher von uns es besitzen soll." Der Jüngling sagte: „Ich will eueren Streit schlichten. Könnt ihr durchaus nicht einig werden, so schenkt mir dann das Schwert. Ich bin ein Wandersmann, und habe weit zu wandern." Der Riese entgegnete: „Es kann wol wahr sein, was du sagst, es ist aber mit diesem Schwerte, nicht wie mit anderen Schwertern, wer immer mit dessen Spitze berührt wird, stirbt sogleich, wenn man aber ihn mit dem Hefte berührt, lebt er wieder auf." Als der Jüngling dies hörte, bekam er große Lust, das kostbare Schwert zu besitzen, und meinte, daß die Riesen es ihm wol geben könnten, so hätten sie keine Ursache weiter zu streiten. Wie er also für sich sprach, schien es den Riesen ein guter Rath zu sein, und sie thaten, wie er gesagt. Der Knabe aber band das kostbare Schwert an die Seite, zog die Hundertmeilenstiefel an seine Füße, hing den Mantel über die Achsel, und es däuchte ihm, daß er nun für seine weite Reise wol ausgerüstet wäre.

Eines Abends, als es dunkel wurde, kam der Jüngling in eine große Einöde, die kein Ende nehmen wollte. Als er nach allen Seiten umhersah, um Nachtherberge zu finden, gewahrte er ein kleines Licht, das durch die Bäume schimmerte. Der Jüngling ging dahin, und fand eine sehr kleine Hütte; in der Hütte aber wohnte ein altes, altes Weib, die schien so viele Menschenalter gelebt zu haben, als andere Menschen Winter verleben. Der Knabe trat ein, grüßte höflich, und fragte, ob sie ihm über Nacht Herberge geben könne. Als nun das Weib ihn sprechen hörte, sagte sie: „Wer bist du, der hieher gekommen, und so freundlich grüßet? Ich habe hier gewohnt, während zwölf Eichenwälder emporwuchsen, und zwölf Eichenwälder verfaulten, noch kam aber Niemand hieher, der so freundlich grüßte." Der Jüngling erwiederte: „Ich bin ein armer Wandersmann, der das schöne Schloß, östlich von der Sonne, und nördlich von der Erde sucht. Könnt ihr mir wol den Weg zeigen, liebe Mutter?" „Nein," sagte die Alte, „dies kann ich nicht. Ich bin aber die Herrscherin über die Thiere auf der Erde, vielleicht findet sich unter ihnen eines, das dir dorthin verhelfen kann." Der Jüngling dankte für diesen guten Rath, und so blieb er dort über Nacht.

Früh am Morgen, als die Sonne im Osten schien, beschied die Alte ihre Unterthanen zur Versammlung. Da kamen aus dem Walde alle Gattungen von Thieren gelaufen, Bären, Wölfe und Füchse, und sie fragten, was ihre Königin befehle. Die Alte sagte, daß sie wissen wolle, ob eines unter ihnen sei, welches den Weg zu dem schönen Schloſſe, öſtlich von der Sonne, und nördlich von der Erde wüßte. Die Thiere hielten hierauf eine lange Berathung, aber keines wußte von dem ſchönen Schloſſe zu erzählen. Da ſagte das Weib zum Jüngling: „Ich kann dir nun nicht weiter helfen. Viele tauſend Meilen von hier aber wohnt meine Schweſter. Sie herrſcht über die Fiſche im Meere; vielleicht weiß ſie beſſeren Beſcheid." Der Junge nahm nun von der Alten Abſchied, dankte für ihren guten Rath, und wanderte ſeines Weges. Nachdem er nun einen ſehr weiten Weg gegangen war, kam er ſpät Abends in eine große Wildniß. Als ſich nun der Junge nach einer Herberge umſah, bemerkte er ein kleines Licht, das durch die Bäume ſchimmerte. Er ging hin, und fand eine kleine, ganz verfallene Hütte, die am Meeresſtrande lag; in der Hütte aber wohnte ein altes, altes Weib, die ebenſo viele Mannesalter gelebt zu haben ſchien, als ein anderer Menſch Mondeswechſel erlebt. Der Jüngling trat ein, grüßte die Alte von ihrer Schweſter, und fragte, ob er dort über Nacht bleiben könne. Als ihn nun das Weib reden hörte, ſagte ſie: „Wer biſt du, wie kommſt du hieher, und weßhalb grüßeſt du ſo freundlich? Ich habe vierundzwanzig Eichenwälder aufwachſen, und vierundzwanzig Eichenwälder verfaulen geſehen, aber noch Niemand kam hieher, der ſo freundlich grüßte." Der Knabe entgegnete: „Ich bin ein armer Wandersmann, der das ſchöne Schloß öſtlich von der Sonne, und nördlich von der Erde ſucht, wohin Keiner kommen kann. Vielleicht könnt ihr mir den Weg zeigen, liebe Mutter?" „Nein," ſagte die Alte, „ich ſelbſt kann es wol nicht, ich bin aber die Beherrſcherin der Fiſche im Meere. Vielleicht ist einer unter ihnen, der dir dorthin verhelfen kann." Der Jüngling dankte für ihren guten Rath, und blieb dort über Nacht.

Früh am Morgen, als es tagte, versammelte das Weib ihre Unterthanen. Da kamen alle Fische des Meeres zusammen, Wallfische, Hechte und Lare, und fragten, was ihre Königin befehle. Die Alte sagte, daß sie wissen wolle, ob einer unter ihnen sei, der den Weg zu dem schönen Schlosse, östlich von der Sonne und nördlich von der Erde wüßte, wohin Keiner kommen kann. Die Fische beriethen sich lange, der Schluß aber war, daß keiner unter ihnen von dem schönen Schlosse zu erzählen wußte. Da sagte das Weib zum Jüngling: „Du siehst, daß ich dir nicht weiter helfen kann, ich habe aber noch eine Schwester, die viele tausend Meilen von hier wohnt. Sie herrscht über die Vögel in der Luft. Geh' zu ihr, wenn sie keinen Rath weiß, so findet sich kein Rath hierzu." Der Junge nahm hierauf von der Alten Abschied, dankte sehr für ihre Bereitwilligkeit, und begab sich wieder auf die Wanderung.

Nachdem er wieder einen sehr weiten Weg gereis't war, ja viele tausend Meilen weit, kam er spät Abends in eine große Wildniß, die ohne Ende zu sein schien. Als der Junge sich nun nach einer Herberge umsah, bemerkte er ein kleines Licht, das durch die Bäume schimmerte. Er ging hinein, und fand eine sehr kleine, und verfallene Hütte, die auf dem Berge lag; in der Hütte aber wohnte ein altes, altes Weib, das ebenso viele Mannesalter gelebt zu haben schien, als ein anderer Mensch Tage erlebt. Der

Junge trat ein, grüßte die Alte von ihren Schwestern, und fragte, ob sie ihm über Nacht keine Herberge geben könne. Als ihn nun das Weib sprechen hörte, sagte sie: „Wer bist du, wie kommst du hieher, und weßhalb grüßest du so freundlich? Ich habe achtund vierzig Eichenwälder aufwachsen, und achtund vierzig Eichenwälder verfaulen sehen, noch aber kam Niemand hieher, der so freundlich grüßte." Der Knabe entgegnete: „Ich bin ein armer Wandersmann, der das schöne Schloß, östlich von der Sonne, und nördlich von der Erde sucht, wohin kein Mensch kommen kann. Vielleicht könnt ihr mir den Weg zeigen, liebe Mutter?" „Nein," sagte die Alte, „das kann ich wol selbst nicht, ich bin aber die Beherrscherin der Vögel in der Luft. Vielleicht ist einer unter ihnen, der dir dazu verhelfen kann. Der Junge dankte für den guten Rath des Weibes, und verweilte dort über Nacht.

Früh am Morgen, ehe der Hahn krähte, rief die Alte ihre Unterthanen zum Rathe zusammen. Da kamen alle Vögel des Himmels, Adler, Schwäne und Habichte geflogen, und fragten, was ihre Königin befehle. Das Weib sagte, daß sie sie deßhalb hieher berufen, weil sie wissen wolle, ob einer unter ihnen den Weg zum schönen Schlosse, östlich von der Sonne, und nördlich von der Erde fände. Die Vögel beriethen sich hierauf lange; der Schluß war aber, daß keiner unter ihnen von dem schönen Schlosse zu erzählen wisse. Da ward das Weib unwillig, und fragte: „Seid ihr Alle versammelt, ich sehe den Vogel Phönix nicht?" Die Vogelschaar entgegnete, daß der Vogel Phönix noch nicht gekommen wäre.

Als sie nun lange warteten, sahen sie den schönen Vogel durch die Luft heranfliegen, er war aber so müde, daß er kaum die Schwingen zu bewegen vermochte, und auf die Erde niedersank. Nun freute sich die ganze Schaar, daß der Vogel Phönix gekommen war, das Weib aber war sehr erzürnt, und fragte, warum er so lange auf sich warten ließ. Der arme Vogel bedurfte einige Zeit, um sich zu erholen. Hierauf antwortete er demüthig: „Zürne nicht, daß ich so lange gezaudert, aber ich bin einen sehr weiten Weg geflogen. Ich bin im fernen Lande gewesen, bei dem schönen Schlosse, daß östlich von der Sonne, und nördlich von der Erde liegt." Nun war die Königin wieder zufrieden, und sprach: „Es mag deine Strafe sein, daß du noch einmal zu dem schönen Schlosse fliegen, und den jungen Mann auf den Weg mitnehmen sollst."

Dem Vogel Phönix schien dies wol eine harte Bedingung zu sein, er mußte aber gehorchen. Der Junge nahm hierauf von dem alten Weibe Abschied, und setzte sich auf den Rücken des Vogels. Sobann trug er ihn hoch in die Luft, über Berge und Thäler, über das blaue Meer, und die grünen Wälder.

Als sie nun lange gereis't waren, fragte der Vogel Phönix: „Junge, siehst du Nichts?" „Ja," sagte der Junge, „ich glaube eine blaue Wolke am Himmelsrande zu sehen." „Dies ist das Land, dorthin wollen wir fliegen," sagte der Vogel. Sie reis'ten nun einen sehr langen Weg, und es währte bis Abend. Da fragte der Vogel Phönix wieder: „Junge, siehst du Nichts?" „Ja," sagte der Junge, „ich sehe einen Fleck in der blauen Wolke, der so klar schimmert, wie die Sonne selbst." Der Vogel erwiederte: „Dies ist das Schloß, dorthin wollen wir fliegen." Sie reisten nun einen sehr langen Weg, und es währte, bis es Nacht wurde. Da fragte der Vogel Phönix zum drittenmal: „Junge, siehst du Nichts?" „Ja," sagte der Junge, „ich sehe ein großes Schloß, das überall von Gold und Silber glänzt." „Nun sind wir da," sagte der Vogel. Er flog hierauf hinab in die schöne Burg, und setzte den Jungen auf den Boden. Der Knabe aber dankte für die große Mühe, und so kehrte der Vogel Phönix durch die Luft dahin zurück, woher sie gekommen.

Um Mitternacht, als alle Trolle im tiefen Schlummer lagen, ging der Jüngling zur Pforte des Schlosses hin, und klopfte an. Da schickte die Königstochter ihr Mädchen, um zu erfahren, wer es wäre, der so spät hieher gekommen. Als nun das Hoffräulein zum Thore kam, warf der Jüngling ihr einen Goldapfel zu, und bat, ihn hineinzulassen. Das Mädchen aber erkannte ihren eigenen Apfel, und wußte daher, wer gekommen war. Sie eilte sogleich zu ihrer Herrin, und erzählte die merkwürdige Neuigkeit. Die Königstochter aber wollte nicht glauben, daß das wahr sei, was sie sagte.

Die Prinzessin schickte nun ihr anderes Hoffräulein. Als aber das Mädchen zur Schloßpforte kam, warf der Jüngling ihr den zweiten Goldapfel zu. Da erkannte sie ihren eigenen Apfel, und eilte freudig zu ihrer Herrin zu erzählen, wer außen sei. Die Königstochter aber wollte noch nicht ihren Worten glauben, sondern ging selbst zur Pforte, und fragte, wer es sei, der anklopfe. Da reichte ihr der Jüngling den Goldring, den sie ihm selbst gegeben hatte. Nun wußte die Prinzessin, daß ihr Bräutigam gekommen war, sie öffnete daher die Pforte, und empfing ihn mit großer Freude und Liebe, wie man wol denken kann.

Der Jüngling setzte sich hierauf zu seiner schönen Braut, und sie plauderten miteinander liebevoll die Nacht hindurch. Als es aber gegen Morgen kam, wurde die Königstochter sehr betrübt, und sagte: „Wir müssen nun scheiden. Wenn ich dir lieb bin, eile hinweg, ehe die Trolle erwachen, sonst gilt es dein Leben." Braut und Bräutigam nahmen hierauf von einander Abschied, und die Königstochter weinte viele Thränen. Der Jüngling aber wollte nicht entfliehen, sondern warf seinen Mantel um die Schulter, zog die Hundertmeilenstiefel an, band sein kostbares Schwert an die Seite, und machte sich bereit, einen Kampf mit den Trollen zu wagen.

Früh am Morgen ward es lebendig, und es bewegte sich im ganzen Schlosse. Die Schloßpforte wurde aufgeschlagen, und die Trolle kamen einer nach dem andern gegangen. Der Jüngling aber stand am Eingange mit gezogenem Schwert, und wie die Trolle kamen, war er sogleich bereit, und hieb ihre Häupter ab, ehe sie ihn gewahrten. Es war ein blutiges Spiel, und es endete nicht eher, bis alle Trolle ihr Lebensende erreicht hatten. Als es Tag wurde, schickte die Königstochter ihre Mädchen, um Nachricht zu erhalten, wie der Kampf abgelaufen sei. Die Mädchen kamen zurück, und erzählten, daß der Jüngling am Leben sei, alle Trolle aber erschlagen seien. Da wurde die Jungfrau wieder froh, und es schien ihr, daß sie nun alle ihre Schmerzen überwunden habe.

Als die erste Freude vorüber war, sagte die Prinzessin: „Nun ist unser Glück so groß, daß es nicht größer, werden kann, nur das fehlte noch, daß ich wieder meine Verwandten um mich hätte." Der Jüngling erwiederte: „Zeige mir, wo sie begraben liegen, ich will sehen, ob ich ihnen helfen kann." Sie gingen zum Orte hin, wo der Vater der Prinzessin, und die übrigen Verwandten lagen. Der Jüngling aber berührte sie Alle mit dem Griffe seines Schwertes, und sie lebten auf, der Eine nach dem Andern. Als sie nun zum Leben gekommen, herrschte große Freude am ganzen Königshof, und Alle dankten dem Jüngling, daß er sie befreit habe. Die Verwandten der Prinzessin nahmen den Jüngling zu ihren König, und die schöne Jungfrau ward ihre Königin. Der Jüngling aber beherrschte sein Reich mit Glück; und ward ebenso reich an Jahren, als an Freunden. Seine Königin gebar ihm rüstige Söhne, und schöne Töchter, und so wohnten und lebten sie im Frieden ihr ganzes Leben lang.

Hier endet die Sage von dem schönen Schlosse, östlich von der Sonne, und nördlich von der Erde, und man kann daraus den alten Spruch lernen, daß treue Liebe Alles überwindet.

IX.
Das Land der Jugend.

Aus Süd-Smäland.

Es war einmal ein König, der über ein mächtiges Reich herrschte. Er war tapfer im Streit, klug im Rathe, und alle seine Unternehmungen nahmen einen guten Ausgang. Als aber Jahre verstrichen waren, wurde der König alt und grau, so daß er wol merken konnte, daß er nicht lange leben werde. Da ward er traurig, denn er hatte das Leben lieb, und fragte daher alle weisen Männer in seinem Reiche, ob es nicht irgend ein Mittel gebe, dem Tode zu entkommen. Die weisen Männer schüttelten ihre Köpfe, und beriethen sich, keiner aber wußte die Frage des Königs zu beantworten.

Eines Tages kam eine alte Wahrsagerin an den Königshof, die weit über das Wasser, und die Länder gereis't, und wegen ihrer Weisheit und Klugheit berühmt war. Der König fragte das alte Weib, ob sie nichts Neues wüßte. Da sagte das Weib: „Herr und König! Es ist mir gesagt worden, daß du dich sehr fürchtest, zu sterben, da du nun alt geworden bist. Darum bin ich hieher gekommen, um dich zu lehren, wie du Jugend und Gesundheit wieder gewinnen kannst." Mit diesen Worten war der König wol zufrieden und fragte, wie das geschehen könne? „Die Wahrsagerin erwiederte: „Weit, weit, viele tausend Meilen von hier liegt ein Land, welches **das Land der Jugend** heißt. In diesem Lande findet man eine Art Zauberwasser, und wächst eine Gattung kostbarer Aepfel. Wer von dem Wasser trinkt, und von den Aepfeln ißt, der wird von Neuem jung, als wäre er nie alt gewesen. Nicht Viele aber gibt es, die davon kosten, denn der Weg ist weit, und voll Gefahren." Als der alte König dies hörte, ward er sehr froh, und belohnte die Wahrsagerin reichlich für ihren guten Rath. Damit schieden sie von einander.

Der König überlegte nun bei sich, wie er das wunderbare Wasser, und die köstlichen Aepfel erhalten könne; endlich beschloß er, einen von seinen Söhnen zu schicken, um sie zu holen. Zu dem Ende ließ er den ältesten Prinzen reichlich mit Geld, und mit allem Nothwendigen versehen, und sandte ihn auf den Weg. Nachdem der Prinz weit gereis't war, kam er zu einer Stadt, die ihm sehr gefiel. Da vergaß er bald sein Unternehmen, lebte in Lust und Ueppigkeit, und dachte nicht weiter an sein Versprechen, nach dem fernen Land zu reisen, um das Lebenswasser für seinen Vater zu holen.

Es verstrich so einige Zeit, und der König sehnte sich sehr nach der Rückkunft seines Sohnes, man hörte aber nichts von ihm. Da ließ der Greis seinen anderen Sohn mit Habe und Geld versehen, und schickte auch ihn, das gepriesene Land der Jugend aufzusuchen. Nachdem der Jüngling aber einen weiten Weg gereis't war, kam er zu einer Stadt, und traf seinen Bruder. Nun ging es ihm, wie es dem ältesten Prinzen ergangen. Er vergaß sofort sein Unternehmen, ergab sich dem Wein und Buhldirnen, und dachte nicht weiter an sein Versprechen, die Jugendäpfel und das Lebenswasser für seinen Vater zu holen.

Als wieder eine geraume Zeit verstrich und keiner von den Prinzen zurückkam, ward der alte König von Kummer und Alter sehr gebrechlich. Da ging der jüngste Prinz zu seinem Vater, und bat, daß er fortziehen, und das gepriesene Land der Jugend aufsuchen dürfe. Da nun der König nur mehr den einzigen Sohn übrig hatte, wollte er ungern in das Begehren des Jünglings einwilligen, und bat ihn, daheim zu bleiben. Der Königssohn aber blieb fest bei seiner Meinung, und so behielt er zuletzt Recht. Der König ließ nun seinen jüngsten Sohn mit Gut und Geld ausrüsten, und der Jüngling begab sich auf den Weg. Der Greis aber saß einsam, und verlassen in seinem Reiche, und erwartete mit vieler Unruhe, ob einer von seinen Söhnen wieder heimkommen würde.

Der Jüngling reiste nun weit, und kam zuletzt zu einer großen Stadt, wo er seine älteren Brüder traf. Da baten ihn die Königssöhne, bei ihnen zu bleiben, und um den alten Greis daheim sich nicht weiter zu bekümmern. Der Prinz aber wollte sein Wort nicht brechen, sondern schlug ihr Begehren ab. Er nahm Abschied von seinen Brüdern, und zog weit umher, durch viele und große Reiche. Wem er immer begegnete, fragte er um den Weg zum Jugendlande, es fand sich aber Niemand, der davon zu erzählen, oder nur irgend einen Bescheid zu geben wußte.

Eines Tages kam der Jüngling in einen sehr großen Wald. Als er aber umhersah, um eine Herberge zu finden, erblickte er ein Licht, das in weiter Entfernung durch die Bäume flimmerte. Der Prinz ging hin, und kam zu einer kleinen Erdhütte, wo ein sehr altes Weib wohnte. Der Königssohn fragte, ob er da über Nacht bleiben könne, und das Weib willigte in sein Begehren. Als sie nun miteinander sprachen, fragte das alte Weib nach seiner Abkunft, und nach seinem Vorhaben. Der Prinz antwortete, daß er ein Königssohn sei, der fortgezogen, daß Jugendland zu suchen, und fragte zugleich, ob ihm die Alte nicht irgend eine Auskunft davon geben könne. Da sagte das Weib: „Ich habe dreihundert Winter gelebt, und Keiner hat mir von dem Lande erzählt, das du nennst. Ich herrsche aber über die Thiere auf der Erde. Vielleicht ist einer unter meinen Unterthanen, der den Weg dahin findet. Morgen Früh will ich sie darum fragen." Der Königssohn dankte sehr für diesen guten Willen, und verweilte dort über Nacht.

Als nun der Tag graute, und die Sonne aufging, ging das Weib hinaus, und blies in ihre Pfeife. Da entstand ein starkes Getöse im Walde, und es kamen alle vierfüßigen Thiere gelaufen, von nah und fern. Als die Thiere versammelt waren, und ihrer Königin gehuldiget hatten, fragte die Alte, ob Eines unter ihnen wäre, das den Weg zum Jugendlande kenne. Die Thiere hielten

hierüber eine lange Berathung, es war aber keines, daß
auf die Frage der Königin zu antworten wußte. Da wendete sich das alte Weib zu dem Königssohn, und sagte:
"Ich kann dir nun nicht weiter beistehen. Ich habe aber
eine Schwester, die herrscht über die Vögel in der Luft.
Grüße sie von mir, vielleicht weiß sie irgend eine Hilfe."
Das Weib befahl nun dem Wolfe, den Jüngling zu ihrer
Schwester zu führen, und hiermit endigte ihr Gespräch.
Der Königssohn aber setzte sich auf den Rücken des Wolfes, und dieser trug ihn über Wälder und Flächen, über
Berge und Thäler, auf so manchem öden Weg.

Spät am Abend, als die Sonne in den Wald gegangen, sahen sie ein Licht, das durch die Bäume flimmerte. Da sagte der Wolf: "Nun sind wir am Ziele, denn
hier wohnt die Schwester meiner Königin." Er kehrte wieder heim; der Königssohn aber ging hinein, und fand
ein sehr altes Weib, das in einer Erdhütte wohnte.
Während sie nun zusammen sprachen, fragte die Alte um
seine Abkunft und sein Vorhaben. Der Prinz antwortete,
daß er ein Königssohn sei, der fortgezogen, um das Jugendland zu suchen, und grüßte sie von ihrer Schwester,
die über die Thiere der Erde herrschte. Da nahm das
Weib das Wort: "Ich habe sechshundert Winter gelebt,
und noch hat mir Niemand von dem Lande erzählt, das
du nennst. Ich herrsche aber über alle Vögel in der Luft,
vielleicht ist einer unter meinen Unterthanen, der den Weg
dahin findet. Morgen in aller Früh will ich sie darum
fragen." Der Königssohn dankte, wie es sich gehörte, für
den guten Willen des Weibes, und so blieb er dort über Nacht.

Als nun der Tag anbrach, ging das Weib hinaus, und blies in ihre Pfeife. Da entstand ein starkes Sausen und Donnern in der Luft, und es kamen alle Vögel des Himmels geflogen, sowol große, als kleine, aus der Nähe und aus der Ferne. Als sie nun versammelt waren, und ihrer Königin gehuldigt hatten, fragte die Alte, ob es Einen unter ihnen gebe, der den Weg zum Land der Jugend wüßte. Die Vögel hielten nun hierüber eine lange Berathung; der Schluß aber war, daß keiner die Frage der Königin zu beantworten wußte.

Da wendete sich das alte Weib zum Königssohn, und sagte: „Ich kann dir nun nicht weiter helfen. Ich habe aber eine Schwester, die herrscht über die Fische im Meere. Reise hin, und grüße sie von mir. Weiß sie keinen Rath, so gibt es Niemand, der einen wüßte." Das Weib befahl nun dem Adler, den Jüngling zu ihrer Schwester zu tragen, und hiermit schieden sie. Der Königssohn aber stieg auf den Rücken des Adlers, und so wurde er, wie von einem Sturmwind über's blaue Meer und über grüne Länder getragen.

Spät am Abend sahen sie ein Licht, das durch die Bäume zitterte. Da sagte der Adler: „Nun sind wir am Ziele, denn hier wohnt die Schwester meiner Königin." Er nahm Abschied von dem Jüngling, und flog wieder zu seiner Herrin heim. Der Königssohn aber trat in die Stube, und fragte, ob sie ihn beherbergen könne. Das Weib willigte gerne ein. Während sie nun zusammen sprachen, fragte die Alte nach seiner Abkunft, und nach seinem Unternehmen. Der Prinz antwortete, daß er ein Königssohn fri, der fortgezogen, um das Land der Jugend zu suchen, und grüßte sie zugleich von ihrer Schwester, die über die Vögel in der Luft herrschte. Da nahm das Weib das Wort: „Ich habe nun neunhundert Winter gelebt, und noch nie hat mir Jemand von dem Lande erzählt, das du nennst; ich herrsche aber über die Fische im Meere; vielleicht ist einer unter meinen Unterthanen, der den Weg dahin findet. Früh Morgens will ich darnach spähen." Der Jüngling dankte, wie es sich gehörte, für den guten Willen des Weibes, und verweilte dort über Nacht.

Zeitlich am Morgen, ehe es heller Tag wurde, ging das Weib hinaus, und blies in ihre Pfeife. Da entstand ein starkes Geräusch und Brausen im Meere, und das Wasser schäumte von den unzähligen Fischen, von großen und kleinen, die von nah und fern kamen. Als Alle zusammen gekommen waren, und ihrer Königin gehuldiget hatten, sprach das alte Weib, und sagte: „Ich habe euch deßhalb berufen, weil ich zu wissen wünsche, ob irgend Einer den Weg zu einem Lande kennt, das Jugendland heißt." Die Fische beriethen sich nun lange, das Ende aber war, daß keiner auf die Frage der Königin antworten konnte. Da wurde das Weib zornig, und sagte: „Ihr seid doch Alle versammelt? Ich kann den alten Wallfisch nicht sehen, der sonst doch nicht der geringste unter euch ist." In demselben Augenblicke vernahm man ein starkes Brausen aus dem Meere herauf, und der alte Wallfisch kam schnell herangeschwommen. Die Alte fragte, warum er nicht mit den übrigen gekommen sei; der Wallfisch aber entschulbigte sich, daß er einen so weiten Weg gereis't sei. „Wo bist du gewesen?" fragte die Alte. „Ich, antwortete der Fisch, ich bin manche tausend Meilen gereis't, ich komme gerade von einem schönen Lande, welches das Land der Jugend heißt."

Als dies das Weib hörte, war sie wol zufrieden, und sagte: „Dies mag deine Strafe für deinen Ungehorsam sein, daß du noch einmal zum Lande der Jugend reisest, und diesen Jüngling mit dir auf die Reise nimmst." Hierauf nahm sie von dem Königssohne Abschied, wünschte ihm Glück auf den Weg, und so schieden sie von einander. Der Jüngling aber setzte sich auf den Rücken des Wallfisches, und wurde nun wie ein Pfeil weithin über das Wasser getragen.

Sie reis'ten den ganzen Tag hindurch, und kamen spät Abends zu dem gepriesenen Jugendlande. Da sagte der Wallfisch: „Ich will dir nun einen guten Rath geben, welchen du genau befolgen sollst, wenn du sonst wünschest, daß dein Unternehmen glücken soll. In dem verzauberten Schlosse fällt Alles um die Mitternachtsstunde in tiefen Schlaf. Geh' dann in das Schloß hinauf, nimm einen Apfel und eine Flasche Wasser; verweile aber nicht, sondern eile sogleich zurück. Wenn du über die Mitternachtsstunde daselbst verweilst, gilt es unser beider Leben." Als der Königssohn dies hörte, dankte er dem Wallfisch für seinen guten Rath, und versprach, in Allem zu handeln, wie der Fisch gesagt hatte. Mitternachts ging der Prinz zu dem verzauberten Schlosse hinauf, und fand Alles, wie der kluge Wallfisch erzählt. An der Schloßpforte waren wilde Thiere, Bären, Wölfe und Drachen, alle aber lagen in einer tiefen Betäubung, und es schien, als hätte das Schloß dasselbe Geschick. Der Prinz wanderte durch viele große Zimmer, das eine prächtiger als das andere, und er konnte sich nicht genug über den vielen Reichthum verwundern, der überall vor seinen Augen lag. Zuletzt kam er in einen großen Saal, der schön mit Decken von Gold und Silber ausgeschmückt war. Mitten in dem großen Saale wuchs ein Baum mit den allerkostbarsten Aepfeln, und neben dem Baume war zugleich die Quelle, deren Wasser wie klares Gold schimmerte, und einen wunderbaren Klang gab, wenn es über die Steine floß. Da begriff der Königssohn, daß er endlich das gefunden hatte, wornach er so lange gesucht. Er sprang daher hin, pflückte sein Ränzel mit den schönen Aepfeln voll, und füllte seine Flasche mit dem Lebenswasser aus der kostbaren Quelle.

Der Jüngling sollte nun zurückkehren, er konnte aber nicht seine Begierde bezähmen, noch eine kleine Weile sich in dem verzauberten Schlosse umzusehen. Er setzte daher seine Wanderung von Zimmer zu Zimmer, von Saal zu Saal fort, und es schien ihm, daß das eine jedesmal das andere übertreffe. Endlich kam er in ein Zimmer, das vor allen übrigen reich mit Gold, Silber und Edelsteinen geschmückt war. Mitten in dem prächtigen Zimmer stand ein Bett mit blauseidenen Polstern, und auf dem Bette schlummerte eine Jungfrau, so schön, daß ihr wol keine in der Welt gleichen mochte. Da wurde dem Jüngling das Herz in der Brust bewegt, er vergaß die Warnung des klugen Wallfisches, und schlief an dem Busen der schönen Königstochter ein.

Nachdem der Jüngling geschlummert hatte, und seinen Rückweg antreten sollte, schien es ihm, daß er es der Jungfrau wol wissen lassen müsse, wer es war, der ihre Gunst genossen hatte. Zu dem Ende schrieb er auf die Wand, daß der Prinz Venius von England dort gewesen, und eilte aus dem Schlosse fort. Es war auch hohe Zeit, denn kaum war er durch die Schloßpforte gegangen, als Alles aus seiner Betäubung erwachte; die Thiere brüllten, die Waffen rasselten, und das ganze Schloß ward lebendig und bewegte sich. Der Prinz aber setzte sich schnell auf den Rücken des Wallfisches, und schnell trug ihn dieser gleich dem Winde über die Wogen.

Sie reisten so einige Zeit, und kamen auf das wogende Meer hinaus. Da tauchte der Wallfisch plötzlich unter das Wasser, und zog den Prinzen mit sich hinab. Als sie wieder hinaufgekommen, war der Jüngling sehr erschrocken, und dachte, daß sein Ende nahe wäre. Der Wallfisch fragte: „Erschrakst du?" Der Prinz bejahte es. Der Wallfisch aber entgegnete: „Ich erschrak gleichfalls, als du so viel Aepfel nahmst."

Sie reisten noch eine Weile, und der Wallfisch tauchte wieder in das Meer unter. Diesmal aber blieb er länger unter dem Wasser, als früher, und als sie wieder herauf gekommen, war der Prinz vor Schreck beinahe halbtodt. Der Wallfisch fragte: „Erschrakst du?" Der Jüngling bejahte es. Der Wallfisch aber erwiederte: „Ich erschrak gleichfalls, als du bei der jungen Prinzessin schliefst."

Sie reisten nun wieder eine Weile, und der Wallfisch tauchte zum dritten Male unter das Meer; diesmal aber fuhr er so tief, daß der Prinz nie mehr das Tageslicht zu schauen glaubte. Als sie heraufgekommen, fragte der Wallfisch von Neuem: „Erschrakst du?" Der Jüngling bejahte es; der Fisch sagte hierauf: „Ich erschrak gleichfalls, als du deinen Namen an die Wand des Saales schriebst." Sie setzten hierauf ihren Weg fort ohne weitere Abenteuer, bis sie zum anderen Ufer kamen.

Der Prinz nahm nun von dem alten Wallfisch Abschied, und ging zum alten Weibe, die neunhundert Winter gesehen hatte. Als ihn das Weib sah, freute sie sich, daß sein Abenteuer so gut abgelaufen war. Der Jüngling aber sagte, daß er ihr den guten Beistand wieder vergelten wolle, und gab ihr einen Apfel vom Jugendlande, und einen Trunk von dem köstlichen Lebenswasser. Das Weib aß und trank, und ließ es sich wohl schmecken. Da sah man ein großes Wunder, denn das alte Weib verwandelte ihre Gestalt, die Runzeln verschwanden von ihrem Antlitz, der Mund füllte sich mit frischen Zähnen, der Busen hob sich, und sie stand wie eine blühende Maid da, wie sie in ihren jungen Tagen war. Die Fischkönigin konnte nicht genug die wunderbare Veränderung preisen, und dankte dem Königssohn über die Maßen für seinen großen Dienst. Hierauf schieden sie von einander. Beim Abschiede aber sagte das Weib: „Ich will dich für deine gute Gabe belohnen. Hier hast du einen Zaum, wenn du damit schüttelst, kommt ein Zelter hervor, der so schnell wie der Wind ist, er wird dich tragen, wohin du wünschest."

Der Jüngling rüttelte nun an dem Zaum, wie die Fischkönigin ihn gelehrt hatte, und sogleich kam ein schöner Zelter hervor, der ihn zu dem alten Weibe trug, die sechshundert Winter gesehen. Als ihn nun die Vogelkönigin sah, freute sie sich, daß sein Unternehmen so gut abgelaufen war. Der Königssohn dankte aber für den Dienst, und sagte, daß er ihr den guten Beistand wieder vergelten wolle. Er gab ihr daher einen Apfel vom Jugendlande, und einen Trunk von dem kostbaren Lebenswasser. Das Weib aß und trank, und ließ es sich wohl schmecken. In demselben Augenblicke sah man ein neues Wunder, denn das alte Weib verwandelte ihre Gestalt, die Runzeln wichen aus ihrem Angesicht, der Mund lächelte, der Busen hob sich, und sie stand da vor dem Prinzen wie eine Jungfrau in jungen Tagen. Die Vogelkönigin konnte nicht genug diese seltsame Veränderung loben, und dankte dem Jungen über die Maßen für seinen großen Dienst. Hierauf schieden sie sehr freundschaftlich von einander. Beim Abschiede aber sagte das Weib: „Ich will dich nun für deine Gabe belohnen. Hier hast du ein Tuch, wo du es immer ausbreitest, wird sich der Tisch mit kostbaren Gerichten decken." Der Jüngling nahm das kostbare Tuch, setzte sich auf sein Füllen, und ritt fort, bis er zu dem Weibe kam, welches dreihundert Winter gelebt hatte. Als ihn nun die Thierkönigin gewahrte, hatte sie eine große Freude, daß sein Abenteuer ein so gutes Ende genommen habe, und empfing ihn sehr freundschaftlich. Der Junge aber sagte, daß er ihr den guten Beistand wieder vergelten wolle, und gab ihr einen Apfel vom Jugendlande, und einen Trunk von dem köstlichen Lebenswasser. Das Weib aß und trank, und ließ es sich wohl schmecken. Da sah man wieder ein großes Wunder, denn das alte Weib verwandelte ihre Gestalt, und ward von Neuem jung. Die Runzeln verschwanden aus ihrem Antlitz, die krumme Gestalt richtete sich auf, und sie stand da, wie ein Mädchen von seltener Schönheit. Die Thierkönigin konnte sich nicht genug über dies Alles freuen, und dankte dem Prinzen für seinen sehr großen Dienst. Hierauf schieden sie sehr freundschaftlich von einander. Beim Abschiede aber nahm das Weib ein Schwert hervor, gab es dem Jünglinge, und sagte: „Ich will dich für dein Geschenk belohnen. Hier hast du ein Schwert. Wem du immer damit drohst, der wird entweichen, wäre es auch das wildeste Thier." Der Königssohn schien nun aus Allem gut davon gekommen zu sein, und reiste daher weiter, bis er seine Brüder traf. Da war auf beiden Seiten große Freude. Als aber die älteren Königssöhne erfuhren, daß ihr Bruder in seinem Unternehmen glücklich gewesen, wuchs ein großer Neid in ihren Herzen, und sie überlegten mit einander, wie sie ihn überlisten, und selbst den Preis bei ihrem Vater gewinnen könnten. Sie gaben nun manches schöne Wort, und ließen ein prächtiges Gastmahl zubereiten. Nachts aber, als der Jüngling schlief, warteten die Brüder die Gelegenheit ab, und vertauschten die Jugendäpfel und das Lebenswasser, ohne daß der Prinz es wußte, oder auch nur eine solche Falschheit argwohnen konnte.

Der Junge nahm hierauf von seinen Brüdern Abschied, stieg auf seinen Zelter, und ritt zum Hofe seines Vaters heim. Da war der alte König wol zufrieden, daß er seinen jüngsten Sohn wieder erhalten, und der Prinz freute sich, daß sein Vater noch am Leben war. Er reichte seine Gaben dar, und bat den König, von den Aepfeln zu essen und vom Wasser zu trinken, damit er wieder von Neuem jung werde.

Es kam aber gegen die Vermuthung, denn man gewahrte keine Veränderung, sondern der Greis war und blieb gleich alt und grau, wie früher. Nun konnte der König nichts anderes denken, als daß sein Sohn mit ihm Spott treiben wolle, und wurde darüber höchlich erzürnt Der Prinz aber merkte, daß er betrogen worden war, und dieses ging ihm schwer zu Gemüthe.

Nach einiger Zeit kamen auch die beiden ältesten Brüder zum Königshof heim. Die hatten viel von ihrer Reise zu erzählen, und sprachen weitläufig von allen den Gefahren, die sie auf dem Wege zum Jugendlande bestanden. Hierauf gingen beide Prinzen zu ihrem Vater, und boten ihm die Aepfel und das Lebenswasser an, damit er von Neuem jung werde.

Der König aß und trank, und ließ es sich wohl schmecken. Nun sah man eine merkwürdige Erscheinung, denn der Greis veränderte seine Gestalt, sein graues Haar wurde blond, der Mund füllte sich mit Zähnen, die Runzeln verschwanden, und er stand da wie ein schöner Jüngling. Da herrschte eine große Freude über das ganze Reich, und der König pries die Treue und Tapferkeit seiner beiden ältesten Söhne, alle aber zürnten dem jüngsten Königssohne, daß er mit Lüge und Falschheit gekommen. Es ward nun das Urtheil gefällt, daß der Jüngling in die Löwengrube geworfen werden solle, und das Urtheil ging ohne alle Gnade in Erfüllung. Als aber die wilden Thiere den jungen Prinzen zerreißen wollten, drohte er ihnen mit seinem Schwerte, und sie thaten ihm keinen Schaden. Als der Prinz hungrig wurde, breitete er sein Tuch auf, und es füllte sich mit köstlichen Speisen. Er saß so sieben volle Jahre in der Löwengrube, und kein Mensch wußte, daß er noch am Leben war.

Die Sage wendet sich nun wieder zum Jugendlande. Dort entstand ein großer Aufruhr, als der Prinz entflohen war, denn das Lebenswasser war fort, die Aepfel waren fort, und was noch schlimmer war, die junge Prinzeſſin hatte ihre Ehre verloren. Nach Monaten kam die Königstochter in die Wochen, und gebar ein schönes Knäblein. Der kleine Prinz aber hatte in der linken Hand ein wunderbares Gewächs gleich einem Apfel, und der Apfel wollte nicht verschwinden. Da ließ die Königstochter alle weisen Weiber im ganzen Jugendlande versammeln, und fragte sie um Rath, wie ihr Sohn von seinem Gebrechen frei werden könnte. Die Weiber überlegten lange, und sprachen hin und her. Der Beschluß aber war, daß der junge Prinz nicht gesund werden könne, bevor er nicht seinen Vater wieder gefunden.

Es verstrich so eine geraume Zeit; der Knabe wuchs heran, und verrieth mehr Verstand und Faſſungsgabe als andere Kinder. Nichts war so künstlich, daß er nicht Rechenschaft davon zu geben vermocht hätte, und mit sieben Jahren konnte er den Namen seines Vaters buchstabiren, der auf der Wand des Saales geschrieben stand. Da bekam die Königstochter eine große Lust, fortzuziehen, und den Prinzen Venius aufzusuchen. Sie ließ ihre Schiffe in die See stechen, und rüstete sie auf das Allerbeste mit kostbaren Gütern, und gewählter Mannschaft aus. Hierauf ging die Prinzessin an Bord, zugleich mit ihrem jungen Sohn; die Segel wurden auf den vergoldeten Mastbaum aufgehißt, und so schifften sie schnell über das Meer nach England.

Als nun die prächtige Flotte vor die Stadt kam, herrschte viel Unruhe und Aufstand darin, denn Alle glaubten, daß es eine feindliche Heeresmacht wäre. Die Königstochter aber landete an der Brücke und schickte eine Gesandtschaft an den König, daß sie den Prinzen Venius sprechen wolle. Da ward der König sehr unentschlossen, denn er erinnerte sich recht wol, daß der Prinz den wilden Thieren vorgeworfen worden, obschon er es nicht bekennen wollte. Er hielt Rath mit seinen Mannen, und überlegte, was nun zu thun sei, keiner aber wußte Hilfe in einer solchen Gefahr. Der Beschluß fiel aber dahin aus, daß der König seinen ältesten Sohn schicken solle, da er den jüngsten nicht schicken könne. Die Gesandten wurden aber mit der Bothschaft an die Königstochter abgefertigt, daß der Prinz Venius den folgenden Tag kommen werde.

Früh Morgens ließ die Prinzessin goldene Decken über den Weg breiten, und setzte sich selbst mit ihrem kleinen Sohn auf die Schiffsbrücke, um den Königssohn zu empfangen. Nach einer Weile kam der Prinz aus der Stadt geritten, und wollte sich zum Schiffe begeben. Als er nun sah, welche prächtige Decken auf dem Wege ausgebreitet waren, konnte er sich nicht genug über all diesen

Reichthum wundern, und hielt bei Seite an, daß sein Zelter nicht auf so kostbare Stoffe trete. Er kam zur Schiffsbrücke herab, wo die Königstochter, umgeben von ihrer ganzen Mannschaft, auf dem Thron saß. Als ihn aber der kleine Knabe so vorsichtig einherschreiten sah, rief er mit Eifer: „Dies ist nicht mein Vater!" Der Apfel blieb in der Hand des Knaben, wie früher. Da mußte der Prinz mit wenig Ehren und unverrichteter Sache heimkehren. Die Prinzessin aber ließ verkündigen, daß sie nicht von hinnen fahren wolle, bis sie den rechten Prinzen Venius gefunden hätte.

Den anderen Tag schickte der König seinen anderen Sohn, es erging ihm aber ebenso. Der Prinz fürchtet sich, über die schönen Goldbecken zu reiten, und als er zur Schiffsbrücke kam, wo die Königstochter am obersten Platze saß, rief der Knabe, der zwischen ihren Knieen stand: „Dies kann mein Vater nicht sein." Der Apfel blieb auch in der Hand des Knaben, wie früher. Der Königssohn begab sich nun wieder heim, und es schien Allen, daß sie mehr Schande als Schaden erlitten. Als die Prinzessin aber nun wol merken konnte, daß man gegen sie mit List und Falschheit handle, wurde sie erzürnt, und ging mit ihrer Heeresmacht an's Land. Zugleich sandte sie einen Boten an den König, daß sie den rechten Prinzen Venius sehen wolle, wäre es auch blos ein Bein von ihm, sonst wollte sie keinen Stein auf dem andern in der ganzen Stadt lassen.

Als nun allgemeine Bestürzung herrschte, wußte der König in dieser großen Gefahr keinen Rath zu finden.

Endlich schien es ihm das Beste zu sein, einen Boten in die Löwengrube zu schicken, um zu untersuchen, ob dort noch einige Ueberbleibsel von seinem jüngsten Sohn zu finden wären. Als nun die Abgesandten in den Löwenhof kamen, um Beine von dem Prinzen Venius aufzusuchen, siehe, da saß er selbst, lebte und spielte mit den wilden Thieren. Da kann man sich wol denken, welche Freude über Stadt und Land herrschte, und Alle baten den Jüngling, daß er heraus gehe. Der Prinz aber war erzürnt, und wollte nicht kommen, bevor nicht sein eigener Vater einen Kniefall gethan, und zu bereuen versprach, was er früher verbrochen.

Den dritten Tag, als die Sonne aufging; ließ die Königstochter wieder Golddecken über den Weg breiten, und setzte sich auf ihren obersten Platz, der kleine Knabe aber stand zwischen ihren Knieen, und alle ihre Mannen waren um sie versammelt. Da kleidete sich Prinz Venius auf das Allerprächtigste in Seide und Scharlach, band das Schwert an die Seite, rüttelte seinen Zaum, und stieg auf seinen windschnellen Zelter. Er ritt so den Weg zum Schiffe hin; es schien aber Allen, die ihn sahen, als wenn er gerade durch die Luft flöge; denn ein so muthiger Reiter und ein so schneller Zelter wurden weder früher noch seitdem von Jemand gesehen. Als nun der Knabe den Prinzen Venius sah, der über den goldenen Weg heran ritt, rief er freudig: „Dies ist mein Vater! Dies ist mein Vater," und in demselben Augenblicke fiel der Apfel aus der Hand des Kindes. Da stieg die Königstochter von ihrem obersten Sitze herab, trat dem Prinzen entge=

gen, und empfing ihn sehr freudig und liebevoll. Alles Volk aber staunte, sah zu, und dachte, daß man wol lange suchen müßte, um einen schöneren Mann, und ein schöneres Weib in der ganzen weiten Welt zu finden.

Der Königssohn und seine schöne Braut fuhren nun in die Stadt, und der König ließ eine Hochzeit veranstalten, daß es Alle hören und sehen sollten. Als das Gastmahl mit Lust und Spiel stattgefunden hatte, fuhren Prinz Wenius und seine Gemahlin zum Jugendlande fort, und dort leben sie noch heute.

Die betrügerischen Brüder aber wurden in die Löwengrube geworfen, und Keiner hat erfahren, daß sie wieder herausgekommen.

Weiter weiß ich nichts zu berichten.

X.

Das Mädchen, das Gold aus Lehm und Schüttenstroh spinnen konnte.

Aus Upland.

Es war einmal ein altes Weib, die hatte eine einzige Tochter, das Mädchen war gut und sittsam, und dazu über die Maßen schön; sie war aber so faul, daß sie kaum an eine Arbeit Hand anlegen wollte. Hierüber grämte sich die Alte sehr, und suchte im Guten und im Bösen den Fehler ihrer Tochter abzugewöhnen. Aber nichts half. Da wußte das Weib sich keinen besseren Rath, als das Mädchen auf das Dach der Stube zu setzen, und sie dort spinnen zu lassen, damit die ganze Welt ihre Faulheit sehe und erfahre.

Dennoch ward es nicht anders, das Mädchen blieb unthätig, wie früher.

Eines Tages wollte der Königssohn auf die Jagd gehen, und ritt an der Hütte vorbei, worin die Alte mit ihrer Tochter wohnte. Als er nun die schöne Spinnerin oben auf dem Dache der Hütte sah, blieb er stehen, und fragte, warum sie auf einem solchen Orte sitze und spinne. Die Alte entgegnete: „J nun, sie sitzt dort, damit die ganze Welt sehe, wie fleißig sie ist. Sie ist so fleißig, daß sie Gold aus Lehm und Schüttenstroh spinnen kann." Bei diesen Worten verwunderte sich der Prinz sehr, denn er verstand nicht, daß die Alte auf die Faulheit ihrer Tochter anspielte. Er sagte hierauf: "Wenn es wahr ist, daß wie ihr sagt, das Mädchen Gold aus Lehm und Schüttenstroh spinnen kann, so soll sie nicht länger hier sitzen, sondern mir auf mein Schloß folgen, und meine Gemahlin werden." Die Tochter der Alten stieg nun vom Dache herab, und fuhr mit dem Prinzen zum Königshofe. Dort saß sie in dem Frauengemach, und erhielt einen Eimer Lehm, und eine Garbe Stroh, damit man erfahre, ob sie so schnell in der Kunstarbeit war, wie ihre Mutter erzählt hatte.

Dem armen Mädchen wurde hierbei recht schlimm zu Muthe, denn sie wußte wol, daß sie nicht einmal Leinwand und noch weniger Gold spinnen könne. Sie setzte sich daher in das Frauengemach, stützte die Wange auf die Hand, und weinte bitterlich. Als sie nun lange so gesessen, öffnete sich die Thüre, und ein kleiner, kleiner Mann kam herein, der sehr wild und ungestaltet aussah. Der Greis grüßte freundlich, und fragte, warum die Jungfrau so einsam und betrübt dasitze. "Je nun," antwortete das Mädchen, "ich muß wol traurig sein. Der Königssohn hat mir befohlen, Gold aus Lehm und Schüttenstroh zu spinnen, und wenn ich es nicht gethan, ehe heller Tag ist, gilt es mein junges Leben." Da sprach der kleine Mann: "Schöne Jungfrau weine nicht, denn ich will dir helfen. Hier sind ein Paar Handschuhe, wenn du sie anziehst, kannst du Gold spinnen. Morgen Nachts aber komme ich zurück, wenn du nicht bis dahin meinen Namen aufgefunden, sollst du mir heim folgen, und meine Liebste werden." Da nun das Mädchen keinen andern Rath, ihr Leben zu sichern, wußte, willigte sie in die Bedingung des Greises. Hierauf ging der Zwerg seines Weges. Die Jungfrau aber setzte sich, und spann, und als es tagte, hatte sie alles Stroh und allen Lehm versponnen, und es war zum schönsten Gold geworden, das Jedermann schauen konnte.

Nun herrschte eine große Freude am ganzen Königshof, daß der Königssohn eine Braut bekommen, die so behende und zugleich so schön war. Das junge Mädchen aber that nichts anderes, als weinen, und je länger es dauerte, desto mehr weinte sie, denn sie dachte an den häßlichen Zwerg, der kommen, und sie holen würde. Überdem war es Abend geworden, und der Königssohn kam von der Jagd heim, und ging zu seiner Liebsten, um mit ihr zu sprechen. Als er nun ihren Kummer sah, suchte er sie auf jede Art und Weise zu trösten, und sagte, daß er ein lustiges Abenteuer erzählen wolle, wenn sie wieder fröhlich werde. Das Mädchen bat ihn zu erzählen. Da sagte der Prinz: „Als ich heute im Walde umherwanderte, sah ich etwas Seltsames. Ich sah einen Greis, der war so klein, so klein. Er sprang auf und ab, um einen Wachholderstrauch, und sang ein wunderliches Lied." „Was sang er?" fragte das Mädchen neugierig, denn sie erkannte, daß der Königssohn dem Zwerge begegnet war. „Nun denn," sagte der Prinz, „höre, wie er sang:"

„Heute soll ich Malz mahlen,
Morgen soll meine Hochzeit sein.
Und die Jungfrau sitzt im Gemache und weint,
Sie weiß nicht, wie ich heiße.
Ich heiße Titteli Ture.
Ich heiße Titteli Ture."

Da ward das Mädchen so froh, so froh, und bat den Prinzen, wieder zu erzählen, was der Zwerg gesagt hatte. Der Königssohn wiederholte nun das wunderliche Lied noch einmal, und die Jungfrau behielt den Namen des Greises im Gedächtniß. Hierauf sprach sie liebevoll mit ihrem Bräutigam, und der Prinz konnte nicht genug die Schönheit und den Verstand seiner jungen Braut loben. Er wunderte sich aber sehr, wie sie auf einmal so fröhlich geworden, so wie Niemand Bescheid wußte, was früher die Ursache ihres bittern Schmerzes gewesen.

Als es nun Nacht geworden, und das Mädchen allein in ihrem Zimmer blieb, öffnete sich die Thüre, und der häßliche Zwerg trat wieder ein. Da sprang die Jungfrau auf, und sagte: „Hier hast du deine Handschuhe Titteli Ture! Titteli Ture!" Als der Greis aber seinen Namen hörte, wurde er sehr erzürnt, und hob sich mit solcher Gewalt in die Lüfte, daß er das ganze Dach mit sich nahm. Nun lachte die schöne Jungfrau in's Fäustchen, und war sehr fröhlich. Hierauf legte sie sich schlafen, und schlief, bis die Sonne schien.

Den andern Tag aber war ihre Hochzeit mit dem jungen Königssohn, und sie hörte seitdem nie mehr etwas von Titteli Ture sprechen.

XI.

Die drei Großmütterchen.
Aus Upland.

Es war einmal ein Königssohn und eine Königstochter, die sich einander sehr liebten. Die junge Prinzessin war sanft und schön, und von Allen sehr geliebt, ihr Sinn aber hing mehr an Lust und Spiel, als an Handarbeit und häuslichen Beschäftigungen. Dies schien der alten Königin schlimm zu sein, und sie sagte, daß sie keine Schnur haben wolle, welche nicht eben so flink wäre, wie sie es selbst in ihrer Jugend gewesen. Die Königin widersetzte sich daher auf jede Art und Weise gegen die Heirath des Prinzen.

Da nun die Königin ihr Wort nicht zurücknehmen wollte, ging der Königssohn zu ihr, und sagte, daß man ja doch seine Braut auf die Probe setzen könne, ob sie vielleicht eben so flink in der Arbeit, wie die Königin selbst sei. Dies schien Allen ein kühnes Begehren zu sein; denn die Mutter des Prinzen war eine thätige Frau, die spann und nähte, und webte bei Tag und Nacht, so daß Keine ihr gleich kam.

Gleichwol wurde beschlossen, daß der Wille des Prinzen erfüllt werden solle. Die schöne Prinzessin wurde in das Frauengemach beschieden, und die Königin sandte ihr ein Liespfund *) Flachs zum spinnen. Der Flachs aber

*) In Schweden von 20 Pfund oder Mark.

mußte gesponnen sein, ehe es tagte, sonst dürfe die Jungfrau nicht mehr daran denken, den Königssohn zum Gemahl zu bekommen.

Als die Prinzessin sich selbst überlassen war, wurde ihr schlimm zu Muthe, denn sie wußte wol, daß sie den Flachs der Königin nicht spinnen könne, und wollte doch nicht den jungen Prinzen verlieren, den sie so lieb hatte. Sie wandelte daher im Zimmer umher, und weinte, weinte unaufhörlich. Während dem öffnete sich die Thüre sehr leise, leise, und es trat ein kleines, kleines altes Weib herein, von seltsamen Aussehen, und mit noch seltsameren Geberden. Das alte Weib hatte ungeheuer große Füße, so daß Jeder, der sie sah, sich darüber wundern mußte. Sie grüßte: „Gottes Frieden!" „Gottes Frieden mit euch!" antwortete die Königstochter. Die Alte fragte: „Warum ist die schöne Jungfrau diesen Abend so traurig?" Die Prinzessin antwortete: „Ich muß wol traurig sein, die Königin hat mir befohlen ein Liespfund Flachs zu spinnen; wenn ich es Morgens nicht gethan habe, ehe es Tag wird, verliere ich den Königssohn, der mich so herzlich lieb hat." Die Alte entgegnete: „Seid getrost, schöne Jungfrau! wenn es nur das ist, so kann ich euch helfen. Dann aber sollt ihr mir eine Bitte erfüllen, die ich jetzt nennen will." Bei dieser Rede freute sich die Prinzessin über die Maßen, und fragte nach dem Begehren des alten Weibes. „Nun denn," sagte die Alte, „ich heiße S t o r f o t a m o r (die Mutter mit dem großen Fuß), und verlange keinen andern Lohn für meinen Beistand, als bei eurer Hochzeit zu sein. Ich bin auf keiner Hochzeit gewesen, seitdem die Königin, eure Schwiegermutter Braut war." Die Königstochter willigte gern in dies Begehren, und so schieden sie von einander. Die Alte ging ihres Weges, wie sie gekommen war. Die Prinzessin aber legte sich schlafen, obschon sie kein Auge während der ganzen ewig langen Nacht zuthun konnte.

Früh am Morgen, ehe der Tag graute, öffnete sich die Thür, und die kleine Alte trat wieder herein. Sie ging zur Königstochter hin, und reichte ihr ein Bündel Garn. Das Garn aber war weiß wie Schnee und fein, wie ein Spinnengewebe. Das Weib sagte: „Siehst du, so schönes Garn hier habe ich nicht gesponnen, seit ich für die Königin spann, als sie sich vermählen sollte. Das ist aber nun schon lange her." So sprechend verschwand das kleine Weib, und die Prinzessin verfiel in einen wohlthuenden Schlummer. Es dauerte aber nicht lange, als sie von der alten Königin geweckt wurde, die vor dem Bette stand, und fragte, ob der Flachs fertig gesponnen sei. Die Königstochter bejahte es, und reichte ihr das Garn. Die Königin mußte so sich diesmal zufrieden geben; die Prinzessin aber konnte wol wahrnehmen, und merken, daß es ihr nicht vom Herzen ging.

Als es nun Tag wurde, sagte die Königin, daß sie die Königstochter auf eine andere Probe setzen wolle. Sie schickte das Garn in das Frauengemach zugleich mit dem Webstuhl und anderen Geräthschaften, und befahl der Prinzessin, es zu weben. Das Gewebe aber mußte fertig sein, ehe die Sonne aufging, sonst dürfe die Jungfrau nicht mehr daran denken, den jungen Königssohn zu bekommen.

Als die Prinzeffin allein war, ward ihr wieder schlimm zu Muthe, denn sie wußte, daß sie das Garn der Königin nicht weben könne, und gleichwol wollte sie den Königssohn nicht verlieren, den sie so lieb hielt. Sie wankte daher im Zimmer umher, und weinte bitterlich. Als dies geschah, öffnete sich die Thüre sehr leise, sehr leise, und es trat ein sehr kleines altes Weib herein, von seltsamer Gestalt, und mit noch seltsameren Geberden. Die kleine Alte hatte ein ungeheuer großes Gesäße, so daß Jeder, der sie sah, sich darüber wundern mußte. Sie grüßte: „Gottes Frieden!" „Gottes Frieden mit euch!" antwortete die Königstochter. Die Alte fragte: „Warum ist die schöne Jungfrau so allein und kummervoll?" „Je nun," sagte die Prinzeffin, „ich muß wol traurig sein, die Königin hat mir befohlen, dies Garn zu verweben; wenn ich es aber nicht am Morgen gethan habe, ehe es Tag wird, verliere ich den Königssohn, der mich so herzlich lieb hat. Das Weib entgegnete: „Seid getrost schöne Jungfrau! wenn es nur das ist, so will ich euch helfen. Dann aber sollt ihr mir eine Bedingung erfüllen, die ich jetzt nennen will." Ob dieser Rede freute sich die junge Prinzeffin über die Maßen, und fragte nach dem Begehren des alten Weibes. „Nun denn," sagte die Alte, „ich heiße S t o r g u m p a = m o r (die Mutter mit dem breiten Gesäße), und will keinen anderen Lohn haben, als bei eurer Hochzeit zu sein. Ich bin auf keiner Hochzeit gewesen, seit eure Schwiegermutter Braut war." Die Königstochter willigte gern in dies Begehren, und so schieden sie von einander. Die Alte ging ihres Weges, wie sie gekommen war, die

Königstochter aber legte sich schlafen, obschon sie kein Auge während der ewig langen Nacht zuthat.

Früh Morgens, ehe der Tag anbrach, öffnete sich die Thüre, und das kleine Weib trat wieder ein. Sie ging jetzt zur Königstochter hin, und reichte ihr ein Gewebe; das Gewebe aber war weiß wie Schnee, und fein wie ein Fell, so daß Keiner desgleichen gesehen hatte. Die Alte sagte: „Siehst du, so wie dieses hier, habe ich nichts gewebt, seit ich für die Königin webte, als sie sich vermählen sollte. Das ist nun aber schon lange her." Hierauf verschwand das Weib, und die Prinzessin erquickte sich durch einen angenehmen, aber kurzen Schlummer, denn es dauerte nicht lange, als sie von der alten Königin geweckt wurde, die an ihrem Bette stand, und fragte, ob das Gewebe fertig sei. Die Königstochter bejahte es, und reichte ihr das schöne Gewebe. Die Königin mußte so sich das zweite Mal zufrieden geben; die Prinzessin aber konnte wol sehen, und merken, daß sie es nicht gerne that.

Die Königstochter dachte nun, von einer weiteren Probe befreit zu sein; die Königin aber war anderer Meinung, denn nach einer Weile schickte sie das Gewebe in das Frauengemach hinab, mit dem Auftrage, daß die Prinzessin es zu Hemden für ihren Bräutigam nähen solle. Die Hemden müßten aber fertig sein, ehe die Sonne aufging, sonst sollte die Jungfrau nicht hoffen, den Königssohn je zum Gemahl zu bekommen.

Als die Prinzessin wieder allein war, ward ihr schlimm zu Muthe, denn sie wußte, daß sie die Leinwand der Königin nicht nähen könne, und sie wollte doch nicht den jungen Prinzen verlieren, den sie so lieb hatte. Sie wandelte im Zimmer umher, und weinte. Während dem öffnete sich die Thüre sehr leise, sehr leise, und ein kleines sehr altes Weib trat ein, von wunderlichem Ansehen, und mit noch wunderlicheren Geberden. Die kleine Alte hatte einen unglaublich großen Daumen, so daß Jeder, der ihn sah, sich darüber wundern mußte. Sie grüßte: „Gottes Frieden!" „Gottes Frieden mit euch!" antwortete die Königstochter. Die Alte fragte: „Warum ist die schöne Jungfrau so allein und traurig?" „Je nun," sagte die Prinzessin, „ich muß wol traurig sein, die Königin hat mir befohlen, diese Leinwand für den Königssohn zu Hemden zu nähen. Wenn ich es aber nicht bis Morgen gethan habe, ehe die Sonne aufgeht, verliere ich meinen Bräutigam, der mich so herzlich lieb hält." Da entgegnete das Weib: „Seid getrost, schöne Jungfrau! ist es nichts anderes, so kann ich euch helfen. Dann aber sollt ihr mir eine Bedingung erfüllen, die ich jetzt nennen werde." Bei dieser Rede freute sich die Prinzessin über die Maßen, und fragte nach dem Verlangen des alten Weibes. „Je nun," sagte das Weib, „ich heiße Stortumma-mor (die Mutter mit dem großen Daumen), und ich will keinen anderen Lohn haben, als bei eurer Hochzeit zu sein. Ich bin auf keiner Hochzeit gewesen, seit die Königin, eure Schwiegermutter Braut war." Die Königstochter willigte gerne in ihre Bedingung, und so schieden sie von einander. Die Alte ging ihres Weges, wie sie gekommen war, die Prinzessin aber legte sich schlafen, und schlief so schlecht, daß sie nicht einmal von ihrem Bräutigam träumte.

Früh am Morgen, ehe die Sonne aufging, öffnete sich die Thür, und die kleine Alte trat wieder ein. Sie ging zur Königstochter hin, weckte sie, und gab ihr einige Hemden. Die Hemden aber waren mit so großer Kunst genäht und gestickt, daß man nicht ihres Gleichen fand. Die Alte sagte: „Siehst du, so gut wie diese, habe ich keine genäht, außer denen, die ich für die Königin nähte, als sie Braut war. Es ist aber auch schon sehr lange her."

Mit diesen Worten verschwand das Weib, denn die Königin stand gerade in der Thür, und fragte, ob die Hemden fertig seien. Die Königstochter bejahte es, und reichte die schön genähten Hemden hin. Da wurde die Königin so erzürnt, daß ihre Augen funkelten, und sagte: „Nun, so nimm ihn denn! Ich konnte nicht glauben, daß du so schnell sein würdest, wie du gewesen." Hiemit ging sie ihres Weges, und warf die Thür zu, daß das Schloß knarrte.

Der Königssohn und die Königstochter sollten nun einander bekommen, wie die Königin versprochen hatte, und es ward eine Hochzeit veranstaltet. Die Prinzessin aber war nicht besonders fröhlich an ihrem Hochzeitstag, denn sie dachte, ob wol die wunderlichen Gäste kommen werden. Die Zeit kam heran, und die Hochzeit fand nach alter Sitte mit Lust und Freude statt; keine alten Weiber aber erschienen, wie sich die Braut auch nach allen Seiten umsehen mochte. Spät endlich, als die Gäste zu Tische gehen sollten, gewahrte die Königstochter die drei kleinen Weiber, die in einer Ecke des Hochzeitsaales allein bei einem Tische saßen. Da stand der König auf, und fragte, was das für Gäste seien, die er früher nicht gesehen hatte. Das älteste von den drei alten Weibern entgegnete: „Ich heiße Storfota-mor, und ich habe deßhalb so große Füße, weil ich in meinem Leben so viel gesponnen habe." „Ist's so," sagte der König, „dann soll meine Schwiegertochter nie mehr spinnen." Er wandte sich hierauf zu dem zweiten Weibe, und fragte, was der Grund ihres wunderlichen Aussehens sei. Die Alte antwortete: „Ich heiße Storgumpa-mor, und ich habe deßhalb ein so breites Gesäße, weil ich in meinem Leben sehr viel gewebt habe." „Ist's so," sagte der König, „dann soll meine Schwiegertochter auch nie mehr weben." Er wandte sich hierauf zu dem dritten alten Weibe, und fragte nach ihrem Namen. Da erhob sich Stortumma-mor, und sagte, daß sie einen so großen Daumen bekommen, weil sie in ihrem Leben so viel genäht habe. „Ist dem also," sagte der König, „dann soll meine Schwiegertochter auch nie mehr nähen." Und dabei blieb es. Die schöne Königstochter erhielt den Prinzen, und war jetzt sowol vom Spinnen und Weben, als auch vom Nähen für ihr ganzes Leben befreit.

Als die Hochzeit zu Ende war, zogen die Großmütterchen ihres Weges, und Niemand sah, welchen Weg sie nahmen, gleichwie Niemand wußte, woher sie gekommen. Der Prinz aber lebte mit seiner Gemahlin glücklich und vergnügt; nur ging Alles viel stiller und ruhiger, weil die Prinzessin nicht so thätig war, wie die strenge Königin.

XII.
Das Schloß, welches auf Goldpfeilern stand.

Aus Westmannland.

Es war einmal ein Hintersasse, der wohnte mit seinem alten Weibe weit, weit im Walde. Er hatte zwei Kinder, einen Knaben und ein Mädchen. Sonst war er sehr arm, denn eine Kuh und eine Katze machten seinen ganzen Reichthum aus.

Der Hintersasse und sein Weib lebten im beständigen Haber, und man konnte dessen gewiß sein, daß wenn der Greis das Eine, das Weib immer das Andere wollte. Da ereignete es sich eines Tages, daß das alte Weib zum Abendmahl Brei gekocht hatte, und als der Brei zubereitet war, und jedes seinen Antheil erhalten hatte, wollte zuletzt der Greis den Topf ausscheren. Das Weib aber stemmte sich sehr dagegen, und behauptete ganz fest, daß sie und Niemand anderer das Recht hätte, ihn auszuscheren. Sie geriethen nun in einem heftigen Zank, und keines wollte dem anderen nachgeben. Das Ende davon war, daß das alte Weib den Topf sammt dem Löffel ergriff, und damit forteilte. Der Hintersasse aber ergriff den Quirl, und sprang nach. So ging es über Wald und Feld, die Alte voraus, und der Greis hinten nach. Die Sage aber erzählt nicht, wer den Topf zum Ausscheren erhielt.

Als nun einige Zeit verstrichen, und man von den Eltern nichts vernahm, wußten die Kinder keinen anderen Rath, als sich in die Welt hinaus zu begeben, und jedes für sich das Glück in der Ferne zu versuchen. Sie kamen daher überein, das Erbe zu theilen, und jedes seinen Erbtheil zu nehmen. Wie es aber zu gehen pflegt, war die Erbtheilung eine schwere Sache, denn nichts fand sich zu theilen, außer einer Kuh und einer Katze, und beide Kinder wollten die Kuh besitzen. Als die Geschwister hierüber sich beriethen, wie es am besten anzustellen sei, ging der Kater zu der jungen Hintersassentochter, zeigte sich sehr einschmeichelnd, rieb sich an ihren Knieen und miaute: „Nimm mich, Nimm mich!" Als nun der Knabe von der Kuh nicht abstehen wollte, gab das Mädchen nach, und begnügte sich mit der Katze. Die Geschwister trennten sich hiemit von einander. Der Knabe nahm die Kuh, und zog seines Weges. Das Mädchen aber und ihr Kater wanderten den Steig hinauf durch den Wald, und nichts ist mir von ihrer Reise erzählt worden, bis sie zu einem großen und prächtigen Königshof gekommen, der weithin sich erstreckte.

Als die beiden Reisegefährten sich dem schönen Königshofe näherten, begann der Kater mit seiner Herrin zu reden, und sagte: „Wenn du jetzt meinem Rathe folgen willst, soll es dir Glück bringen." Das Mädchen setzte großes Vertrauen auf die Klugheit ihres Begleiters, und versprach daher nach seinem Verlangen zu handeln.

Da sagte der Kater, daß sie ihre alten Kleider nehmen, und auf einen hohen Baum hinaufsteigen solle, er aber wolle zum Königshof gehen, und sagen, daß dort eine Königstochter wäre, die von Weglagerern überfallen, und sowol ihrer Habe, als ihrer Kleider beraubt worden sei. Das Hintersaffenmädchen that, wie ihr gesagt worden, sie kleidete sich in ihre alten Lumpen, und stieg auf den Baum hinauf. Hierauf lief der Kater seines Weges; das Mädchen aber wartete mit großer Angst ab, wie ihr Rathschlag glücken werde.

Als der König, der über das Land herrschte, erfuhr, daß eine fremde Prinzessin solche Noth und Gewaltthätigkeit erlitten, that es ihm sehr leid, und er schickte seine Diener, daß sie sie zu Gaste laden sollten. Die junge Maid wurde nun reichlich mit Kleidern versehen, und Allem, dessen sie sonst bedurfte, und folgte hierauf der Gesandtschaft des Königs. Als sie nun zum Königshofe kam, wurden Alle von ihrer Schönheit und ihrem höflichen Benehmen eingenommen, und des Königs Sohn huldigte ihr am allermeisten, so daß er ohne ihr nicht mehr leben wollte. Die Königin aber ahnte Unrath, und fragte, wo die schöne Prinzessin ihren Königshof habe. Das Mädchen antwortete, wie es sie der Kater gelehrt: „Ich wohne weit, weit von hier, auf einem Schlosse, das Katzenburg heißt."

Die alte Königin war jedoch nicht zufrieden gestellt, sondern setzte es sich in den Sinn, auszuforschen, ob die fremde Prinzessin wirklich eine Königstochter sei, oder nicht.

In solchen Gedanken ging sie am Abend zur Gaststube, machte das Bett des Hintersassenmädchens mit weichen Seidenpolstern, legte aber heimlich eine Bohne unter das Betttuch, denn dachte sie, ist es eine Prinzessin, entgeht es ihr nicht, dies zu merken. Die junge Maid wurde hierauf in das Schlafgemach mit großen Ehrenbezeugungen begleitet.

Der Kater aber merkte die List der Königin, und machte seine Herrin darauf aufmerksam. Als es Morgen wurde, kam die alte Königin herein, und fragte, wie ihr Gast Nachts geschlafen habe. Das Mädchen antwortete, wie es sie der Kater gelehrt hatte: „Ach! ich habe zwar wol geschlafen, denn ich war von der Wanderung sehr müde. Ich habe es aber doch gefühlt, daß ich einen großen Berg unter mir hatte. Etwas besser schlief ich doch in meinem Bette in der Katzenburg."

Die Königin dachte nun, daß die Jungfrau von sehr vornehmer Herkunft sein müsse, aber sie beschloß bei sich, noch einmal die Wahrheit ihrer Aussage zu prüfen.

Den andern Abend ging die Königin wieder in die Gaststube, machte das Bett des Hintersassenmädchens mit weichen Seidenpolstern, und legte einige Erbsen unter den ersten Polster; denn dachte sie, wenn es wirklich eine Königstochter ist, wie sie sagt, wird sie es sicherlich merken. Die junge Maid wurde hierauf in ihr Schlafgemach mit großen Ehrenbezeugungen geleitet. Der Kater aber merkte den Kunstgriff der Königin, und machte seine Herrin darauf aufmerksam. Als es nun gegen Morgen kam, erschien die Königin wieder, und fragte ihren Gast, wie er Nachts geschlafen habe. Das Mädchen antwortete, wie es sie der Kater gelehrt hatte: „Nun, ich habe zwar wol geschlafen, denn ich war sehr müde; aber ich fühlte es doch, daß ich große Steine unter mir hatte. Etwas besser schlief ich doch in meinem Bette auf der Katzenburg." Die alte Königin dachte nun, daß die Jungfrau ihre Probe gut bestanden habe. Sie wollte aber ihren Argwohn doch nicht fahren lassen, sondern setzte sich es in den Sinn, noch einmal auszuforschen, ob die fremde Jungfrau so vornehm wäre, wie sie selbst sagte.

Als nun der dritte Abend kam, ging die Königin wieder in die Gaststube, machte das Bett des Hintersassenmädchens mit weichen Seidenpolstern, und legte einen Strohhalm unter den zweiten Polster; denn dachte sie, wenn es eine Königstochter ist, entgeht es ihr nicht, es zu merken. Die junge Maid wurde hierauf in ihr Schlafgemach mit großen Ehrenbezeugungen geleitet. Der Kater aber merkte die List der Königin, und warnte daher im Voraus seine Herrin. Als es gegen Morgen kam, trat die Königin herein, und fragte ihren Gast, wie er Nachts geschlafen habe. Das Mädchen antwortete, wie es der Kater sie gelehrt: „Je nun, ich habe wol geschlafen, denn ich war sehr müde; ich fühlte es aber doch, daß ich einen großen Baum unter mir hatte. Etwas besser ging es mir doch, als ich in meinem Bette auf der Katzenburg lag. Die Königin konnte nun wol merken, daß sie auf diese Art nie die Wahrheit ergründen werde, und beschloß daher auf ihrer Hut zu sein, wie die fremde Jungfrau sich in allem Anderen zeigen werde.

Den Tag darauf schickte die Königin zu ihrem Gast einen schönen Rock, der mit Seide gestickt war, und einen langen, langen Schlepp hatte, wie er von vornehmen Frauen getragen wurde. Das Hintersassenmädchen dankte für dies Geschenk, und dachte dabei an nichts weiter. Der Kater aber war zugegen, und machte seine Herrin aufmerksam, daß die alte Königin sie von Neuem versuchen wolle. Als es eine Weile gedauert hatte, fragte die Königin, ob nicht die Prinzessin sie auf einer Lustwanderung begleiten wolle. Das Hintersassenmädchen willigte in ihr Begehren; und sie gingen in die Stadt. Als sie nun in einen Park gekommen, waren die Hoffräuleins sehr besorgt, ihren Rocksaum nicht zu beschmutzen, denn es hatte über Nacht geregnet; die fremde Jungfrau aber wanderte ihren Weg, ohne sich zu bekümmern, ob ihr langes, langes Kleid auf dem Boden geschleift werde.

Da sagte die Königin: „Liebe Prinzessin, habt Acht auf euren Rock." Das Hintersassenmädchen antwortete stolz: „Ei, hat man denn hier sonst keine Kleider, als diese? Viel schönere hatte ich, als ich auf meinem Schlosse in Katzenburg war." Nun konnte die alte Königin nicht anders denken, als daß die Jungfrau seidengenähte Kleider zu tragen gewohnt war, und schloß hieraus, daß sie eine Königstochter sein müsse. Die Königin legte daher der Werbung ihres Sohnes kein weiteres Hinderniß in den Weg, und das Hintersassenmädchen gab auch zuletzt ihr Jawort, und willigte ein.

Einst ereignete es sich, daß der Prinz und seine Liebste beisammen saßen, und mit einander plauderten. Da guckte die Jungfrau durch das Windauge, und sah, wie ihre Eltern aus dem Walde gelaufen kamen; das Weib voran mit dem Topfe, und der Greis hintennach mit dem Quirl. Da konnte das Mädchen sich nicht enthalten, in ein großes Gelächter auszubrechen. Der Prinz fragte, warum sie so herzlich lache, worauf die Jungfrau antwortete, wie sie der Kater gelehrt. „Muß ich denn nicht lachen, wenn ich denke, daß euer Schloß auf Steinpfeilern, mein Schloß aber auf Goldpfeilern steht." Als der Prinz dies hörte, wunderte er sich sehr, und sagte: „Immer denkst du an das schöne Katzenburg, und vielleicht hast du dort Alles reicher und besser, als hier bei uns. Wir wollen fortziehen, und dein schönes Königsschloß aufsuchen, wäre der Weg auch noch so weit." Bei dieser Rede ward der Hintersassentochter so zu Muthe, daß sie in die Erde hätte sinken mögen; denn sie wußte wol, daß sie keinen Hof hatte, noch weniger ein Schloß. Der Sache aber war nicht abzuhelfen; sie ließ sich daher nichts merken, sondern sagte, daß sie nachdenken wolle, auf welchen Tag sie am besten ihre Abreise festsetzen könnten.

Als nun die Jungfrau allein war, gab sie ihrer Betrübniß freien Lauf, und weinte bitterlich; denn sie dachte an all den Schimpf, der sie treffen würde, weil sie mit List und Falschheit gehandelt habe. Als sie so saß und weinte, kam der weise Kater herein, rieb sich an ihren Knieen, und fragte, warum sie so traurig wäre. Die

Hinterſaſſentochter antwortete: „Ich muß wol traurig ſein, denn der Königsſohn verlangt, daß wir zur Katzenburg fahren, und jetzt muß ich dafür büßen, daß ich deinem Rathe folgte." Der Kater aber bat ſie guten Muthes zu ſein, er wolle es ſo veranſtalten, daß Alles beſſer enden werde, als ſie denke. Zugleich unterwies er ſeine Herrin, wie ſie ſich in die Stadt begeben müſſe, und zwar je früher deſto beſſer.

Da die Jungfrau ſo manche Probe von der Klugheit des Katers geſehen, willigte ſie in ſein Begehren; diesmal aber war ſie traurig, denn ſie konnte nichts Anderes glauben, als daß ihre Fahrt einen ſchlechten Ausgang nehmen werde.

Zeitlich am Morgen ließ der Königsſohn die Wagen und die Fuhrleute, und alles Andere ausrüſten, was für die weite Reiſe nach Katzenburg nöthig war. Hierauf ſetzte ſich der Zug in Bewegung. Der Prinz und ſeine Braut fuhren zuerſt in einem vergoldeten Wagen, viele Ritter und Jünglinge begleiteten ſie, und der Kater ſprang voraus, den Weg zu zeigen, wie er ſelbſt verlangt hatte.

Als ſie ſo eine Weile gereiſt waren, ſah der Kater, wie einige Hirten auf das Feld gingen, und eine große Schaar von den allerſchönſten Ziegen hüteten. Da ging er zu den Hirten hin, grüßte höflich, und ſagte: „Guten Tag, ihr Hirten! Wenn der Königsſohn vorbeifährt, und fragt, wer Herr der ſchönen Ziegen ſei, ſollt ihr antworten, daß ſie der jungen Prinzeſſin auf Katzenburg gehören, die an der Seite des Prinzen fährt. Wenn ihr dies thut, ſollt ihr gut belohnt werden; thut ihr es aber nicht, werde ich euch Alle zerreißen." Als die Hirten dies hörten, erschraken sie sehr, und versprachen, nach dem Begehren des Katers zu handeln. Er lief aber fort voraus. Nach einer Weile kam nun der Königssohn mit seinem ganzen Gefolge des Weges gefahren. Als er nun die schönen Ziegen sah, die dort weideten, hielt er mit seinem Wagen an, und fragte die Hirten, wer Herr der schönen Herde sei. Die Ziegenhirten antworteten, wie es der Kater sie gelehrt: „Die Ziegen gehören der jungen Prinzessin auf Katzenburg, die an eurer Seite fährt." Nun verwunderte sich der Königssohn, und dachte, daß seine Braut eine reiche Prinzessin sein müsse; das Hintersassenmädchen aber ward frohen Sinnes, und glaubte, daß sie bei dem Tausche nicht verloren, als sie mit ihrem Bruder das Erbe getheilt.

Sie reis'ten nun weiter, und der Kater lief voraus, wie er gewohnt war. Als sie so eine Weile gefahren, kamen sie zu einer Schaar Leute, die auf einer schönen Wiese Heu einbrachten. Da ging der Kater hin, grüßte höflich, und sagte: „Guten Tag! ihr guten Leute. Wenn der Königssohn vorbeifährt, und fragt, wer Herr der schönen Wiese sei, sollt ihr antworten, daß sie der Prinzessin auf Katzenburg gehöre, die an der Seite des Prinzen fährt. Wenn ihr es thut, sollt ihr gut belohnt werden, wenn ihr aber nicht thut, was ich gesagt habe, so werde ich euch in viele tausend Stücke zerreißen." Als die Leute dieses hörten, erschraken sie sehr, und versprachen, zu sagen, was der Kater verlangt hatte. Er aber setzte seinen Weg fort. Nach einer Weile kam der Königssohn mit seinem Gefolge des Weges gefahren. Als er nun die fruchtbaren Wiesen und die vielen Leute sah, ließ er seinen Wagen anhalten, und fragte, wer über das Land herrsche. Die Leute antworteten, wie es sie der Kater gelehrt: „Die Wiese gehört der jungen Prinzessin auf Katzenburg, die an eurer Seite fährt." Nun wunderte sich der Königssohn noch mehr, und dachte, daß seine Braut über die Maßen reich sein müsse, da ihr so schöne Wiesen gehörten.

Sie reisten nun weiter, und der Kater lief voraus, wie es seine Gewohnheit war. Als sie nun eine Weile gefahren, kamen sie zu einem sehr großen Ackerfeld; auf dem Acker aber wimmelte es von Männern und Weibern, die Getreideernte hielten. Da ging der Kater zu den Schnittern hin, grüßte sie, und sagte: „Guten Tag meine Freunde! Glück zur guten Arbeit. In einer Weile kommt der Königssohn hier vorbeigefahren, und wird fragen, wem die großen Getreidefelder gehören; dann sollt ihr antworten, daß sie der Prinzessin auf Katzenburg gehören, die an der Seite des Prinzen fährt. Wenn ihr dies sagen wollt, sollt ihr gut belohnt werden, wenn ihr aber gegen mein Wort handelt, will ich euch so in kleine Stücke zerreißen, wie das Laub, wenn es in der Herbstzeit am Boden liegt." Als die Schnitter dies hörten, erschraken sie sehr, und versprachen, zu sagen, wie der Kater verlangt hatte. Hierauf lief er voraus fort. Nach einer Weile aber kam der Königssohn mit seinem Gefolge des Weges gefahren. Als er nun die großen Felder sah, hielt er mit seinem Wagen an, und fragte, wer Herr des schönen Ackerlandes sei. Die Schnitter antworteten, wie der Kater sie gelehrt: „Die Getreidefelder gehören der jungen Prinzessin auf Katzenburg, die an eurer Seite fährt." Nun freute sich der Königssohn über die Maßen; das Hinterfassenmädchen aber wußte nicht recht, was sie von dem Allen denken sollte, was ihr auf der Reise widerfahren.

Es war nun spät am Abend, und der Prinz hielt mit seinem Gefolge an, um in der Nacht Rast zu halten. Der Kater aber ruhte nicht, sondern lief beständig fort bis er eine schöne Burg sah, die mit Thurm und Zinnen aufgebaut war, und auf goldenen Pfeilern stand. Die prächtige Burg gehörte einem wilden Riesen, der über die ganze Gegend herrschte; der Riese aber war nicht daheim. Der Kater ging daher durch das Schloßthor hinein, und verwandelte sich in einen großen, dicken Laib Brot. Hierauf legte er sich vor das Schlüsselloch, und wartete, bis der Riese wieder heimkomme.

Früh am Morgen, ehe der Tag graute, kam der grimmige Riese langsam trabend aus dem Walde; er war aber so groß und schwer, daß die ganze Erde unter ihm erbebte, wenn er ging. Als er nun zum Schloßthore kam, konnte er wegen des großen Brotlaibes nicht öffnen, der vorm Schlüsselloch lag. Da wurde er heftig erzürnt, und rief: „Schließ auf! Schließ auf!" Der Kater entgegnete: „Warte blos eine kleine, kleine Weile, während ich meine Abenteuer erzähle:

„Zuerst kneteten sie mich, so konnten sie mich todtkneten."

„Schließ auf! Schließ auf!" schrie wieder der Riese;

der Kater aber antwortete, wie früher: "Warte blos eine kleine, kleine Weile, während ich meine Abenteuer erzähle:

"Zuerst kneteten sie mich, so konnten sie mich todtkneten; sie bestreuten mich dann mit Mehl, so konnten sie mich mit Mehl zu Tode bestreuen."

"Schließ auf! Schließ auf!" rief der Riese erzürnt. Der Kater aber setzte von Neuem fort: "Warte blos eine kleine Weile, während ich meine Abenteuer erzähle:

"Zuerst kneteten sie mich, so konnten sie mich todtkneten; sodann bestreuten sie mich mit Mehl, so konnten sie mich mit Mehl zu Tode bestreuen; sodann spießten sie mich, so konnten sie mich todtspießen."

Nun wurde der Riese sehr erzürnt, und schrie, daß die ganze Burg erschüttert wurde: "Schließ auf! Schließ auf!" Der Kater aber ließ sich nicht irre machen, sondern antwortete, wie früher: "Warte blos eine kleine Weile, während ich meine Abenteuer erzähle:

"Zuerst kneteten sie mich, so konnten sie mich todtkneten; sodann bestreuten sie mich mit Mehl, so konnten sie mich mit Mehl zu Tode bestreuen; sodann spießten sie mich, so konnten sie mich todtspießen; sodann buken sie mich, so konnten sie mich todtbacken."

Da wurde der Riese ängstlich, und bat so schön, so schön: "Schließ auf! Schließ auf!" es half aber nichts. Der Laib Brot lag vor dem Schlüsselloch, wie früher. In demselben Augenblicke rief der Kater: "Sieh! schon reitet die schöne Jungfrau am Himmel herauf!" Als nun der Riese sich umkehrte, ging die Sonne über dem Wald auf.

Als der Riese aber die Sonne sah, fiel er rücklings, und barst, und dies war sein Ende.

Der Laib Brot verwandelte sich nun wieder in einen Kater, und er eilte, für seine Gäste Alles in Ordnung zu bringen. Nach einer Weile kam der Königssohn mit seiner jungen Braut und all seinem Gefolge gefahren. Der Kater ging ihnen entgegen, und hieß sie auf Katzenburg willkommen. Sie wurden auf das Allervortrefflichste empfangen, und es mangelte weder an Speise und Trank, noch sonst an köstlicher Bewirthung. Das schöne Schloß aber war angefüllt mit Gold, Silber und allerhand theuren Schätzen, dergleichen Niemand weder früher noch seitdem gesehen. Kurz darauf fand die Hochzeit des Prinzen mit der schöne Jungfrau statt, und Alle, die ihren Reichthum sahen, dachten, daß sie vollkommen Recht hatte, als sie sagte: „Anders habe ich's auf meinem Schlosse auf Katzenburg." Der Königssohn und die Hintersassentochter lebten nun glücklich, viele, viele Jahre.

Ich habe aber nicht gehört, wie es dem Kater erging, obschon man wol errathen kann, daß er keine Noth litt. Und so weiß ich nichts weiter zu erzählen.

XIII.
Die drei Hunde.
Aus Westgothland.

Es war einmal ein König, der zog aus, und verlobte sich mit einer schönen Königin. Nachdem sie einige Zeit vermählt waren, kam die Königin in die Wochen und gebar eine Tochter. Da herrschte große Freude in Stadt und Land, denn Alle wollten dem Könige wohl, wegen seiner Sanftmuth und Gerechtigkeit. Als aber das Kind geboren war, trat ein altes Weib herein; sie hatte ein seltsames Aussehen, und Keiner wußte, woher sie kam, oder wohin sie ging. Das alte Weib wahrsagte dem Königskinde, und sagte, daß es nicht unter freien Himmel kommen dürfe, bevor es volle fünf Winter zähle, sonst würde es Gefahr laufen, von einem Bergtroll entführt zu werden. Als dies der König vernahm, behielt er die Worte des Weibes im Gedächtniß, und stellte Wächter auf, welche die junge Prinzessin bewachen sollten, daß sie nicht unter freien Himmel komme.

Einige Zeit darauf wurde die Königin wieder schwanger, und gebar eine Tochter. Da herrschte neue Freude im ganzen Reiche; die alte Wahrsagerin aber fand sich, wie früher ein, und warnte den König, daß die Prinzessin nicht unter freien Himmel komme, bis sie volle fünf Winter zähle. Es verstrich wieder einige Zeit, und die Königin gebar ihre dritte Tochter. Das alte Weib aber kam das dritte Mal, und wahrsagte der Königstochter, wie sie ihren Schwestern gethan.

Da ward dem Könige schlimm zu Muthe, denn er liebte seine Kinder über Alles in der Welt. Er gab daher strengen Befehl, daß die drei Prinzessinnen immer unter Dach gehalten werden sollten, nebstdem achtete er sehr darauf, daß Keiner sich erkühne, gegen seinen Willen hierin zu handeln. Es verstrich eine geraume Zeit, und die Königskinder wuchsen zu den schönsten Jungfrauen heran, von denen Jedermann nah und fern erzählte. Da brach im Lande Krieg aus, so daß der König, ihr Vater fortzog. Eines Tages, während er im Kriege war, saßen die drei Prinzessinnen am Windauge, und sahen hinaus, wie die Sonne auf die kleinen Blumen im Krautgarten schien. Sie fühlten jetzt ein starkes Verlangen, mit den schönen Blumen zu spielen, und baten ihre Wächter um Erlaubniß, eine kleine Weile im Garten umherzuwandeln. Die Wächter wollten hierin nicht willigen, denn sie fürchteten den Zorn des Königs; die Königstöchter aber baten so schön, daß die Männer nicht widerstehen konnten, und ihnen ihren Willen ließen.

Die Prinzessinnen freuten sich nun sehr und gingen in den Garten hinaus. Ihr Spaziergang aber war nicht lang, denn sie waren kaum unter freien Himmel gekommen, als sich da plötzlich eine Wolke senkte, die sie fortführte und alle Versuche, sie wieder zu finden, waren vergeblich, obgleich man in allen Weltgegenden suchte.

Es herrschten nun große Trauer und Jammer im ganzen Reiche, und man kann wol denken, daß der König auch nicht sehr fröhlich war, als er heim kam, und fragte, wie sich Alles zugetragen habe. Wie aber das Sprichwort sagt: „Geschehene Dinge hat noch Niemand geändert;" so mußte er es so sein lassen, wie es war. Da nun kein anderer Rath zu finden war, ließ der König ein Gebot im ganzen Reiche ergehen, daß Derjenige, welcher seine drei Töchter aus der Gewalt des Bergtrolls befreien könne, eine von ihnen zur Gemahlin und mit ihr das halbe Königreich erhalten solle. Als sich dies über die Länder verbreitete, zogen viele Jünglinge zu Pferde und mit Gefolge aus, die drei Prinzessinnen aufzusuchen.

Am Hof des Königs waren zwei fremde Prinzen, die ebenfalls fortzogen, um zu versuchen, ob ihnen das Glück beistehen wolle. Sie rüsteten sich auf das Allerbeste mit Panzer und vortrefflichen Waffen, und prahlten, daß sie nicht zurückkommen wollten, ohne daß ihr Unternehmen glücklich ausgefallen wäre.

Wir lassen nun die Königssöhne umherreisen, und lange suchen, und wenden uns zu einem anderen Orte. Da ist zu erzählen, wie eine arme Witwe weit, weit im wilden Walde wohnte. Sie hatte einen einzigen Sohn, der täglich mit den Gänsen seiner Mutter auf die Weide ging. Während der Knabe so in der Einöde umherwanderte, schnitt er sich eine Pfeife, und hatte seine Freude, darauf zu spielen; er spielte aber so schön, daß Jeder, der es hörte, in seinem Inneren zuletzt vergnügt wurde. Sonst war der Knabe groß gewachsen, und stark und muthig, so daß er sich nicht leicht vor irgend Etwas fürchtete.

Es ereignete sich einmal, daß der Hirtenknabe im Walde saß, und auf seiner Pfeife spielte, während seine drei Gänse umhergingen, und sich zwischen den Fichtenwurzeln zusammenrotteten. Da kam ein alter, alter Mann gegangen, mit einem Barte, der lang und grau war, so daß er bis an den Gürtel reichte. Der Greis hatte einen Hund mit sich, der sehr groß und stark war. Als nun der Knabe den großen Hund sah, dachte er bei sich: „Wohl dem, der einen solchen Hund zum Gesellschafter hier in der Einöde hat, mit dem hätte es keine Noth." Als dies der Greis errieth, sprach er: „Ich bin eben deßhalb hiehergekommen, um meinen Hund gegen eine von deinen Gänsen umzutauschen." Der Knabe war sogleich bereit, und ging den Handel ein; er bekam den großen Hund, und gab dafür seine graue Gans. Hierauf ging der Greis seines Weges. Beim Abschiede aber sagte er: „Ich denke wol, daß du mit unserem Tauschhandel zufrieden sein wirst, denn mit diesem Hunde ist es nicht wie mit anderen Hunden. Er heißt Håll *) und was du ihm immer fassen heißest, packt er, wäre es auch der wildeste Troll." So sprechend schieden sie wieder, und der Knabe glaubte, daß das Glück ihm diesmal nicht entgegen gewesen.

Als es Abend wurde, rief der Knabe seinen Hund, und trieb die Gänse aus dem Walde heim. Als nun die

---

*) D. i. Halt fest.

Alte erfuhr, daß ihr Sohn die graue Gans für einen Hund umgetauscht, wurde sie sehr erzürnt, und fiel über den Knaben her mit Hieben und Schlägen. Der Hirtenknabe bat sie, sich zufrieden zu geben; es half aber nichts, sondern je länger es dauerte, desto mehr vergrößerte sich der Zorn der Alten. Als er nun keinen anderen Rath mehr wußte, rief der Knabe seinen Hund, und sagte: „Pack' an!" Sogleich lief der Hund hin, faßte das alte Weib, und hielt es fest, so daß es sich nicht zu bewegen vermochte; er that demselben aber übrigens keinen Schaden. Das Weib mußte nun ihrem Sohne versprechen, sich mit dem zufrieden zu geben, was geschehen sei, und sie wurden wieder miteinander versöhnt.

Die Alte aber glaubte, daß sie einen großen Schaden erlitten, als sie die fette Gans verloren.

Den andern Tag ging der Knabe wieder mit seinem Hunde und mit den übrigen beiden Gänsen in den Wald. Als er hingekommen, setzte er sich nieder, und spielte auf seiner Pfeife, wie er es gewohnt war, und der Hund tanzte dazu so kunstreich, daß es sehr wunderbar anzusehen war. Während dem kam der alte Graubart wieder aus dem Walde gegangen, und hatte einen anderen Hund mit sich, der wie der erste war. Als der Knabe das Thier sah, dachte er bei sich: „Wohl dem, der diesen Hund zum Gesellschafter in der Einöde hat, für den gäbe es keine Noth!" Als dies der Greis errieth, sagte er: „Ich bin ja nur deßhalb hieher gekommen, um meinen Hund gegen eine von deinen Gänsen umzutauschen." Der Knabe besann sich nicht lange, sondern ging den Handel ein; er erhielt den großen Hund, und gab dafür seine Gans. Hierauf ging der Graubart seines Weges. Aber beim Abschiede sagte er: „Ich denke wol, daß du mit unserem Tausch= handel zufrieden sein wirst, denn es ist mit diesem Hunde nicht, wie mit anderen Hunden. Er heißt Slit*), und wen du ihn immer zerreißen heißest, den zerreißt er in Stü= cke, wäre es auch der wildeste Troll." Nachdem er so ge= sprochen, schieden sie wieder. Der Knabe aber freute sich, und dachte, daß er einen guten Tausch gethan, obwol er wußte, daß sich seine alte Mutter mit dem Handel nicht zufrieden geben werde.

Als es nun gegen Abend ging, und der Knabe heim kam, war die Alte nicht weniger erzürnt, als Tags vor= her. Diesmal wagte sie es gleichwol nicht, ihren Sohn zu schlagen, denn sie fürchtete sich vor seinen großen Hunden Wie es aber zu gehen pflegt, daß Weiber, wenn sie lange gescholten haben, zuletzt duldsam werden, so ging es auch jetzt. Der Knabe und seine Mutter waren bald wieder versöhnt; die Alte aber dachte bei sich, daß sie einen Schaden erlitten, der nie gut gemacht werden könne.

Den dritten Tag ging der Knabe wieder mit der noch übrigen Gans, und seinen beiden Hunden in den Wald Wohlgemuth setzte er sich auf den Strunk eines Stammes und spielte auf der Pfeife, wie es seine Gewohnheit war; die Hunde aber tanzten so künstlich, daß es recht lustig anzusehen war.

Als der Knabe so recht behaglich da saß, und dem

---

*) Das ist: Reiß zusammen.

Spiele zusah, kam der alte Graubart wieder aus dem Walde gegangen; diesmal hatte er einen dritten Hund mit sich, der eben so groß wie die anderen war. Wie der Knabe das schöne Thier sah, konnte er nicht unterlassen, bei sich abermals zu denken: „Wol dem, der den Hund zum Gesellschafter in der Einöde hätte, der würde keine Noth haben." Schnell nahm der Greis das Wort: „Deßwegen bin ich ja hieher gekommen, um dir meinen Hund zu verkaufen; denn ich kann wol denken, daß du ihn gerne besitzen möchtest." Der Knabe war sogleich bereit, und ging den Handel ein; er erhielt den großen Hund, und gab dafür seine letzte Gans. Hierauf ging der Greis seines Weges. Beim Abschiede aber sagte er: „Ich denke wol, daß du mit unserem Tauschhandel zufrieden sein wirst; denn es ist mit diesem Hunde nicht, wie mit andern Hunden. Er heißt Ly*), und hat ein so feines Gehör, daß er Alles vernimmt, was geschieht, wäre es auch viele Meilen entfernt. Ja er hört, wie die Bäume wachsen, und das Gras aus der Erde keimt." So sprach er, und sie schieden gar freundschaftlich von einander. Der Knabe aber war frohen Sinnes, und meinte, daß er sich nun vor nichts in der Welt fürchten dürfe.

Als der Abend kam, und der Hirtenknabe zu den Seinen heimwanderte, wurde seine Mutter sehr betrübt, daß ihr Sohn ihr ganzes Eigenthum verkauft hatte. Der Knabe aber bat sie, nicht traurig zu sein, er wolle schon sorgen, daß sie keinen Mangel leiden solle. Wie er nun so feine

---

*) Das ist: Horch.

Worte zu wählen wußte, wurde die Alte wieder fröhlich, und dachte, daß er ebenso gut, als männlich gesprochen habe. Als aber der Tag graute, zog der Knabe mit seinen Hunden auf die Jagd, und als der Abend kam, kehrte er wieder mit so viel Wildpret, als er zu tragen vermochte. Er jagte so einige Zeit fort, bis daß die Speisekammer der Alten reichlich mit Nahrung und allem Nothwendigen versehen war. Da nahm er von seiner Mutter einen herzlichen Abschied, rief seine Hunde, und sagte, daß er in die Welt hinauswandern, und versuchen wolle, was für ein Glück ihm beschieden sei.

Der Knabe wanderte nun über Berge und wilde Steige, und kam tief in den dunklen Wald. Dort begegnete er dem Graubart, von dem ich erst gesprochen. Als sie sich wieder trafen, freute sich der Knabe sehr, und grüßte: „Guten Tag, Vater! Dank für den letzten Dienst, als wir uns begegneten." Der Greis erwiederte den Gruß und fragte: „Welchen Weg denkst du zu nehmen?" Der Knabe entgegnete: „Ich gehe in die Welt hinaus, um zu sehen, wie mein Schicksal sich wende." Da sagte der Greis: „Geh den Weg, der dich zum Königshofe führt, dort wird sich dein Glück ändern." Hierauf schieden sie von einander Der Knabe aber gehorchte dem Rathe des Graubarts, und wanderte fort, ohne zu rasten. Wo er immer zu einer Herberge kam, spielte er auf seiner Pfeife, und ließ seine Hunde tanzen, und da fehlte es ihm nie an Speise und Herberge, und an dem, was er sonst noch bedurfte.

Nachdem der Knabe wol lange gereis't war, gelangte er zuletzt zu einer großen Stadt, wo viele Leute in den

Gassen hin und herströmten. Der Junge forschte verwundert, was dies zu bedeuten habe, und kam zum Platze hin, wo das Aufgebot des Königs verkündet wurde; nämlich daß Derjenige, welcher die drei Prinzessinnen aus der Gewalt des Bergtrolls befreien könne, eine von ihnen, und dazu das halbe Land und Reich des Königs gewinnen solle.

Nun konnte der Knabe wol verstehen, was der Graubart mit seiner Zusage gemeint hatte. Er rief daher seine Hunde, und ging weiter, bis er zum Königshof kam. Auf dem Königshofe aber herrschte nur Trauer und Jammer; und zwar seit dem Tage, als die Königstöchter verschwunden waren; und der König und die Königin trauerten am allermeisten. Der Junge ging in die Burgstube hinauf, und bat, vor dem König spielen und seine Hunde zeigen zu dürfen. Dies gefiel den Hofleuten, indem sie dachten, er könne den Kummer ihres Herrn zerstreuen. Der Junge wurde daher hineingeführt, und zeigte seine Künste vor. Als aber der König sein Spiel hörte, und sah, wie die Hunde so künstlich tanzten, wurde er fröhlichen Sinnes, wie ihn Niemand seit sieben vollen Jahren gesehen hatte, seit dem Tage, als er seine Töchter verloren.

Als der Tanz zu Ende war, fragte der König, welchen Lohn der Junge haben wolle, da er ihnen Allen so viel Vergnügen und Erlustigung verschafft habe. Der Knabe antwortete: „Herr und König! Ich bin nicht hieher gekommen, Gut und Geld zu gewinnen. Ich bitte aber um etwas Anderes, daß du mir nämlich Erlaubniß ertheilst, fortzuziehen, um die drei Prinzessinnen aufzusuchen, die in der Gewalt des Bergtrolls sind." Als dies der König hörte, ward er traurig, und sagte: „Denke ja nicht, meine Töchter befreien zu können; dies ist unsicher, und ist Solchen mißglückt, die weit besser als du waren. Sollte es aber wem immer gelingen, die Prinzessinnen zu befreien, so werde ich mich wol hüten, mein Wort zu brechen." Dieses schien dem Jungen männlich und königlich gesprochen. Er nahm vom Könige Abschied, und begab sich auf den Weg. Er setzte sich aber in den Kopf, sich nicht eher Rast und Ruhe zu gönnen, bis er gefunden, was er suchte.

Der Knabe reis'te nun durch viele, und große Länder, ohne daß ihm etwas Merkwürdiges begegnete. Wo er immer hinging, folgten seine Hunde mit; Ly sprang voraus, und lauschte, ob irgend Etwas in der Nähe zu vernehmen wäre. Håll zog den Speisesack, und Slit, welcher der stärkste war, trug seinen Hausherrn, wenn er müde vom Wandern wurde. Es ereignete sich eines Tages, daß Ly haftig zu seinem Herrn gesprungen kam, und erzählte, daß er in der Nähe des hohen Berges vernommen, wie die Königstochter darin saß, und spann. Der Riese selbst aber sei nicht daheim. Da freute sich der Junge sehr, und eilte zum Berge, seine drei Hunde folgten mit. Als sie hingekommen, sagte Ly: „Wir haben keine Zeit zu verlieren. Der Riese ist nur zehn Meilen von hier, und ich höre schon, wie die Goldhufe seines Pferdes auf den Steinen klingen." Der Junge befahl nun seinen Hunden, daß sie die Thür des Berges einschlagen sollten, was auch geschah. Als er in den Berg hineinkam, gewahrte er eine schöne Jungfrau, die im Saale des Berges saß, und

Goldfäden auf einer Goldspindel drehte. Der Knabe ging hin und grüßte das schöne Mädchen. Da verwunderte sich die Königstochter und sagte: „Wer bist du? Wie wagst du es in den Saal des Riesen hieherzukommen? Seit sieben vollen Jahren, daß ich im Berge sitze, sah ich noch nie einen Menschen." Sie fügte hinzu: „Um Gotteswillen eile hinweg, ehe der Troll heim kommt, sonst gilt es dein Leben." Der Junge aber fürchtete sich nicht, sondern meinte, daß er wol die Ankunft des Riesen erwarten wolle.

Während sie noch hierüber zusammen sprachen, kam der Riese auf seinem goldbehuften Füllen geritten. Als er nun sah, daß die Thür offen war, wurde er sehr erzürnt, und schrie, daß der ganze Berg erbebte. Er sagte: „Wer ist es, der meine Bergthür zerbrochen?" Der Knabe antwortete keck: „Das habe ich gethan, und nun will ich auch dich vernichten. Håll! pack ihn! Slit und Ly! zerreißt ihn in viele tausend Stücke." Kaum waren die Worte gesprochen, so stürzten die Hunde hervor, warfen sich über den Riesen, und zerrissen ihn in unzählige Stücke. Da freute sich die Prinzessin über die Maßen, und sagte: „Gott sei gelobt, nun bin ich befreit!" Sie fiel dem Jüngling um den Hals, und küßte ihn. Der Knabe aber wollte nicht länger dort verweilen, sondern sattelte das Füllen des Riesen, legte darauf alle Habe und alles Gold, was er im Berge fand, und zog eilig mit der schönen Königstochter fort.

Sie ritten nun einen weiten Weg zusammen, und der Junge diente der Prinzessin mit züchtigem und zartem Sinn, wie es sich gegen eine vornehme Jungfrau ziemte. Da ereignete es sich eines Tages, daß Ly, der voraus sprang, um zu spähen, hastig zu seinem Herrn gelaufen kam, und erzählte, daß er bei dem hohen Berge gewesen, und gehört, wie eine andere Königstochter darin saß, und Goldgarn abwickelte. Der Riese aber selbst sei nicht daheim. Mit diesen Nachrichten war der Junge zufrieden, und eilte zum Berge; seine treuen Hunde folgten mit. Als sie nun hingekommen waren, sagte Ly: „Wir haben keine Zeit zu verlieren, der Riese ist nur acht Meilen entfernt, und ich höre schon, wie die Goldhufe seines Pferdes auf den Steinen klingen." Sogleich gab der Junge seinen Hunden Befehl, daß sie die Bergthür einschlagen sollten, was auch geschah. Als er nun in den Berg hineinkam, sah er eine schöne Jungfrau, die im Bergsaale saß, und goldenes Garn auf einer goldenen Winde abwickelte. Der Knabe ging hin, und grüßte die schöne Jungfrau. Da verwunderte sich sehr die Königstochter, und sagte: „Wer bist du, der es wagt, in den Saal des Riesen hieher zu kommen? Seit sieben vollen Jahren, die ich im Berge sitze, sah ich noch nie einen Menschen." Sie fügte hinzu: „Um Gotteswillen eile hinweg, ehe der Troll kommt, sonst gilt es dein Leben." Der Junge aber sprach von seinem Unternehmen, und meinte, daß er wol des Riesen Heimkunft erwarten dürfe.

Während sie nun mit einander sprachen, kam der Riese auf einem goldbehuften Zelter geritten, und blieb vor dem Berge stehen. Als er nun sah, daß die Thüre offen war, wurde er sehr erzürnt, und schrie, so daß der

Berg bis in's Innerste erbebte. Er sagte: „Wer ist es, der meine Bergthür zerbrochen?" Der Knabe antwortete dreist: „Ich habe es gethan, und nun will ich dich vernichten. Håll pack ihn! Slit und Ly! reißt ihn in viele tausend Stücke." Sogleich stürzten die Hunde hervor, warfen sich auf den Riesen, und zerrissen ihn in so viele Stücke, als Laub in der Herbstzeit fällt. Da freute sich die Königstochter über die Maßen, und rief aus: „Gott sei gelobt! Nun bin ich befreit!" Sie fiel da dem Jungen an die Brust, und küßte ihn. Der Knabe aber führte die Prinzessin zu ihrer Schwester, und man kann wol denken, welche Freude es war, als sie sich wieder fanden. Dann nahm der Junge alle Habe, die im Bergsaale war, legte sie auf das goldbehufte Füllen des Riesen, und zog mit den zwei Königstöchtern fort.

Sie reis'ten nun wieder einen weiten Weg zusammen, und der Junge diente den Prinzessinnen in Zucht und Ehren, wie es sich gegen vornehme Jungfrauen ziemt. Da ereignete es sich eines Tages, daß Ly, welcher voraus sprang, um Neues auszuforschen, hastig zu seinem Herrn gelaufen kam, und erzählte, daß er bei dem hohen Berge gewesen, und gehört habe, wie die dritte Königstochter darinnen saß, und Goldgewebe webte; der Riese aber selbst sei nicht daheim. Mit diesen Nachrichten war der Junge wol zufrieden, und eilte zum Berge, seine drei Hunde folgten mit. Als sie nun hingekommen, sagte Ly: „Hier ist keine Zeit zu verlieren, denn der Riese ist nicht mehr als fünf Meilen entfernt. Ich vernehme, wie die Goldhufe seines Pferdes auf den Steinen klingen." Der

Junge gab nun seinen Hunden Befehl, daß sie die Bergthür einschlagen sollten, was auch geschah. Als er in den Berg hineinkam, sah er eine Jungfrau, die im Bergsaale saß, und an einem Goldgewebe webte. Das Mädchen aber war außerordentlich schön, so daß der Knabe nicht geglaubt hätte, daß ein so schönes Weib in der Welt gefunden werden könne. Er ging nun hin, und grüßte die schöne Jungfrau. Da verwunderte sich die Königstochter sehr, und sagte: „Wer bist du, der es wagt, in den Saal des Riesen hieher zu kommen? Seit sieben vollen Jahren, die ich im Berge sitze, sah ich noch nie einen Menschen." Sie fügte hinzu: „Um Gotteswillen geh hinweg, ehe der Troll kommt, sonst ist es dein Tod." Der Knabe aber war ganz guten Muthes, und sagte, daß er gerne sein Leben für die schöne Königstochter wagen werde.

Während sie noch zusammen sprachen, kam der Riese auf seinem goldbehuften Füllen geritten, und blieb unten am Berge stehen. Als er nun hineinging und sah, welche ungebetenen Gäste dort waren, erschrack er sehr, denn er wußte wol, welches Geschick seine Brüder getroffen. Es schien ihm räthlich, mit List und Kniffen zu verfahren, nachdem er keinen offenen Kampf wagen durfte. Der Riese begann daher manches schöne Wort zu sprechen, und stellte sich sehr demüthig und freundlich gegen den Jungen. Zugleich befahl er der Königstochter, ein Mahl zu bereiten, damit ihr Fremdling gut bewirthet werde. Da nun der Troll seine Worte zu wählen wußte, ließ sich der Junge zuletzt von dessen geschwätziger Zunge bethören, und vergaß, auf seiner Hut zu sein. Er setzte sich mit dem

Riesen zu Tische. Die Königstochter aber weinte im Stillen, und die Hunde waren sehr unruhig, obschon Niemand darauf achtete. Als der Riese und sein Gast ihre Mahlzeit beendet hatten, sagte der Jüngling: „Ich habe nun meinen Hunger gestillt, gib mir auch Etwas, womit ich meinen Durst löschen kann." Der Riese antwortete: „Oben am Berge ist eine Quelle, in der fließt der klarste Wein, ich habe aber Niemand, der davon holen kann." Der Knabe entgegnete: „Wenn es sich nur darum handelt, so kann ja einer von meinen Hunden dort hinaufgehen."

Bei dieser Rede lachte der Riese in seinem falschen Herzen, denn er wünschte nichts so sehr, als daß der Junge seine Hunde fortschicke. Der Knabe gab daher Befehl, daß Håll zur Quelle nach dem Wein gehen solle, und der Riese reichte ihm einen großen Krug. Der Hund ging, obschon man wol merken konnte, daß es nicht mit gutem Willen geschah; man wartete aber lange, und er kam nicht zurück. Endlich sagte der Riese: „Mich wundert, daß der Hund so lange außen bleibt. Vielleicht wäre es gut, wenn du deinen anderen Hund gehen, und ihm helfen hießest, denn der Weg ist weit, und der Krug schwer zu tragen." Da nun der Knabe keine List ahnte, willigte er in den Wunsch des Riesen, und gebot Slit, zu gehen, und auszuforschen, warum Håll nicht wiederkehre. Der Hund wedelte mit dem Schwanze, und wollte seinen Herrn nicht verlassen; der Junge aber merkte es nicht, sondern trieb auch ihn zur Quelle fort. Da lachte der Riese in's Fäustchen, und die Königstochter weinte. Der Junge aber achtete nicht darauf, sondern war frohen Muthes, scherzte mit seinem Wirth, und dachte an keine Gefahr.

Es währte so wieder eine lange Weile, man hörte aber nichts, weder vom Wein, noch von den Hunden. Da sprach der Riese: „Nun merke ich wol, daß deine Thiere nicht thun, was du ihnen befiehlst, sonst würden wir hier nicht sitzen, und dürsten. Mir scheint das Beste, daß du Ly gehen, und spähen heißest, warum sie nicht zurückkommen."

Der Junge wurde durch diese Worte aufgereizt, und befahl seinem dritten Hunde, schnell zur Quelle hinzugehen. Ly wollte nicht, sondern kroch wimmernd zu den Füßen seines Herrn. Da wurde der Knabe zornig, und trieb ihn mit Gewalt fort. Der Hund war nun gezwungen, seinem Herrn zu gehorchen, und lief eilig auf den Berg. Als er aber hinkam, erging es ihm, wie es den andern ergangen; dort erhob sich eine hohe Mauer um ihn, und er blieb durch den Zauber des Riesen gefangen.

Als nun alle drei Hunde entfernt waren, stand der Riese auf, sein Aussehen änderte sich, und er ergriff ein blankes Schwert, das an der Wand hing. Er sagte: „Nun will ich meine Brüder rächen, und du sollst sogleich sterben, denn du bist in meiner Gewalt." Da erschrak der Knabe, und bereute, sich von seinen Hunden getrennt zu haben. Er sagte: „Ich bettle nicht um mein Leben, nachdem ich doch jeden Falls sterben soll. Um Eines aber bitte ich, daß ich meinen Pater noster lesen, und einen Psalm auf meiner Pfeife spielen darf. Es ist so der Gebrauch und die Sitte in unserem Lande." Der Riese willigte in dies Begehren, er setzte aber hinzu, daß er nicht lange warten wolle. Der Junge fiel nun auf die Knie, las andächtig einen **Pater noster**, und begann auf seiner Pfeife zu spielen, daß es über Berg und Thal tönte. In demselben Augenblicke aber verlor der Zauber seine Macht, und die Hunde wurden wieder frei. Sie kamen nun wie ein Sturmwind gefahren, und stürzten in den Bergsaal herein. Sogleich stand der Knabe auf, und rief: „Håll pack ihn! Slit und Ly! zerreißt ihn in viele tausend Stücke." Da stürzten die Hunde auf den Riesen und zerrissen ihn in unzählige Stücke. Hierauf nahm der Knabe alle Habe, die im Berge lag, spannte die Pferde des Riesen an einen vergoldeten Karren, und machte sich bereit fortzufahren, so schnell als er vermochte.

Als nun die Königstöchter sich wiederfanden, herrschte eine große Freude, wie Jedermann denken kann, und alle dankten dem Jungen, daß er sie aus der Gewalt des Bergtrolls befreit habe. Der Junge faßte eine heftige Liebe zu der jüngsten Prinzessin, und sie verlobten sich einander.

Die Königstöchter fuhren so den Weg jubelnd, scherzend und fröhlich, und der Junge diente ihnen in Zucht und Ehren, wie es sich gegen vornehme Jungfrauen ziemt. Unterwegs aber spielten die Prinzessinnen mit dem Haare des Jungen, und banden zum Angedenken ihre goldenen Ringe in seine langen Locken.

Eines Tages, während sie noch auf dem Wege waren, begegneten ihnen zwei Wanderer, die dieselbe Gegend bereist hatten. Die beiden Fremdlinge gingen in schlichten

Kleidern, ihre Füße waren wund, und man konnte wol aus ihrem Aussehen entnehmen, daß sie eine weite Reise gemacht hatten. Der Junge ließ nun seinen Wagen anhalten, und fragte, wer sie wären, und woher sie gekommen. Die Fremdlinge entgegneten, daß sie zwei Prinzen wären, die ausgegangen seien, um die drei vom Berggeist entführten Jungfrauen zu suchen; ihre Fahrt aber hätte wenig Erfolg gehabt, so daß sie nun heim wandern müßten, mehr wie Bettler, als wie Königssöhne. Als der Junge dies hörte, that es ihm leid um die beiden Wanderer, und er fragte, ob sie mit ihm in dem schönen Wagen fahren wollten. Die Prinzen dankten sehr für diesen Anbot. Sie fuhren so zusammen, und kamen in das Land, über welches der König, der Vater der Prinzessinnen, herrschte.

Als nun die Prinzen erfahren hatten, daß der Junge die drei Königstöchter befreit hatte, wurden sie sehr neidisch, und dachten, wie ihre eigene Fahrt ihnen so geringen Gewinn gebracht. Sie beriethen sich nun, wie sie den Jungen betrügen, und selbst Ehre und Ruhm gewinnen könnten. Sie verbargen aber ihren bösen Anschlag, bis sie eine günstige Gelegenheit finden konnten. Da warfen sie sich plötzlich über ihren Begleiter, ergriffen ihn am Halse, und erwürgten ihn. Hierauf drohten sie den Prinzessinnen mit dem Tode, wenn sie nicht den Eid ablegen wollten, das zu verschweigen, was geschehen war. Als nun die Königstöchter in der Gewalt der Prinzen waren, wagten sie es nicht, sich ihrem Begehren zu widersetzen. Es that ihnen aber um den Jungen sehr leid, der für sie sein

Leben verloren, und die jüngste Prinzessin betrauerte ihn von ganzem Herzen, so daß sie nicht mehr fröhlich werden wollte.

Nach dieser großen Unthat zogen die Prinzen zum Königshofe, und man kann wol denken, welche Freude dort herrschte, als der König wieder seine drei Töchter erhielt. Während dem lag der arme Junge halb todt im Walde. Er war sich aber nicht allein überlassen, denn die treuen Hunde legten sich um ihn herum, schützten seinen Körper gegen die Kälte, und leckten seine Wunden. Sie ließen nicht eher davon ab, bis ihr Herr wieder auflebte, und wieder zum Leben kam. Als er wieder Gesundheit und Kraft erlangt hatte, machte er sich wieder auf den Weg, und kam nach manchen Mühseligkeiten zum Königshofe, wo die Prinzessinnen ihre Heimat hatten.

Als der Junge eintrat, vernahm er großen Lärm und Jubel am ganzen Hofe, und vom Königssaale hörte man Tanz und schönes Saitenspiel. Da verwunderte er sich sehr, und sagte, was dies Alles zu bedeuten habe. Der Diener antwortete: „Gewiß mußt du von weit hergekommen sein, da du noch nicht vernommen, daß der König seine Töchter aus der Gewalt des Bergtrolls wieder erhalten. Heute ist die Hochzeit der beiden ältesten Prinzessinnen. Der Junge fragte nach der jüngsten Prinzessin, ob sie auch Braut wäre; der Diener aber gab zur Antwort, daß sie keinen Mann haben wolle, sondern weine, und wie Keiner um die Ursache ihres großen Schmerzes wisse. Nun wurde der Junge wieder froh, denn er konnte wol merken, daß seine Braut ihm hold und treu war.

Der Junge ging hierauf in die Burgstube, und ließ dem König sagen, daß ein Gast gekommen sei, der gebeten, die Hochzeitsfreuden dadurch zu vermehren, daß er seine Hunde zeige. Dies gefiel dem König, und er befahl, daß der Frembling auf das allerbeste empfangen werden solle. Als nun der Junge in den Saal eintrat, herrschte große Verwunderung unter der ganzen Hochzeitsschaar über seine Behendigkeit und männlichen Manieren, und es schien Allen, daß man selten einen so schönen Jungen sah. Die drei Königstöchter aber hatten ihn sogleich wieder erkannt, sprangen vom Tische auf, und flogen dem Jungen an die Brust. Da schien es den Prinzen nicht gerathen zu sein, länger zu verweilen, wo sie waren. Die Königstöchter aber erzählten, wie sie der Junge befreit habe, und was ihnen widerfahren war; und sie suchten zu ihrer größeren Beglaubigung in seinen Haarlocken jede ihren Ring. Als nun der König vernahm, daß die beiden Prinzen mit List und Ränken gehandelt, wurde er sehr erzürnt, und ließ sie mit Schimpf und Schande vom Königshofe wegjagen. Der rüstige Junge aber wurde mit großen Ehrenbezeigungen empfangen, wie er es wol verdient hatte, und denselben Tag war seine Hochzeit mit der jüngsten Königstochter.

Nach dem Tode des Königs wurde der Jüngling zum Herrn des Landes erwählt, und ward ein tapferer König. Und dort lebt er mit seiner schönen Königin, und herrscht glücklich noch heut zu Tage.

Weiter weiß ich nichts mehr davon zu erzählen.

XIV.
Das Meerweib.

A.
Der Königsfohn und Messeria.
Aus Süd-Småland.

Es war einmal ein König und eine Königin, die keine Kinder hatten. Hierüber grämten sie sich sehr, und der König wünschte nichts so sehr, als einen Erben für die Krone und das Reich zu bekommen. Jahre aber kamen und Jahre vergingen, und noch immer wollte seine Hoffnung nicht in Erfüllung gehen.

Die Königin, die Gemahlin dieses Königs, hatte ihre größte Lust, auf der See herumzufahren, wenn das Wetter schön war. Es ergab sich einmal, daß ihr Schiff plötzlich im Meere stille stand, und die Seeleute vermochten es nicht zu bewegen, weder vor-, noch rückwärts. Nun konnten wol Alle begreifen, daß irgend Etwas im Wasser war, was das Schiff festhielt. Die Königin ging daher auf das Schiffsverdeck, und fragte nach dem, was ihre Fahrt verhindere. Da vernahm man unter dem Kiel eine Stimme, die sagte: „Nie kommst du mehr auf die grüne Erde, wenn du mir nicht das gibst, was du unter deinem Gürtel trägst." Die Königin willigte ein, denn sie wußte nicht, daß sie schwanger war. Sie warf daher ihren Schlüsselbund in's Meer, der am Ende des Gürtels hing. Sogleich wurde das Schiff wieder flott, und begann über Wellen und Wogen zu gehen, bis es endlich in den Hafen im Reiche des Königs einlief.

Einige Zeit hierauf merkte die Königin, daß sie ein Kind unter dem Herzen trage. Da herrschte große Freude über das ganze Land, und der König freute sich am allermeisten, daß er seinen theuersten Wunsch erfüllt sehen sollte. Die Königin aber selbst freute sich nicht, denn sie fürchtete sich, daß sie unwissend ihre eigene Frucht versprochen habe.

Als der König ihren geheimen Kummer merkte, kam es ihm wunderlich vor, und er fragte, warum sie allein betrübt wäre, während alle Anderen sich freuten. Die Königin erzählte ihm nun Alles, wie es sich auf der Seereise zugetragen hatte. Der König aber bat sie getrost zu sein, und ihren Kummer sich aus dem Sinn zu schlagen, er werde schon sorgen, daß das Meerweib nie ihr Kind in die Hände bekäme.

Nach Monaten kam die Königin in die Wochen, und gebar einen kleinen Sprößling. Der junge Prinz nahm an Alter und Kraft zu, und wurde stärker und schöner, als andere Kinder. Hierüber empfanden der König und die Königin eine große Herzensfreude, und sie hüteten den Knaben, wie ihren Augapfel. Es währte so eine geraume Zeit, und der Prinz ging in sein zwölftes Jahr. Da ereignete es sich, daß der König von seinem Bruder Besuch erhielt, der über ein anderes Reich herrschte, und der fremde König hatte zwei Söhne mit sich. Die drei Königssöhne hatten ihre größte Lust, zusammen zu spielen.

Eines Tages unterhielten sich die fremden Prinzen, im Hofe zu reiten, der vor dem Hause lag; der Königssohn aber stand darinnen, und sah ihrem Vergnügen zu. Er fühlte nun eine heftige Begierde, am Spiele Theil zu nehmen; und schlich daher von seinen Wächtern hinweg, sprang in den Hof hinaus, und bestieg ein Pferd.

Die Knaben ritten zum Strande hinab, ihre Füllen zu wässern. Kaum aber war das Pferd des Prinzen zum Wasser gekommen, als es in die See lief, und in den Wogen verschwand. Die fremden Königskinder kehrten sogleich zum Königshofe heim, und erzählten dies große Unglück. Da kann man sich wol vorstellen, wie man dort jammerte und trauerte, und der König schickte seine Mannen aus, den Prinzen zu suchen. Alle Forschungen aber waren umsonst; der Knabe war und blieb verschwunden. Der Junge setzte unterdessen seinen Weg fort, und fand einen grünen Pfad, der zu einem schönen Schlosse führte, weit unten im Meeresgrunde. Das schöne Schloß glänzte überall von Gold und kostbaren Steinen, so daß Niemand deßgleichen gesehen hatte, und darin wohnte die Meerfrau, die über Wind und Wogen herrschte. Als der Prinz in's Schloß kam, sah ihn das Weib mit sanften Augen an, und grüßte, und sagte: „Willkommen! schöner Junge! zwölf Winter habe ich auf dich gewartet. Du sollst nun hier bleiben, und mein Page werden. Wenn du mir treu und gut dienst, sollst du Erlaubniß erhalten, wieder zu deinen Verwandten zurückzukehren; wenn du aber nicht thust, was ich dir befehle, gilt es dein Leben." Bei dieser Rede ward dem Jungen schlimm zu Muthe, denn er dachte an seine Eltern daheim, wie es die jungen Knaben gewohnt sind. Er mußte sich aber in sein Schicksal fügen, und verweilte so eine geraume Zeit bei der Meerfrau, in dem schönen Schlosse im Meeresgrunde.

Eines Tages ließ die Meerfrau den Prinzen zu sich rufen, und sagte: „Es ist Zeit, daß du deinen Dienst beginnst, und folgende soll deine erste Probe sein. Hier sind zwei Garne, ein weißes und ein schwarzes. Nun sollst du das weiße Garn schwarz, und das schwarze Garn weiß waschen. Alles aber muß am Morgen fertig sein, wenn ich erwache, sonst gilt es dein Leben." Der Jüngling nahm die beiden Garne, wie die Meerfrau befohlen, ging hinab zur See, und begann sie zu waschen, so gut er konnte; wie er sich aber auch abmühen mochte, das weiße Garn war, und blieb weiß, und das schwarze Garn war, und blieb schwarz. Als der Prinz nun merkte, daß er seine Probe nicht bestehen könne, wurde er sehr betrübt, und weinte bitterlich.

In demselben Augenblicke kam eine junge, sehr schöne Jungfrau gegangen. Die schöne Maid ging zum Königssohn hin, grüßte freundlich, und fragte, warum er so betrübt sei? Der Prinz antwortete: „Ach, ich muß wol weinen, die Meerfrau hat mir befohlen, das weiße Garn schwarz, und das schwarze Garn weiß zu waschen. Wenn ich es bis am Morgen nicht gethan habe, wenn sie erwacht, gilt es mein junges Leben." Die Jungfrau entgegnete: „Wenn du versprichst, mir treu zu sein, will ich dir helfen, und dir auch immer treu sein."

Der Jüngling willigte gerne ein, denn die Jungfrau war so schön, daß Niemand sich vorstellen kann, wie schön sie war. Sie gelobten sich einander, nie zu hintergehen. Da ging das junge Mädchen zu einem unbeweglichen Stein hin und sagte: "All' ihr Däumlinge meiner Frau Mutter, kommt hervor, und helft, das weiße Garn waschen, bis es schwarz wird, und das schwarze, bis es weiß wird." In demselben Augenblicke kam eine Schaar kleiner Leute oder Däumlinge hervor, deren Anzahl Keiner zählen konnte; jeder Däumling nahm ein Ende eines kleinen Fadens und begann sehr fleißig, sehr fleißig zu waschen, und sie ließen nicht eher davon ab, bis das weiße Garn schwarz, und das schwarze weiß wurde. Als Alles fertig war, krochen die Däumlinge unter den Stein, und Niemand sah sie mehr. Das junge Mädchen aber setzte sich, um mit dem Königssohn zu plaudern, und erzählte, daß sie eine Prinzessin sei, und Messeria heiße; sie warnte ihn zugleich, daß er es Niemanden wissen lasse, daß sie sich einander getroffen.

Früh am Morgen, ehe die Sonne aufging, ging der Prinz zu seiner Herrin, wie sie befohlen hatte. Als er hinkam, fragte die Meerfrau, ob er ihrem Verlangen nachgekommen sei. Der Junge bejahte es, und wies die beiden Garne. Da wunderte sich die Meerfrau sehr, und sagte: "Wie ist dies zugegangen? Hast du eine von meinen Töchtern getroffen?" Der Junge aber sagte, daß er Niemand gesehen, und so schieden sie für diesmal.

Einige Zeit darauf ließ die Meerfrau den Königssohn wieder zu sich rufen, und sagte: „Ich will dir nun eine andere Probe auferlegen. Hier ist eine Tonne Weizen, und eine Tonne Korn mit einander vermischt. Du sollst das Getreide jedes nach seiner Art sondern, so daß das Korn von dem Weizen geschieden wird, und der Weizen vom Korn. Alles aber soll am Morgen fertig sein, wenn ich erwache, sonst gilt es dein Leben." Der Junge nahm nun das Korn und den Weizen, wie ihm befohlen war, und begann zu klauben, so viel er konnte.

Wie er sich aber auch plagen mochte, als es gegen die Nacht ging, hatte er noch nicht mehr als einen kleinen Theil gesondert. Da wurde er sehr betrübt, und weinte bitterlich. In demselben Augenblicke kam die schöne Messeria gegangen, grüßte herzlich, und fragte nach der Ursache seines großen Schmerzes. Der Prinz antwortete: „Ach, ich muß wol weinen, und kann nicht fröhlich sein. Die Meerfrau hat mir befohlen, all' dieses Getreide nach seinen verschiedenen Gattungen zu sondern, so daß das Korn vom Weizen geschieden wird, und der Weizen vom Korn. Habe ich es aber nicht bis am Morgen gethan, wenn sie erwacht, gilt es mein junges Leben."

Die Jungfrau entgegnete: „Wenn du versprichst, mir treu zu sein, so will ich dir helfen, und dir auch immer treu bleiben." Der Königssohn versicherte, daß er nie eine andere in der Welt lieben werde, außer ihr. Da ging das Mädchen zu einem unbeweglichen Stein, klopfte darauf und sagte: „All' ihr Däumlinge meiner Frau Mutter kommt hervor, und helft, das Korn vom Weizen sondern, und den Weizen vom Korn." Sogleich kam eine unzählbare

Schaar Däumlinge herbei, jeder Däumling nahm ein Korn, und sie klaubten sehr fleißig, sehr fleißig, bis zuletzt alles Getreide gesondert war, das Korn für sich, und der Weizen für sich. Als Alles fertig war, krochen die Däumlinge wieder unter den Stein, und Keiner sah sie mehr. Mesferia ging ebenfalls ihres Weges; sie warnte aber den Königssohn, daß er Niemanden wissen lasse, daß sie sich einander getroffen.

Früh am Morgen, ehe der Tag graute, ging der Prinz zu seiner Herrin, wie sie befohlen hatte. Als er hinkam, fragte die Meerfrau, ob er ihren Auftrag vollzozogen. Der Jüngling bejahte es, und wies das Getreide, das gesondert war, jede Gattung für sich. Da verwunderte sich das Weib sehr, und sagte: „Wie hast du es gethan? Hast du irgend eine von meinen Töchtern getroffen?" Der Prinz aber antwortete, daß er keine gesehen, und so schieden sie diesmal.

Als wieder einige Zeit vergangen war, sandte die Meerfrau einen Boten zu dem jungen Königssohn. Sie sagte: „Ich will dir jetzt eine dritte Probe auflegen. In meinem Stalle sind hundert Ochsen; und dieser war an zwanzig Jahre nicht gereinigt worden. Du sollst hingehen, und ihn reinigen. Wenn du es am Morgen gethan hast, wenn ich erwache, will ich dir eine von meinen Töchtern geben, und dir erlauben, zu deinen Verwandten heim zu gehen. Wenn du es aber nicht vollzogen, wie ich dir sagte, gilt es dein Leben." Der Junge ging hin zum Stall der Meerfrau, und begann auszumisten; wie er sich aber auch Mühe geben mochte, es war leicht zu sehen, daß er nie fertig werden würde, denn der Unrath wuchs nur mehr an, als er vermindert wurde. Da wurde dem Prinzen schlimm zu Muthe, und er weinte bitterlich. In demselben Augenblicke kam die schöne Messeria gegangen, und fragte nach der Ursache seines großen Schmerzes. Der Knabe antwortete: „Ach, ich muß wol weinen, und kann nicht fröhlich sein. Die Meerfrau hat mir den Stall zu reinigen befohlen, wo sie ihre hundert Ochsen hat. Wenn ich es bis zum Morgen gethan, wenn sie erwacht, will sie mir eine von ihren Töchtern und Erlaubniß geben, zu meinen Verwandten heim zu ziehen, wenn ich es aber nicht gethan habe, gilt es mein junges Leben." Das Mädchen entgegnete: „Wenn du mir versprichst, treu zu sein, so will ich dir helfen, und dir auch immer treu bleiben." Der Königssohn wiederholte, daß er nie eine Andere in der Welt lieben werde.

Da ging Messeria zu einem unbeweglichen Stein hin, klopfte darauf, und sagte: „All' ihr Däumlinge meiner Frau Mutter kommt hervor, und helft, den Stall der Meerfrau reinigen." Sogleich kam da eine so große Schaar Däumlinge hervor, daß der ganze Boden wimmelte, und die kleinen Männer arbeiteten so fleißig und emsig, und hörten nicht früher auf, bis der ganze Stall gereinigt war. Als nun Alles fertig war, krochen die Däumlinge wieder unter den Stein, und Niemand sah sie mehr. Messeria aber setzte sich nun mit dem Prinzen, um zu plaudern und warnte ihn, daß er Niemanden wissen lassen solle, daß sie sich einander getroffen. Sie sagte ihm auch, daß die Töchter des Meerweibes eigentlich Königstöchter seien, welche in verschiedene Thiere verwandelt worden. „Daher," setzte sie hinzu, „wenn du mich nicht betriegen willst, dann erinnere dich, daß ich in eine kleine Katze verwandelt bin die auf der Seite gebrannt, und an einem Ohr beschnitten ist." Der Junge bewahrte diese Worte genau in seinem Gedächtniß, und sagte, daß er nie ihren Rath vergessen wolle. Hierauf nahmen sie einen herzlichen Abschied von einander.

Zeitlich am Morgen, ehe es tagte, ging der Prinz zu seiner Herrin, wie ihm befohlen worden. Als die Meerfrau ihn gewahrte, fragte sie, ob er ihren Auftrag vollzogen. Der Junge bejahte es, und sie gingen zusammen hin, wo der Stall lag. Als nun das Weib sah, daß Alles fertig war, wie sie befohlen, verwunderte sie sich über die Maßen, und fragte: „Wie ging dies zu? Ist Jemand hier gewesen und hat dir geholfen?" Der Königssohn antwortete, daß er Niemand getroffen. Die Meerfrau erwiederte: „Wenn es so ist, will ich mein Wort, und auch mein Versprechen wol halten, wie ich es gegeben. Du sollst eine unter meinen Töchtern wählen, und sodann wieder zu deinen Verwandten heimziehen."

Der Königssohn ging nun mit der Meerfrau, und sie kamen in einen großen Saal, wo der Prinz nie früher gewesen. Der Saal war sehr schön, und auf das allerkostbarste mit Gold und Silber geschmückt, und darin war eine große Schaar Thiere von verschiedenen Gattungen wie Schlangen, Kröten, Wiesel und andere versammelt, die Niemand aufzählen konnte. Die Meerfrau sagte: „Hier siehst du alle meine Töchter, wähle nun, welche du willst."

Als aber der Junge die häßlichen Thiere sah, ward ihm schlimm zu Muthe, und er wußte nicht recht, wohin er sich wenden sollte, so abscheulich erschienen sie ihm. Während dem, sah er eine kleine Katze, die auf der Seite gebrannt war, und ein beschnittenes Ohr hatte. Die Katze aber ging im Zimmer umher, wedelte mit dem Schwanze, und sah sehr traurig aus. Da erinnerte sich der Prinz dessen, was Messeria gesagt hatte, er ging daher zu der kleinen Katze hin, strich sie mit der Hand, und sagte: „Diese will ich haben, und keine andere."

In demselben Augenblicke veränderte das Thier seine Gestalt, und es wurde eine schöne Jungfrau daraus, und der Jüngling erkannte das schöne Mädchen wieder, welches ihm geholfen hatte. Die Meerfrau aber wurde sehr übellaunig, und sagte: „Warum willst du gerade sie wählen? Sie war mir die Liebste von allen meinen Töchtern."

Nachdem wieder einige Zeit vergangen war, schickte die Meerfrau nach dem Königssohne, und sagte: „Ich will nun deine Hochzeit veranstalten; vorher aber sollst du die Hochzeitskleider für deine junge Braut holen. Gehe daher zu meiner Schwester, und grüße sie von mir, so erhältst du Alles, was du brauchst." Als nun der Prinz erfahren, daß er zu der Schwester der Meerfrau reisen sollte, wurde er sehr betrübt, denn er konnte wol erkennen, daß dies eine gefährliche Fahrt war. Er setzte sich daher nieder, und weinte bitterlich. Als er so saß, kam die schöne Messeria gegangen, und fragte, warum er so traurig sei; der Prinz antwortete: „Ach, ich muß wol weinen, die Meerfrau hat mir befohlen, zu ihrer Schwester wegen der Hochzeitskleider fortzuziehen, und ich kann wol denken, daß es eine gefährliche Reise sein wird." Messeria sagte: „Wenn du mir versprechen willst, mir treu zu sein, will ich dir helfen, und dir auch immer treu bleiben." Der Königssohn versicherte von Neuem, daß er nie seine Treue, und sein Versprechen gegen sie brechen werde. Da nahm die Jungfrau das Wort: „Wenn du dich auf den Weg begibst, so kommst du zuerst zu einem Gatterthor, welches in jenem Theil des Landes ist, der die Schätze der Meerfrau birgt. Das Gatterthor ist alt, und schwer aufzumachen. Bestreiche es mit der Salbe aus diesem Horn. Sodann kommst du zu zwei Männern, die eine Eiche am Wege behauen; die Männer haben hölzerne Aerte, gib ihnen diese Aerte von Eisen. Hernach kommst du zu zwei anderen Männern, die stehen im Hofe und dreschen. Sie haben Dreschflegel von Eisen, gib ihnen diese Dreschflegel von Holz. Sodann kommst du zu zwei Adlern, die werden sich drohend aufrichten, wenn du vorbeigehst. Gib ihnen diese beiden Fleischstücke. Bei der Schwester der Meerfrau aber bin ich nie gewesen, und kann dir daher nichts rathen. Sei jedoch vorsichtig, und esse nichts." Der Prinz dankte sehr für diesen guten Rath, und versprach, ihn genau zu befolgen. Hierauf nahm er Abschied von Messeria, und begann seine Wanderung.

Als er einige Stunden gereis't war, kam er zu einem Gatterthor, welches in derselben Landmark sich befand, wo die Schätze der Meerfrau eingeschlossen waren. Das Thor aber war alt, und bewegte sich schwer in seinen Angeln. Da that der Prinz, wie Messeria ihn gelehrt hatte, er nahm sein Horn mit der Salbe hervor, und bestrich die Angeln. Hierauf ging er weiter, und kam zu zwei Männern, die Holz hauten. Sie hatten Aerte von Holz. Der Königssohn aber gab einem jeden von ihnen eine eiserne Art. Er kam ferner dahin, wo die Drescher standen. Sie hatten schwere Dreschflegel von Eisen. Der Prinz aber gab ihnen hölzerne Dreschflegel. Endlich kam er zu zwei Adlern, die sich drohend aufrichteten, als er vorbeiging. Der Prinz aber gab einem jeden ein Stück Fleisch, und kam so ungehindert zu dem Hofe, wo das Ziel seiner Reise war.

Als der Königssohn hineinkam, blieb er vor der Schwester der Meerfrau stehen, und brachte sein Anliegen vor. Er wurde auf das allerbeste empfangen. Das Weib aber hatte ein häßliches Aussehen, und der Junge konnte wol begreifen, daß sie nicht Alles so meinte, wie sie sagte. Die Meerfrau bat ihn nun, sich niederzusetzen, sie aber bereitete die Hochzeitssachen zu und ließ Speisen herbei bringen, damit er esse. Der Prinz erinnerte sich aber des Rathes seiner Liebsten, und wollte die Speise nicht kosten, sondern wartete die Gelegenheit ab, und verbarg sie im Bette. Nach einer Weile trat die Meerfrau ein, und fragte, ob ihr Gast gegessen habe. Der Jüngling bejahte es. Da lachte das Weib heimlich, und sagte: „Menschenhaupt! wo bu bist bu?"

Die Speise antwortete:

„Ich stehe bei den Füßen des Bettes.

Ich stehe bei den Füßen des Bettes."

Nun wurde dem Jüngling schlimm zu Muthe, denn

er merkte die Bosheit des Weibes. Die Meerfrau aber wurde erzürnt, holte die Speise und sagte, daß der Prinz davon essen müsse, ob er wolle, oder nicht.

Das Weib ging das zweite Mal hinaus, und der Junge sah sich nach einem Versteckplätzchen um. Er steckte nun die Speise in's Ofenloch und verbarg sie, so gut er es vermochte. Es dauerte aber nicht lange, als die Meerfrau zurückkam, und fragte, ob er gegessen. Der Prinz bejahte es. Da lachte das Weib boshaft, und sagte:

„Menschenhaupt! wo bist du?"

Die Speise antwortete:

„Ich stehe im Ofenloch!"

„Ich stehe im Ofenloch!"

Als nun die Meerfrau vernahm, daß der Junge, auf seiner Hut gegen ihre Ränke war, wurde sie über die Maßen erzürnt, holte die Speise, und sagte, der Prinz solle davon essen, oder es gelte sein Leben. Das Weib ging hierauf zum dritten Mal fort. Da wußte der Junge nicht in seiner Noth, wo er die Speise verstecken solle, sondern verbarg sie in der Brust unter seinen Kleidern. Als die Meerfrau zurückkam, fragte sie wie früher, ob er gegessen hätte. Der Knabe bejahte es. Da sagte das Weib:

„Menschenhaupt, wo bist du?"

Die Speise antwortete:

„Ich liege im Busen."

„Ich liege im Busen."

Nun lachte die Meerfrau, und erwiederte:

„Liegst du im Busen,

kommst du schnell in die Gedärme!"

Hierauf gab sie dem Jungen viele Grüße an seine Herrin auf, reichte ihm eine Schachtel mit Hochzeitssachen, wünschte ihm Glück auf die Reise, und so schieden sie von einander.

Der Junge begab sich nun auf den Rückweg, und war froh, was nicht zu wundern ist. Aber man muß nicht eher jubeln, bevor man über den Bach kommt, wie das alte Sprichwort sagt. Denn der Prinz war nicht weiter als zu den beiden Adlern gekommen, als das Weib rief:

"Adler zerreißt ihn!"

Da erschrak er sehr. Als die Adler aber sahen, wer es war, wollten sie ihm keinen Schaden zufügen, sondern antworteten:

"Nein, er hat uns gespeis't,

Er hat uns gespeis't."

Der Prinz ging so vorbei, und kam zu den Männern, die droschen. Da rief die Meerfrau:

"Drescher! schlagt ihn todt!"

Nun fürchtete sich der Junge wieder, als die Männer aber sahen, wer es war, wollten sie ihm keinen Schaden zufügen, sondern antworteten:

"Nein, er hat uns hölzerne Dreschflegel für eiserne gegeben."

"Hölzerne Dreschflegel für eiserne Dreschflegel?"

Der Königssohn eilte so weiter, und kam zu den Männern, die Holz hauten. Da rief die Meerfrau:

"Holzhauer! schlagt ihn todt."

Als die Männer aber sahen, wer es war, wollten sie ihm keinen Schaden zufügen, sondern sagten:

„Nein, er hat uns eiserne Aerte für Holzärte gegeben."

„Eiserne Aerte für Holzärte?"

Nun eilte der Prinz weiter, und lief so schnell als er vermochte, bis daß er an die Gränze des Landes kam. Da rief die Meerfrau:

„Gatterthor! drücke ihn zu Tode."

Das Gatterthor aber antwortete:

„Nein, er hat mich geschmiert,"

„Er hat mich geschmiert."

Der Jüngling kam so auf das Gebiet seiner Herrin, und Niemand wunderte sich, daß er sehr müde nach einer solchen Fahrt war. Als der Königssohn sich eine Weile ausgeruht hatte, setzte er seine Heimreise wieder fort. Wie er aber eine Weile gegangen, kam es ihm in den Sinn, daß es wol gut sein könnte, zu wissen, was für Hochzeitssachen in der Schachtel verborgen wären. Zwar dachte er an seine Liebste und ihre Warnungen, wie es aber zu geschehen pflegt: Jugend und Weisheit reisen nicht zusammen, und so wurde, je mehr er grübelte, desto größer seine Neugierde. Zuletzt konnte er seine Begierde nicht länger beherrschen, sondern öffnete an der einen Seite ein wenig den Deckel der Schachtel. Er sah aber nun ein großes Wunder, denn die Schachtel war, wie es ihm schien, voll mit Funken, und als er den Deckel ein wenig öffnete, fuhr ein Feuerstromm aus der Oeffnung, und die Funken flogen, wie aus einem Ofenloche, umher. Da bereute der Prinz seine Unbedachtsamkeit, es war aber zu spät, und zuletzt konnte er vor Furcht weder vorwärts, noch zurückgehen, sondern setzte sich nieder, und weinte bitterlich. Endlich fiel es ihm ein, daß er wol versuchen könnte, ob die Däumlinge Messeria's ihm helfen wollten. Er ging daher zu einem unbeweglichen Stein, klopfte darauf, und rief: „All' ihr Däumlinge meiner Frau Mutter kommt hervor, und helft mir, die Brautkleinodien hineinlegen." Sogleich kam eine unzählige Menge von Däumlingen hervor, und die kleinen Männer zerstreuten sich in alle Fernen, und jagten nach den Funken über Berg und Thal. Nach einer Weile kam die ganze Schaar zurück, jeder hatte einen Funken gefangen, und legte ihn wieder in die Schachtel. Hierauf krochen sie unter den Stein. Der Königssohn aber gedachte ein andersmal klüger zu sein, und wanderte fröhlich zur Burg, wo seine Herrin wohnte.

Als ihn nun die Meerfrau erblickte und vernahm, daß er alle Gefahren wol bestanden, verwunderte sie sich sehr, und empfing ihn auf das beste. Sie ließ die Hochzeit des Prinzen feiern mit großem Pomp, und Lustbarkeit, und alle ihre Töchter waren bei dem Gastmale. Messeria aber war unter allen Königskindern das schönste, und der Bräutigam hielt sie höher als alle Kostbarkeiten, die er in dem schönen Schlosse gesehen.

Als die Hochzeit zu Ende war, erhielten der Prinz und seine schöne Braut Erlaubniß, ihres Weges zu ziehen. Sie nahmen von der Meerfrau Abschied, und wünschten von ganzem Herzen, sie nie mehr zu treffen.

Hierauf setzten sie sich in einem goldenen Wagen, und fuhren über viele grüne Ebenen, bis sie aus dem

Meere heraufkamen, nicht weit vom Königshofe. Nun aber fühlte der Junge eine große Sehnsucht, zu sehen, wie es daheim bei seinen Verwandten stehe. Messeria stemmte sich dagegen, und sagte, daß es sich mehr schicke, wenn sie zuerst zu ihrem Vater führen, der auch ein König war. Der Prinz bestand gleichwol fest auf seiner Meinung, und so behielt er Recht.

Als sie sich nun trennen sollten, nahm Messeria ihrem Bräutigam das Versprechen ab, daß er keine Nahrung nehmen solle, während er von ihr getrennt war, sondern sogleich zurückkehre. Der Königssohn versprach ihr, hierin zu gehorchen, und zog hierauf in die Stadt. Die junge Braut aber setzte sich nieder, und weinte bitterlich; denn sie konnte wol voraussehen, wie seine Fahrt ablaufen werde.

Als nun der Junge zum Hofe seines Vaters kam, herrschte eine große Freude, wie man sich wol denken kann, und am allermeisten freute sich der König und seine Gemahlin die Königin. Da wurde ein prächtiges Gastmal zubereitet, und alle bewillkommten den Prinzen in seiner Heimat. Der Junge aber wollte weder essen, noch trinken, sondern sagte, daß er sogleich seines Weges wieder ziehen wolle. Dies fiel der Königin auf, und sie wollte ihn nicht so nüchtern von sich ziehen lassen. Der Prinz wurde solchergestalt mit vielen Bitten überredet, und ließ sich endlich bewegen, ein Pfefferkorn zu kosten.

Da veränderte sich sein Sinn, so daß er seine schöne Braut vergaß, und Alles, was ihm widerfahren, während er bei der Meerfrau war. Er begann hierauf zu essen, und zu trinken, und that sich mit seinen Verwandten gütlich. Messeria aber saß im Walde, und wartete, bis die Sonne unterging. Hierauf zog sie mit großem Schmerz zu einer kleinen Hütte hin, und bat um Herberge bei den armen Leuten, die dort wohnten.

Es verstrich so einige Zeit, und der König wünschte, daß sein Sohn sich ein Weib nehmen solle. Der Prinz hatte nichts dagegen, sondern fuhr zu einem andern Reiche fort, und freite um eine schöne Königstochter. Hierauf wurde ein Gastmal zubereitet, und die Hochzeit mit Lust und Spiel begangen. Die schöne Messeria aber wanderte zum Königshofe hin, und bat, als eine Dienstmagd dort bleiben zu dürfen. Sie ging im Hochzeitssaal aus und ein, und man kann wol denken, daß es mit schwerem Herzen geschah. Sie verbarg aber ihre Thränen, und unter der allgemeinen Freude war dort Niemand, der auf ihren Schmerz achtete.

Als die Hochzeit einige Zeit gedauert hatte, setzten sich die Gäste zu Tische, und Messeria trat herein, die Speisen aufzutragen. Sie hatte mit sich zwei Tauben, die im Saale hin und her flogen. Als nun das erste Gericht hineingetragen wurde, nahm das Mädchen drei Weizenkörner, und warf sie den Tauben vor. Der Tauber aber flog hin, pickte alle drei Körner, und ließ seinem Weibchen nichts übrig. Da sang die kleine Taube:

> „Schäme dich!
> Du betrügst mich!
> Wie der Königssohn Messeria betrog."

Da entstand Schweigen im Saale, und die Gäste

verwunderten sich über die kleinen Vögel; der Bräutigam aber wurde sehr gedankenvoll, lockte die Tauben zu sich und liebkos'te sie.

Nach einer Weile wurden die anderen Gerichte auf den Tisch gesetzt, und Messeria half die Speisen hineintragen. Sie warf nun wieder drei Weizenkörner ihren Tauben vor, es ging aber wie früher; der Tauber pickte alle drei Körner auf, und ließ seinem Weibchen nichts übrig. Da sang die kleine Taube.

"Schäme dich!
Du beträgst mich!
Wie der Königssohn Messeria betrog."

Nun herrschte wieder Stille im Saale, und alle Gäste horchten auf die Worte des Vogels. Dem Königssohn aber ward wunderlich zu Muthe, und er lockte die kleinen Tauben und liebkos'te sie.

Als die dritte Tracht hineingetragen wurde, warf Messeria wieder drei Weizenkörner ihren Tauben vor. Der Tauber aber flog hin, und pickte alle drei Körner auf, ohne daß er etwas seinem Weibchen übrig ließ. Da sang die kleine Taube:

"Schäme dich!
Du betrügst mich!
Wie der Königssohn Messeria betrog."

Nun herrschte eine tiefe Stille im ganzen Gastmahlssaale, und Keiner wußte, was er von diesem Wunderzeichen denken sollte. Als aber der Königssohn die Worte der Taube hörte, erwachte er wie aus einem Traume und es ging ihm zu Gemüthe, wie schlecht er der schönen Messeria all' ihre Liebe gelohnt. Er sprang vom Tische auf, nahm das junge Mädchen an seine Brust, und sagte, daß sie und keine Andere seine Braut werden solle. Dabei erzählte er, welche Treue ihm Messeria bewiesen, und was ihm noch Anderes widerfahren, während er bei der Meerfrau war.

Als dies der König und die Königin, und die übrigen Hochzeitsgäste hörten, konnten sie sich kaum von ihrer Verwunderung erholen. Die fremde Prinzessin wurde nun wieder zu ihren Verwandten geschickt, Messeria aber als Braut geschmückt und dem jungen Königssohn vermählt. Sie lebten so viele gute Tage zusammen in Zucht, und in Ehren. Der Prinz aber vergaß nie mehr die schöne Messeria.

B.

Der Königssohn und die Prinzessin Singorra.

Aus Schonen.

Es war einmal ein König, der herrschte über ein mächtiges Reich. Er war ein großer Feldherr, und befand sich oft mit seinem Heere auf der See, sowol im Sommer, als im Winter. Es ereignete sich einmal, als der König den Befehl selbst führte, daß sein Schiff mitten auf der hohen See stehen blieb, und weder vor, noch rückwärts gebracht werden konnte. Niemand aber wußte, was das Schiff festhielt. Da ging der König an die Vordersteven hinauf, und sah, wie die Meerfrau auf den Wogen am Schiffsbug saß, und konnte nun wol wissen, daß sie es war, die den Lauf des Fahrzeuges hemmte. Er redete sie nun an, und fragte, was sie wolle. Die Meerfrau antwortete: „Du sollst von hier nie loskommen, außer du versprichst mir das erste lebende Wesen, das dir auf deinem eigenen Strande begegnet." Als der König nun sich keinen Rath wußte, davon zu kommen, willigte er in die Bedingung der Meerfrau. Sogleich wurde das Schiff wieder flott, der Wind blies in die Segel, und der König hatte einen guten Wind, bis er endlich zu seinem eigenen Lande kam.

Der König hatte einen einzigen Sohn, der fünfzehn Winter alt war, und in jeder Rücksicht ließ dieser nur Gutes hoffen. Der junge Prinz hatte seinen Vater sehr lieb, und sehnte sich sehr nach seiner Heimkunft. Als er nun die Wimpel auf dem Schiffe des Königs sah, das über das Meer segelte, freute er sich sehr, und lief zum Strande hinab, um seinen Vater zu begrüßen.

Als der König aber seinen Sohn erkannte, ward ihm schlimm zu Muthe, denn er erinnerte sich, welches Versprechen er der Meerfrau geleistet. Er wendete daher seine Augen zuerst auf einen Eber, und auf eine Gans, die am Seestrande umherliefen. Hierauf zog er zu seiner Burg hinauf, und gab Befehl, daß der Eber in das Meer geworfen werden solle, wie auch geschah.

Den anderen Tag erhob sich ein heftiger Sturm, die See ging hoch, und der Eber wurde todt dicht bei dem

Königshof an den Strand hinausgeworfen. Nun konnte der König wol verstehen, daß die Meerfrau erzürnt war. Er gab sodann Befehl, die Gans in das Meer zu werfen; es ging aber ebenso, der Sturm erhob sich, und die See ging hoch, und die Wogen warfen den Vogel todt an den Strand. Da kam es dem König in den Sinn, daß die Meerfrau seinen einzigen Sohn haben wolle. Der Knabe aber war die größte Freude seines Vaters, so daß der König ihn nicht für die Hälfte seines Reiches verlieren wollte. Obgleich es lange währte, sah zuletzt der König die Wahrheit des alten Sprichwortes ein: „Daß kein Mensch stärker ist, als sein Schicksal." Denn es ereignete sich eines Tages, daß der Knabe zum Strande hinabging, um mit andern Kindern seines Alters zu spielen Da erhob sich aus dem Wasser eine schneeweiße Hand mit goldenen Ringen auf jedem Finger. Die weiße Hand faßte den Königssohn, der am Seestrande spielte, und zog ihn mit sich in die blauen Wogen hinab. Der Prinz wurde durch das Meer geführt über viele grüne Wege, und es ließ ihm nicht eher Rast, als bis er zum Hof der Meerfrau kam. Man erzählt aber, daß die Meerfrau ihren Saal tief unten auf dem Meeresgrunde hat, der so schön ist, daß er von Gold und Edelsteinen, sowol von innen, als außen glänzt.

Der Jüngling verweilte nun in der schönen Burg, und traf dort viele andere edle Königskinder. Unter den Mädchen der Meerfrau aber war eine junge Prinzessin, die Singorra hieß. Sie war dort an sieben volle Jahre gewesen, und wußte viele Geheimnisse. Der Königssohn faßte eine heftige Liebe zu der schönen Jungfrau, und sie gelobten sich Treue und Achtung, so lange sie in der Welt leben würden. Eines Tages ließ die Meerfrau den Jüngling rufen, und sagte: „Ich habe wol merken können, daß dein Sinn nach Singorra, meinem Mädchen steht. Nun will ich dir drei Proben auflegen. Wenn du sie vollführst, will ich dir die schöne Jungfrau und Erlaubniß geben, heim zu deinen Verwandten zu ziehen. Wenn du aber nicht thust, was ich dir befehle, sollst du hier bleiben, und mir dein Lebelang dienen." Der Junge konnte nichts entgegen haben. Die Meerfrau führte ihn hierauf zu einer großen Wiese, welche dicht mit grünem Seegras bewachsen war. Sie sagte: „Dies mag deine erste Probe sein, daß du das Gras mähen, und wieder jeden Halm auf seine Wurzel aufstellen sollst, so daß es üppig wächst, und wie früher gedeiht. Alles aber soll bis zum Abend fertig sein, ehe die Sonne ruht." So sprechend ging sie ihres Weges, und ließ den Jüngling allein. Der Prinz begann nun zu mähen, und zu mähen, was er nur mähen konnte; es hatte aber nicht lange gedauert, als er wol sehen, und merken konnte, daß er nie seine Probe zu Stande bringen werde. Er setzte sich daher auf die Wiese nieder, und weinte bitterlich.

Als der Jüngling nun so saß, und weinte, kam die schöne Singorra zu ihm gegangen; und fragte, warum er so traurig sei. Der Königssohn antwortete: „Ich kann nichts als weinen. Die Meerfrau hat mir die ganze Wiese zu mähen befohlen, und jeden Halm wieder auf seine Wurzeln zu stellen. Wenn ich es nicht gethan, bis die

Sonne in den Wald geht, verliere ich dich und alle anderen Freuden in der Welt." Die Jungfrau entgegnete: „Ich will dir helfen, wenn du mir immer treu zu bleiben gelobst; denn ich werde dich nie betrügen." Der Prinz willigte ein, und sagte, daß er sein Versprechen ihr nicht brechen werde. Da faßte Singorra die Sichel, und berührte das Gras; in demselben Augenblicke war die ganze Wiese gemäht, und alle die kleinen Gräser fielen auf einmal zu Boden. Sie berührte dann wieder das Gras, und sieh', da richtete sich jeder Halm auf seiner Wurzel auf, und die Wiese blieb wie früher. Hierauf ging die Prinzessin ihres Weges. Der Junge aber war guten Muthes, trat froh vor seine Herrin, und sagte, daß er das Geschäft beendet, wie sie ihm befohlen.

Den anderen Tag ließ die Meerfrau von Neuem den Jungen rufen, und sagte: „Ich will dir nun eine andere Probe auflegen. In meinem Stall stehen hundert Pferde und er wurde seit Menschengedenken nicht gesäubert. Du sollst nun hingehen, und den Stall säubern. Wenn du es nicht bis gegen Abend gethan, wenn die Sonne ruht will ich fest auf meinem Wort bestehen." So sprechend ging sie ihres Weges, und ließ den Jungen allein. Als der Prinz aber zum Stalle kam, konnte er wol sehen und merken, daß er nie mit seiner Arbeit zu Stande kommen werde. Er setzte sich daher nieder, stützte die Wange in seine Hand, und weinte bitterlich.

Nachdem er so lange dagesessen hatte, kam die schöne Singorra wie früher gegangen, und fragte, warum er so traurig wäre. Der Königssohn gab zur Antwort:

„Muß ich nicht weinen? Die Meerfrau hat mir befohlen, ihren Stall zu säubern, wenn ich nicht dich und alle anderen Freuden der Welt verlieren will. Der Stall aber soll bis zum Abend gesäubert sein, ehe die Sonne ruht." Die Jungfrau entgegnete: „Ich will dir helfen, wenn du mir treu zu bleiben gelobst; denn ich werde dich nie betrügen." Der Prinz bejahte es, und sagte, daß er nie Jemand anderen, als sie lieben werde. Da ging Singorra zur Stallthür hin, faßte eine goldene Peitsche, die an der Wand hing, und schlug das Pferd, das in der untern Ecke stand. Sogleich riß das Pferd sich los, und begann den Boden mit seinen Hufen zu scharren, bis der ganze Stall gesäubert war, so daß alle hundert Füllen wieherten, und vor Freude stampften. Als dies gethan war, ging die Prinzessin ihres Weges; der Jüngling aber war guten Muthes, und trat froh vor seine Herrin, um sie zu benachrichtigen, daß er ihren Auftrag und Befehl vollzogen.

Den dritten Tag ließ die Meerfrau wieder den Königssohn rufen, und sagte: „Ich will dir noch eine Probe auflegen; wenn du auch diese ausführst, will ich fest auf meinem Wort bestehen, das ich gegeben; aber wenn du nicht thust, was ich sage, sollst du hier bleiben, und mir dein Lebelang dienen." Der Prinz fragte, was seine Herrin wünsche. „Nun denn," sagte die Meerfrau, „in meinem Stalle sind wol gegen tausend Schweine, und dort wurde an hundert Jahren nicht ausgeschaufelt. Nun sollst du meinen Schweinstall ausschaufeln, und dies soll bis Abend gethan sein, ehe die Sonne untergeht." So sprechend führte sie den Königssohn zu einem großen Stall, wo mehr Schweine lagen, als Jemand zu zählen vermochte und der Schmutz war zu einem hohen Berg angewachsen, so daß man nur über einen schmalen Steg hinkommen konnte. Hierauf kehrte die Meerfrau zurück, und glaubte sicher zu sein, daß der Jüngling mit seinem Unternehmen nicht zu Stande kommen werde.

Der Königssohn konnte auch nichts Anderes denken, er setzte sich daher nieder, stützte die Wange in seine Hand, und weinte bitterlich.

Als er nun so saß und weinte, kam die schöne Singorra gegangen und fragte, warum er so traurig wäre. Der Prinz antwortete: „Ich kann ja nichts anders, als traurig sein. Die Meerfrau hat mir befohlen, den ganzen Schweinstall zu reinigen. Wenn ich es nicht gethan, ehe es Abend wird, wenn die Sonne untergeht, verliere ich dich, und alle anderen Freuden." Die Jungfrau erwiederte: „Sei getrost! ich will dir helfen, wenn du mir immer treu zu bleiben gelobst; denn ich werde dich nie betrügen." Der Königssohn gelobte es, und sagte, daß er sie nie vergessen werde. Da stieg Singorra auf den Schlammhügel, und ging behutsam über den Steg, bis sie zu einem alten grauen Schwein kam, das verdeckt im Schlamme lag. Die Königstochter sang:

„Schwein! Schwein! mache dich rein,
„ So wirst du frei!"

Kaum aber war das Wort ausgesprochen, so sprang das Schwein auf, fuhr schnell in dem Stalle umher, wühlte mit dem Rüssel und schlug mit den Klauen nach hinten, und kehrte nicht eher zurück, bis der ganze Platz rein war, wie der Boden eines Saales. Hierauf entfloh es, und kam nie mehr wieder. Der Prinz aber war froh, und konnte nicht genug die schöne Jungfrau all ihres Beistandes wegen loben.

Der Königssohn trat nun vor seine Herrin, und sagte, daß er ihr Begehren erfüllt, wie sie befohlen hatte. Da wurde die Meerfrau über die Maßen erzürnt, und dachte, daß sie wol versuchen möge, wer stärker wäre, ihre List, oder das Glück des Jungen. Sie ließ sich nichts merken; am Morgen aber, als die Sonne aufging, rief sie den Jüngling, und sagte, daß er zu ihrer Schwester der Brautsachen wegen gehen solle. Sie gab ihm zugleich eine Schachtel, um die Sachen hineinzulegen, und der Prinz schien wol ihre Absicht merken zu können, daß sie ihn nicht unbeschadet von der Reise zurück erwarte.

Als so die Zeit herankam, daß der Jüngling sich hinwegbegeben sollte, kam die schöne Singorra zu ihm gegangen. Sie sagte: „Ich habe erfahren, daß du zur Schwester der Meerfrau gehen sollst, und wir würden uns vielleicht nie mehr wiedersehen, wenn du nicht thust, was ich dir jetzt sagen will. Hier hast du zwei eiserne Messer, zwei eiserne Aexte, zwei Wollmützen und zwei Kuchen. Die sollst du mit dir nehmen, und unterwegs verschenken, wo du es immer räthlich finden magst. Aber wenn du hinkommst, sollst du genau Acht geben, wohin du dich setzest. Im Saale der Hexe sind fünf Stühle von ungleicher Farbe; wenn du dich auf den weißen Stuhl setzest, versinkst du, und versinkst zuletzt hinab in die Tiefe des Meeres, und kommst nie wieder herauf. Wenn du dich auf den rothen setzest, verbrennst du, verbrennst und wirst nie mehr kalt. Wenn du dich auf den blauen Stuhl setzest, trifft dich der Schlag, und wir sehen uns nie wieder. Wenn du dich auf den gelben setzest, bekommst du die Schwindsucht und zehrst ab, schwindest und wirst nie mehr gesund. Aber auf den schwarzen Stuhl kannst du dich setzen, denn dort bleibst du unbeschädigt." Sie fügte hinzu: „Hier ist ein seidener Polster, denn sollst du unter die Schlange legen, die sich am Boden des Saales ringelt. Vor Allem aber esse von keiner Speise, denn dann stirbst du, und ich würde dich nie mehr sehen."

Der Königssohn dankte sehr für diesen guten Rath, nahm Abschied von seiner Liebsten, und es war nicht zu wundern, wenn sie mit großem Schmerz von einander schieden. Hierauf begann er seine Wanderung, und nichts ist uns von seiner Fahrt erzählt worden, bevor er zu den zwei Männern kam, die beschäftigt waren, Holz zu behauen; sie hatten aber nicht mehr als ein Messer, und dieses war schlecht, denn es war von Holz. Da erinnerte sich der Prinz, was Singorra gesagt hatte, er nahm seine eisernen Messer hervor, und gab sie den beiden Holzhauern.

Der Jüngling ging ein Stück weiter, und kam zu anderen Holzhauern; ihre Arbeit aber ging sehr schlecht von Statten, denn sie hatten nicht mehr als eine Art, und die war schlecht, denn sie war von Holz. Da erinnerte sich der Prinz des Rathes seiner Liebsten, und schenkte jedem eine eiserne Art. Hierauf setzte er seinen

Weg fort, und kam zu zwei Männern, die am Wege standen, und auf einer Mühle mahlten.

Der Wind aber blies kalt, und die Männer waren mit bloßem Haupte. Da that es dem Prinzen leid um die beiden Männer, und er gab einem jedem eine Wollmütze. Er wanderte so noch eine Weile, und kam zum Gatterthor des Schlosses. Da stürzte ein Wolf und ein Bär hervor, und der Wolf war gefräßig, und der Bär brummte, als wollten sie ihn verschlingen. Der Junge aber war nicht unberathen, er nahm einen Kuchen, brach ihn entzwei, und gab dem Wolfe und dem Bären jedem ein Stück. Die wilden Thiere krochen nun in ihren Käsich zurück, und ließen den Weg frei, so daß der Prinz ohne weiteres Abenteuer in den Hof der Hexe kam.

Als der Junge hineinkam, blieb er vor der Zauberin stehen, grüßte sie von ihrer Schwester, und brachte sein Anliegen vor. Er wurde nun auf das Allerbeste empfangen, und das Weib versprach, zu den Hochzeitssachen beizusteuern, wie verlangt worden. Sie ließ ihm einen weißen Stuhl hinsetzen, und bat den Jungen, sich nach der langen Reise auszuruhen. Der Prinz dachte an Singorra's Rath, und antwortete, daß er nicht müde wäre. Da ließ die Zauberkönigin den rothen Stuhl herbeitragen. Der Junge antwortete, wie früher, daß er stehen wolle. Das Weib ließ hierauf den blauen Stuhl bringen, der Junge aber wollte sich nicht setzen. Gleichfalls nicht auf den gelben Stuhl. Als jedoch die Zauberkönigin von ihrem Begehren nicht abstand, ging der Junge an das Ende des Saales, setzte sich auf den schwarzen Stuhl, und sagte: „Hier denke ich, kann es gut sein, ein wenig zu ruhen." Das Weib konnte hieraus merken, daß der Prinz auf der Hut sei, und man kann wol denken, daß sie darob nicht freundlicheren Sinnes wurde.

Die Zauberkönigin nahm jetzt eine Wurst hervor, bot sie dem Prinzen zum Essen, und sagte, daß er wol etwas zur Stärkung nach einer so langen Wanderung bedürfe. Der Junge entschuldigte sich, daß er nicht hungrig sei, es half aber nichts, er sollte essen, ob er wolle oder nicht. Das Weib ging hierauf fort, um die Hochzeitssachen zuzubereiten; sie sprach aber zuerst zu ihrer Schlange, die in einer Ecke des Saales lag:

„Schlange mein!

Bewache ihn."

Als nun der Jüngling allein war, und die Schlange sah, die sich auf dem Boden des Saales krümmte, erinnerte er sich, was Singorra gesagt hatte. Er ging daher zum Unthier hin, strich es mit der Hand, und legte den seidenen Polster unter ihr Haupt, was sich die Schlange wol gefallen ließ. Hierauf schlich sich der Prinz in die Ecke, verbarg die Wurst unter dem Kehrbesen, und ging wieder auf seinen Platz.

Kaum war er hiemit fertig, als die Zauberkönigin wieder hereinkam, und fragte, ob er von der Speise gegessen, die sie ihm gegeben. Der Königssohn bejahte es.

Da sagte die Hexe:

„Würstchen mein!

Wo bist du nun?"

Die Wurst antwortete:

„In der Ecke, bei dem Kehrbesen hier,
In der Ecke bei dem Kehrbesen hier."

Nun wurde die Here sehr übellaunig, holte die Wurst, und sagte, daß der Prinz sie aufessen solle, bis sie wieder komme. Hierauf ging sie hinaus, sprach aber zuerst zur Schlange:

„Schlange mein!
Bewache ihn!"

Als das Weib fort war, wußte der Prinz keinen Rath, wohin er das häßliche Gericht verbergen solle. Zuletzt fand er ihn, und stopfte sie in die Brust, unter die Kleider. Es hatte nicht lange gedauert, als die Here wieder kam, und fragte, ob er sich satt gegessen. Der Junge bejahte es. Da sagte die Here:

„Würstchen mein!
Wo bist du jetzt?"

Die Wurst antwortete:

„Hier in der Brust!
Hier in der Brust!"

Nun war das Weib zufrieden gestellt, und entgegnete:

„Bist du in der Brust,
Kommst du bald in die Eingeweide."

Der Königssohn erhielt hierauf die Schachtel mit den Hochzeitssachen, nahm von der Here Abschied, und schickte sich zum Rückweg an. Er war aber kaum in den Hof hinausgekommen, als die Wurst unter seinen Kleidern sich zu bewegen anfing, und sich in einen scheußlichen Drachen verwandelte, der seine Flügel ausbreitete, und hoch zu den Wolken aufflog. Da erschrak der Junge, und er wanderte, so schnell er nur konnte.

Als er zum Gatterthor des Schlosses kam, rief das Weib:

„Bär mein!

Zerreiße ihn in tausend Stücke!"

Sogleich stürzte der Bär hervor, der Junge aber nahm einen halben Kuchen, und warf ihn dem Thier in den Rachen. Da sagte der Bär:

„Hungrig war ich,

Nun bin ich satt!"

und lief zurück in seine Höhle. Der Junge aber setzte seinen Weg fort, und kam zum Wolf. Da rief die Hexe:

„Wolf mein!

Zerreiße ihn in tausend Stücke!"

Schnell stürzte der Wolf hervor, und er war sehr gefräßig; der Königssohn aber nahm den halben Kuchen, und warf ihn in seinen Rachen. Der Wolf ging in sein Versteck zurück, und sagte:

„Hungrig war ich,

Nun bin ich satt."

Nun schien es dem Königssohn kaum rathsam, zu zaudern. Er nahm daher Reißaus, so schnell er konnte, und kam zu den beiden Männern, die auf der Mühle mahlten.

Da rief die Hexe:

„Ihr Müller zwei,

„Mahlt ihn in tausend Stücke."

Als die Müller aber sahen, wer es war, wollten sie ihm keinen Schaden zufügen, sondern sagten: „Wir wollen ihm nicht schaden, und Gutes mit Bösem vergelten. Er hat uns Wollmützen gegeben, früher standen wir mit bloßem Haupte." Sie fuhren fort, ohne Aufenthalt zu mahlen. Der Junge aber lief den Weg weiter, und kam zu den Männern, die Holz fällten. Da rief das Weib:

„Ihr Holzhauer zwei!

Haut ihn in tausend Stücke."

Als aber die Holzhauer sahen, wer es war, wollten sie ihm keinen Schaden zufügen, sondern sagten: „Wir wollen ihm nicht schaden, und Gutes mit Bösem vergelten. Früher behauten wir mit hölzernen Messern, er hat uns eiserne Messer gegeben." Sie gingen wieder an ihre Arbeit, der Königssohn aber eilte hinweg, und kam zu den Männern, die Holz fällten. Da rief die Here auch:

„Ihr Holzhauer zwei,

Haut ihn in tausend Stücke."

Als aber die Holzhauer sahen, wer es war, wollten sie ihm keinen Schaden zufügen, sondern sagten: „Wir wollen ihm nicht schaden, und Böses mit Gutem vergelten. Früher hatten wir Aerte von Holz, er hat uns Aerte von Eisen gegeben." Die Männer begannen nun, wie früher zu hauen, der Königssohn aber lief seinen Weg weiter, und blieb nicht früher stehen, als bis er wieder zum Hofe der Meerfrau kam.

Der Junge ging nun zu seiner Herrin, gab ihr die Hochzeitssachen, und gab von seiner Sendung Rechenschaft. Als ihn jetzt die Meerfrau wohlbehalten sah, verwunderte sie sich sehr, und man kann wol denken, daß sie zürnte. Da kam die schöne Singorra zu dem Prinzen gegangen, grüßte sehr holdselig, und sagte: „Nun ist das Weib zornig, und wir müssen schnell entfliehen, wenn uns das Leben lieb ist." Der Prinz entgegnete: „Wie soll das zugehen? Nie kommen wir aus dem Hofe der Meerfrau ohne ihrem guten Willen." Die Jungfrau entgegnete: „Sei getrost, ich werde Rath finden, wenn du versprichst, mir immer treu zu bleiben, denn ich werde dich nie hintergehen." Der Königssohn versicherte wieder, daß er nie Jemand in der Welt lieben werde, außer ihr. Da sagte Singorra: „Geh hinab zum Stalle, und lege den Goldsattel auf den schwarzen Hengst; lege aber den Silbersattel auf die schwarze Stute. Um Mitternacht fahren wir von hinnen." Der Prinz that, wie die Königstochter gesagt hatte, ging hinab zum Stalle, legte den Goldsattel auf den schwarzen Zelter, und den Silbersattel auf die schwarze Stutte. Singorra aber ging in das Frauengemach, wickelte die Lappen zusammen, und machte drei kleine Docken, welche sie aufstellte, eine in das Bett, eine mitten auf den Boden und eine in die Ecke. Hierauf schnitt sie sich in den linken kleinen Finger, ließ einen Blutstropfen auf jede Docke fallen; und sagte: „Ihr sollt für mich antworten, wenn ich fort bin."

Als es Mitternacht war, schlichen die Königskinder zum Stalle hinab, setzten sich auf ihre Zelter, und entflohen aus dem Hofe der Meerfrau. Sie ritten so die ganze Nacht, ohne daß irgend Jemand von ihrer Fahrt wußte. Als es aber gegen Morgen kam, und die Hähne zu krähen begannen, erwachte die Meerfrau im Frauengemach, und rief:

„Singorra mein!

Schläfst du noch?"

„Nein, Frau!" antwortete die Docke, die an den Pfeilern des Bettes stand. Es dauerte so eine Weile, und die Meerfrau rief wieder:

„Singorra mein!

Was thust du nun?"

„Ich mache Feuer, Frau!" antwortete die andere Docke, die auf der Decke des Bodens stand.

Es verging so eine Weile, und das Weib rief das dritte Mal:

„Singorra mein!

Brennt es noch?"

„Ja wol, Frau," entgegnete die dritte Docke, die in der Ecke stand. Als es aber tagte, kam die Meerfrau selbst in Singorra's Gemach gegangen, und man kann wol denken, daß sie nicht ruhig blieb, als sie das Zimmer leer, und Niemand als die Docken darin fand, die auf dem Boden standen, und hinstarrten. Sie lief zum Stalle hinab, um nach ihrem Füllen zu sehen; sie fand aber auch dort keinen Trost, denn der schwarze Zelter war fort, die schwarze Stute war fort, und das Weib konnte wol erkennen, daß die Königskinder entflohen waren. Die Meerfrau zürnte nun über die Maßen, und nahm sich vor, die beiden Flüchtlinge dafür zu züchtigen. Sie rief daher ihren Knecht und sagte: „Beeile dich, und sattle meinen eigenen Bock, der hundert Meilen lauft!

Reite fort, und fange sowol Klein, als Groß." Der Knecht war sogleich bereit, sattelte den Bock des Weibes, setzte sich auf seinen Rücken, und fuhr davon, wie wenn der Wind über die Wogen spielt. Als nun Singorra das Getöse und den Lärmen hinter sich hörte, konnte sie wol merken, wer unterwegs war. Sie wendete sich daher zum Königssohn, und sagte: „Hörst du es sausen? Nun ist es Noth, auf der Hut zu sein. Der Bock der Meerfrau ist aus, und trabt daher." Sie verwandelte sich selbst und ihren Bräutigam in zwei kleine Ratten, die am Wege sprangen, und spielten. Kaum war dies geschehen, als der Knecht der Meerfrau durch die Luft gefahren kam, so daß es um ihn sauſ'te. Als er nun die beiden Ratten sah, dachte er bei sich, die können es wol nicht sein, meine Herrin meinte. Er ritt seines Weges weiter, und kehrte zurück, ohne irgend Etwas zu finden. Als er nun heim kam, stand die Meerfrau außen auf ihrem Hof, und fragte: „Nun, hast du sie gesehen?" — „Nein," sagte der Knecht, „ich sah Nichts, blos ein paar kleine Ratten, die am Wege spielten." — „Die hätteſt du nehmen sollen," sagte die Meerfrau, und war sehr zornig. Kehre nun zurück, und fange sowol Klein als Groß."

Der Knecht stieg wieder auf den schnellfüßigen Bock, und fuhr wie der Wind dahin. Als aber Singorra das Geräusch, und den Lärmen hinter sich hörte, sagte sie zu ihrem Begleiter: „Hörst du, wie es sauſ't? Nun heißt's auf der Hut sein; denn der Bock der Meerfrau ist aus und trabt daher." Sie verwandelte hierauf sich selbst und ihren Liebsten in zwei kleine Vögel, die in der Luft auf und nieder flogen. Als dies geschehen, kam der Knecht auf seinem Bock geritten, und fuhr wie der Blitz herbei. Als er nun die beiden Vögel sah, die in der Luft flogen, dachte er bei sich, die können es doch nicht sein, die meine Herrin meinte. Er ritt so weiter, und kehrte zuletzt zurück, ohne daß er Jemand gefunden hatte.

Als er nun heim kam, stand die Meerfrau auf ihrem Hof, und fragte: „Nun, hast du sie gesehen?" — „Nein," antwortete der Knecht, „ich sah Nichts, außer zwei kleinen Vögeln, die in der Luft flatterten." — „Gerade d i e hättest du nehmen sollen," sagte die Meerfrau, und war sehr erzürnt. „Kehre nun zurück, und fange sowol Klein als Groß."

Der Knecht stieg wieder auf den schnellfüßigen Bock und fuhr dahin, wie ein Gedanke. Als Singorra aber das Getöse und den Lärmen hinter sich hörte, sagte sie zum Königssohn: „Hörst du, wie es sauf't? Nun heißt's auf der Hut sein. Der Bock der Meerfrau ist aus, und trabt daher." Sie verwandelte sich selbst hierauf und ihren Herzliebsten in zwei Bäume, die am Wege standen. Die Bäume hatten aber keine Wurzeln. Kaum war es geschehen, als der Knecht auf seinem Bock geritten kam, und daher fuhr, daß es in der Luft sauf'te. Als er nun die beiden Bäume sah, dachte er bei sich, die können es wol nicht sein, die meine Herrin meinte. Er ritt so vorbei, und kehrte zuletzt unverrichteter Sache wieder heim. Als er nun heim kam, stand die Meerfrau außen auf ihrem Hof, und fragte: „Nun, hast du sie gesehen?" — „Nein, antwortete der Knecht, „ich sah Nichts, außer zwei

Bäumen, die am Wege standen." — „Gerade d i e hätteſt du nehmen ſollen," ſagte die Meerfrau. „Befahl ich nicht, du ſollteſt ſowol Groß als Klein fangen?" Das Weib war nun über die Maßen erzürnt, und begab ſich ſelbſt auf den Weg, den Flüchtlingen nachzujagen. Singorra aber hatte Zeit gewonnen, und als die Meerfrau hinkam, waren die Königskinder ſchon über die Landgrenze, wo ſie keine weitere Macht über ſie hatte.

Der Königsſohn und die ſchöne Singorra ſetzten nun ihren Weg fort, und kamen aus dem Meere heraus, nicht weit vom Königshofe. Als der Junge den Hof ſeines Vaters wieder erkannte, fühlte er eine große Luſt hinzugehen, und zu ſehen, wie es ſeinen Verwandten ging, ob ſie noch am Leben wären.

Singorra ſtemmte ſich wol mit aller Macht dagegen, denn ſie konnte vorausſehen, wie Alles enden werde; der Prinz aber bat ſo ſchön, ſo daß ſie zuletzt ſeinen Bitten nicht widerſtehen konnte. Da wurde beſtimmt, daß der Königsſohn zum Königshof hinaufgehen ſollte. Singorra aber blieb zurück, und erwartete ſeine Rückkunft. Als nun die Königskinder ſchieden, ſagte die Prinzeſſin: „Eines ſollſt du mir für all' die Liebe und Treue verſprechen, die ich dir erwieſen. Du ſprichſt mit Niemanden am Hofe deines Vaters, denn dann vergißt du dein Wort und Verſprechen, das du mir gegeben." Der Prinz willigte ein, und fuhr hierauf ſeines Weges. Die Königstochter aber ſetzte ſich am Wege nieder, und weinte, denn es ſchien ihr ſchwer, ihn zu verlieren, da ſie ihn mehr als alle Anderen in der Welt liebte.

Als nun der Junge in den Hof seines Vaters ritt, herrschte große Freude unter allen seinen Verwandten, und sie gingen ihm lustig und fröhlich entgegen. Der Prinz aber war wunderlichen Sinnes, und wollte weder sprechen, noch antworten, sondern bereitete sich sogleich wieder fortzureiten. Dieses kam seinen Verwandten seltsam vor, sie konnten ihn aber nicht aufhalten. Als der Prinz durch das Gitterthor der Burg reiten sollte, kamen die Hofhunde, und stürzten auf ihn zu, und bellten laut. Da vergaß der Junge sein Versprechen, und rief: „Huß! Huß!" In demselben Augenblicke aber verwandelte sich sein ganzer Sinn, so daß er seine Liebste und alles Andere vergaß, und das Vergangene schien ihm nicht anders, als wie ein schwerer Traum. Er kehrte wieder zu seinen Verwandten zurück, und wurde von Allen sehr herzlich empfangen. Und es herrschte Freude am Hofe des Königs, ja im ganzen Reich, daß der König seinen einzigen Sohn wieder gefunden hatte, der so lange fortgewesen.

Nun wollen wir zurückkehren und sehen, wie es Singorra erging, die dort saß, und auf ihren Bräutigam wartete. Sie wartete, und wartete. Niemand aber hörte von dem Königssohn. Da konnte die Jungfrau wol verstehen, wie Alles abgelaufen war. Sie wurde daher sehr betrübt, ging vom Wege hinab, setzte sich an eine kleine Quelle und weinte. Als es gegen Morgen kam, und die Sonne aufging, kam ein junges Mädchen daher gegangen, um Wasser zu holen. Als sie sich nun niederneigte, und das Bild der schönen Singorra in der Quelle sah, wurde sie sehr erfreut, und konnte nichts Anderes glauben, als daß es ihr eigenes Antlitz war, was sie sah. Das Mädchen schlug die Hände zusammen, und sagte: „Wie bin ich so schön geworden! Da schickt es sich nicht länger mehr, in der Stube bei meinem blinden Vater zu sitzen." Mit diesen Worten ließ sie ihren Krug stehen, und lief ihres Weges. Singorra aber nahm den Krug voll mit Wasser, ging in die Stube zu dem blinden Mann hinauf, und sorgte für ihn so gut, als wenn es ihr Vater gewesen. Der Greis konnte nichts Anderes glauben, als daß es seine eigene Tochter war, obschon es ihm wunderlich erschien, daß sie so schnell anderen Sinnes geworden.

Während dem verbreitete sich in der ganzen Gegend ein großes Gerücht von der Tochter des blinden Greises, daß sie so schön wäre, daß kein schöneres Weib gefunden werden könne. Dieses kam auch den Hofmännern am Königshofe zu Ohren, und sie nahmen sich vor, zu prüfen, ob es wahr wäre, wie man sagte, daß das junge Mädchen eben so stolz als schön sei. Sie kamen überein, daß Einer nach dem Andern um ihre Gunst sich bewerben solle, und meinten, daß sich zuletzt der alte Spruch bewähren würde: „Niemand ist so spröde, daß er nicht besiegt werden könne."

Nach einiger Zeit nun sollte der erste Hofmann sein Glück versuchen. Er begab sich daher zur Hütte des Greises, setzte sich, um mit der schönen Jungfrau zu plaudern, und half ihr bei ihren Arbeiten, wie junge Männer gewohnt sind. Als es nun spät wurde, und die Leute sich zur Ruhe begaben, wollte der Hofmann nicht seines Weges gehen, sondern bat, über Nacht hier bleiben zu dürfen. Singorra sagte, daß sie nichts dagegen habe. Dabei rief sie aus: „Ach! es ist wahr, ich vergaß das Fenster zu schließen, und es wird so kalt des Nachts." Sogleich war der Hofmann bereit, und erbot sich, statt ihr zu gehen. Die Jungfrau dankte, und sagte: „Sag mir, wenn du die Fensterstange hältst." — „So, nun halte ich," antwortete der Hofmann. Da rief die Prinzessin:

„Das Fenster halte den Mann, und der Mann halte das Fenster, bis es heller Tag wird."

Der Hofmann blieb nun fest gebannt, und konnte nicht vorwärts noch rückwärts gehen, sondern stand bei der Fensterstange, und wartete die ganze Nacht hindurch. Als es tagte, ward er wieder frei, und schlich beschämt heim zum Königshof. Es ist aber nicht zu wundern, daß er nicht erzählen wollte, wie schimpflich sein Abenteuer abgelaufen.

Den nächsten Abend sollte der andere Hofmann sich dahin begeben, und sein Glück versuchen. Er ging daher zur Hütte des Greises, setzte sich zu der jungen Maid, und sprach so schön, wie junge Männer gewohnt sind. Als es nun spät wurde, und die Leute zu Bette gingen, wollte der Hofmann nicht seines Weges gehen, sondern bat, hier über Nacht bleiben zu dürfen. Die Jungfrau erfüllte sein Begehren, und stellte sich sehr freundlich. Auf einmal rief sie aus: „Ach! es ist wahr, ich vergaß die Thür zuzuschließen, und es wird Nachts so kalt." Sogleich war der Hofmann bereit, und erbot sich, es statt ihr zu thun. Die Jungfrau dankte und sagte: „Sag' mir, wenn du sie in's Schloß wirfst." — „So, nun thue ich es," antwortete der Hofmann. Da rief die Prinzessin:

„Die Thür halte den Mann, und der Mann halte die Thür, bis es heller Tag wird."

Der Hofmann blieb nun an die Thür gebannt, und stand dort, und weilte, bis es Tag wurde. Da wurde er zuletzt frei, und schlich beschämt zum Königshof heim. Aber er hütete sich sehr, Jemanden zu erzählen, welches Abenteuer er Nachts bestanden.

Den dritten Abend sollte der letzte Hofmann hingehen, und sein Glück versuchen. Er ging daher fort, zur Hütte des Greises, setzte sich zu der jungen Maid, und pries ihre Schönheit, wie die Weiber es gerne hören, wenn man ihre Schönheit lobt. Die Königstochter litt gerne dieses Geplauder, und stellte sich sehr freundlich. Als es nun spät wurde, und die Leute sich niederlegen sollten, wollte der Hofmann nicht fortgehen, sondern bat, bei dem jungen Mädchen bleiben zu können. Singorra genehmigte seine Bitte. Auf einmal rief sie aus: „Ach! nun erinnere ich mich, daß ich das Kalb nicht eingesperrt habe, und ich darf es nicht unterlassen." Der Hofmann war sogleich bereit, und erbot sich, es statt ihr zu thun. Die Maid dankte und sagte: „Das Kalb ist schwer zu fangen, sag' mir, wenn du es fest hältst."

„So, nun habe ich es," antwortete der Hofmann, und faßte das Kalb am Schwanze. Da rief die Prinzessin:

„Das Kalb halte den Mann, und der Mann halte das Kalb, und es springe über Berge, und springe über

Thäler, bis es heller Tag wird." Nun entstand eine lustige Fahrt, denn das Kalb sprang über Berg und Thal, und der Hofmann sprang nach, mit den Händen den Schweif des Kalbes festhaltend. Sie liefen so die ganze Nacht hindurch, bis die Sonne aufging, da aber war der Hofmann so müde, daß er kaum sich zu bewegen vermochte.

Er kehrte nun wieder zum Königshof zurück, und glaubte, daß es ihm nicht zur Ehre gereiche, Jemanden zu erzählen, wie sein Abenteuer abgelaufen. Während sich dieses zugetragen, gingen der König und die Königin mit einander zu Rathe, den Prinzen zu verheiraten. Der Junge kam auch hierin ihrem Willen nach, fuhr in das fremde Land fort, und freite eine schöne Königstochter. Hierauf wurde die Hochzeit veranstaltet, und Alles war am ganzen Königshofe lustig und fröhlich. Es ereignete sich eines Tages, daß der Prinz mit seiner jungen Braut ausfuhr, und zur Hütte kam, wo Singorra bei dem blinden Greise saß. Als sie nun vorbeifahren sollten, wurden die Pferde ungestüm., brachen die Deichselstange ab, zerschlugen den Wagen, und liefen davon, so daß Keiner sie festhalten konnte. Daraus entstand die Verlegenheit, wie die zwei jungen Leute wieder zum Königshof heimkommen sollten. Da sprachen die drei Hofleute miteinander, und der Eine nahm das Wort: "Wol weiß ich, daß wir hier eine neue Deichselstange bekommen werden. In dieser Hütte wohnt ein Mädchen. Von ihr will ich die Fensterstange ausleihen, die auf dem Dache ist, ich bin gewiß, daß sie zur Deichsel des Wagens taugt. Der andere Hofmann sagte: „Ich weiß auch, wie wir den Wagen ausbessern können. Von dem Mädchen will ich die Stubenthür ausleihen, ich bin gewiß, daß sie paßt." Der dritte Hofmann sagte: „Das Aergste ist, die Pferde herbeizuschaffen. Aber von dem Mädchen will ich das Kalb ausleihen, ich weiß gewiß, daß es den ganzen Wagen ziehen kann, wäre er noch so schwer." Als nun kein anderer Rath war, schickte der Königssohn den Boten zu dem Mädchen, und bat, die Fensterstange, die Stubenthür, und das Kalb zu leihen. Hierein willigte die Maid vom Herzen gerne, so wie auch in die Bedingung, daß sie zu der Hochzeit des Prinzen kommen solle, wie er verlangte. Die Fensterstange wurde nun als Wagenbeichsel genommen, und paßte vollkommen, die Stubenthüre wurde in den Wagen gelegt, und paßte gleichfalls. Hierauf wurde das Kalb vor das Fahrzeug gespannt, und so fuhren der Prinz und seine junge Braut zum Königshofe lustig und fröhlich heim.

Als nun der Hochzeitstag da war, kleidete sich Singorra in ein mit Seide ausgenähtes Kleid, schmückte sich mit kostbarem Schmuck, und ging zum Königshof hin. Ihr Rock aber glänzte von rothem Gold in jeder Falte, und sie selbst war so schön, daß Alle sich darüber wunderten, und dachten, daß sie eine Königstochter sein müsse. Hierauf setzten sich die Hochzeitsgäste zu Tische, und Alle schauten auf die fremde Maid, was sie vornehmen werde. Nach einer Weile nahm Singorra eine kleine Schachtel hervor; in der Schachtel waren drei kleine Vögel, und drei kleine Goldkörner, und als die Jungfrau den Deckel öffnete, hüpften die Vögel heraus, und flogen mitten über den Tisch, dorthin, wo der Bräutigam saß. Sie hatten aber jeder ein Goldkorn im Schnabel, außer dem dritten Vogel, der sein Korn vergessen hatte. Da sagten die Vögel: „Sieh! nun hast du dein Goldkorn vergessen, wie der Königssohn Singorra vergaß." In demselben Augenblicke wurde es dem Prinzen hell vor den Augen, und er erinnerte sich, wie er gegen seine Liebste Treue und Ehre gebrochen. Er sprang vom Tische auf, schloß die schöne Singorra an die Brust, und sagte: „Dich oder Keine will ich in der Welt haben, denn du bist meine rechte Braut." Da entstand großer Lärm im Saale, und die Gäste sahen einander mit Verwunderung an. Da nahm der Bräutigam das Wort, und erzählte, wie sich Alles zugetragen, von dem Tage an, als er zur Meerfrau kam, und welche große Zuneigung ihm das junge Mädchen stets bewiesen. Hierauf wurde die fremde Prinzessin zu ihrem Vater mit großem Gefolge und allen anderen Ehrenbezeigungen zurückgeschickt.

Der Königssohn aber feierte seine Hochzeit mit der schönen Singorra, und die Hochzeit dauerte wol an sieben Tage, und wenn sie nicht zu Ende ist, dauert sie noch heutigen Tages.